Cliff Allister

IM VORTEX DER ZEIT

MULTIVERSUM Zyklus – Band 6

1. Auflage 2018

Impressum:

Cliff Allister: IM VORTEX DER ZEIT – Multiversum Zyklus 6
ISBN-13: 978-1721517183
ISBN-10: 1721517189

c/o Harald Hess
Trimfias 6
8577 Tala
Republic of Cyprus
cliff.allister@gmx.de

Korrektorat/Lektorat: Birgit Böckli

Coverdesign: Juliane Schneeweiss/www.julianeschneeweiss.de
Spaceship Photo Credit: Tesseraguild.com
Druck der Printausgabe: Amazon

Vom gleichen Autor:
Erbe des Imperiums – Markan Saga 1 (2014)
Die Rebellen des Imperiums – Markan Saga 2 (2015)
Todfreunde – Ein Gregory A. Duncan Fall 1 (2015)
Der Leviathan – Ek´Thal-Zyklus Band 1 (2015)
Bewahrer der Zeit – Ek´Thal-Zyklus Band 2 (2015)
Kampf um das Imperium – Markan Saga 3 (2016)
Das neue Imperium – Markan Saga 4 (2016)
Der Rekrut – Multiversum Zyklus 1 (2016)
Mission Triangulum – Multiversum Zyklus 2 (2016)
Hüter des Universums – Multiversum Zyklus 3 (2017)
Sezession – Ein Gregory A. Duncan Fall 2 (2017)
Krieg der Clans (2017)
Die Exodus Sphäre – Multiversum Zyklus 4 (2018)
Der Verrat Gottes – Multiversum Zyklus 3.5 (2017)
Die perfekte Waffe – Multiversum Zyklus 3.6 (2018)
Megaversum – Multiversum Zyklus 5 (2018)

For absent friends

Über den Autor:

Cliff Allister ist das Pseudonym eines deutschen Schriftstellers, der seit vielen Jahren im Ausland lebt. Seit 2017 wohnt er mit seiner Frau und drei Katzen auf der Insel Zypern, in der Nähe von Paphos.

Schon in jungen Jahren begeisterte er sich für das Science-Fiction-Genre, ausgelöst durch die unvergessene TV-Serie *Raumpatrouille* Mitte der Sechziger. Er begann 2014 mit dem Schreiben von Science-Fiction-Romanen und gehört inzwischen zu den erfolgreichsten deutschen Autoren dieses Genres.

Cliff Allister

IM VORTEX DER ZEIT

MULTIVERSUM Zyklus 5

Was bisher geschah:

Michael Cordwainer Grand und Jalina Kelranar überblicken nur allmählich die Tragweite der kosmischen Ereignisse, in die sie verwickelt worden sind. Bereits die Invasion der Ra´hul hat sich als Teil der Auseinandersetzung zwischen den beiden geistigen Entitäten entpuppt, die sie unter den Namen *Coniunctional* und *Devorator* kennengelernt haben. Hielten sie bisher das Coniunctional, in dessen Dienst sie sich, als Gegenleistung für dessen Hilfe bei der Abwehr der Invasion, gestellt hatten, für eine Kraft des Guten und den Devorator für dessen böswilligen Gegenspieler, so muss diese Einschätzung nun in Zweifel gezogen werden. Beide stammen von der vor ca. 300 Millionen Jahren auf eine höhere Ebene der Existenz 'aufgestiegenen' Spezies der Dorianer ab. Sie sind sozusagen Brüder, die nun um die Vorherrschaft im Multiversum streiten.

Einhalt könnten ihnen nur diejenigen gebieten, denen es vor unermesslich langer Zeit, noch bevor unser Universum überhaupt existierte, gelungen ist, auf eine rein geistige Existenzebene aufzusteigen, das *Megaversum*, das *außerhalb* des Multiversums liegt. Dort existieren die mentalen Essenzen der ersten intelligenten Spezies, die die Schöpfung jemals hervorgebracht hat!

Michael und Jalina ist es durch Glück, Zufall und Beharrlichkeit gelungen, mit diesen mit menschlichen Begriffen nicht fassbaren Wesenheiten Kontakt aufzunehmen, auch wenn sie dies ihre Unsterblichkeit gekostet hat. Doch die Möglichkeiten dieser Quasi-Götter sind beschränkt. Sie haben keinerlei Zugriff mehr auf die materielle Welt des Multiversums. Nur eines vermögen sie noch: Grand, Jalina und Rigoran, der ebenfalls ehemals zu den Unsterblichen zählte und den sie aus den Fängen des Devorators haben retten können, weit in die Vergangenheit zurückzuversetzen, wo sie die Ursache aller derzeitigen Probleme verhindern sollen – die Aufspaltung der vergeistigten Dorianer in zwei sich bekämpfende Entitäten. Doch wie soll es den drei Freunden gelingen, es in einer fremden Zeit und in einer unbekannten Welt mit der ganzen Zivilisation einer hoch entwickelten Spezies aufzunehmen, noch dazu, wenn deren Zukunft auf dem Spiel steht?

Teil 1

1.

Wenn man das Gefühl mit menschlichen Worten hätte beschreiben müssen, wäre der Begriff 'Besorgnis' wohl der passende gewesen. Das Coniunctional beobachtete die unerklärlichen Störungen in der Wahrscheinlichkeitsmatrix und seine Besorgnis wuchs, wurde fast zu einem Gefühl von Angst. In all den Abermillionen Jahren seiner Existenz hatte es Ähnliches noch nie beobachten können. Das Phänomen war nicht nur besorgniserregend, es war unerklärlich. Fast schien es, als sei die Zeit in Unordnung geraten, als gäbe es Turbulenzen, wo ein steter Strom hätte zu beobachten sein müssen. Als sei die Verbindung zwischen Vergangenheit und Zukunft nicht mehr von Kausalität geprägt. Ursache und Wirkung schienen sich voneinander gelöst zu haben. Dies war unmöglich, es sei denn …

Den Gedanken, der sich aufdrängte, wollte das Geisteswesen nicht zulassen. Es konnte, es *durfte* nicht sein. Es war unmöglich!

Und doch – je länger das Coniunctional darüber nachdachte, umso mehr drängte sich diese Überlegung auf, wurde fast zur Gewissheit, auch wenn die multidimensionale Entität dafür keine Erklärung finden konnte. Zeitreisen waren unmöglich! Zumindest für Intelligenzwesen, die auf der niederdimensionalen Ebene ihres jeweiligen Universums beheimatet waren. Und genau dort schienen die Störungen der Wahrscheinlichkeitsmatrix ihren Ursprung zu nehmen. Das Coniunctional war verwirrt, ein Zustand, den es seit seiner Vergeistigung nicht mehr empfunden hatte.

Konnte der Devorator dahinterstecken? Natürlich musste sich dieser Verdacht zwangsläufig aufdrängen. Nur das Coniunctional und der Devorator verfügten als höherdimensionale Wesenheiten über die Möglichkeit, bedingt Einfluss auf den Zeitstrom des Multiversums und der untergeordneten Universen zu nehmen. Eine Möglichkeit, vor der sie selbst in ihrem erbitterten Kampf um die Vorherrschaft über das Multiversum bisher stets zurückgeschreckt hatten. Es war zu gefährlich und die Konsequenzen, die ein solcher Eingriff nach sich ziehen konnte, waren selbst für die beiden mächtigen Geisteswesen nicht überschaubar. Eine falsche Entscheidung, eine fehlerhafte Weichenstellung, eine temporale Irregularität und ihre eigene Existenz konnte gefährdet sein.

Es gab einen weiteren Grund, warum die Verwirbelungen des Zeitstroms in der Wahrscheinlichkeitsmatrix das Coniunctional erschütterten. Ihr Ursprung schien in einem Universum zu liegen, in dem zuvor bereits eine unerklärliche Störung – ein *Nichts* im Gefüge des Multiversums – zu beobachten gewesen war. Seine beiden Agenten, Michael Cordwainer Grand und Jalina Kelranar, waren ausgesandt worden, dieses Mysterium zu ergründen. Doch der Kontakt zu ihnen war abgerissen und auch ein zweites Team von Kundschaftern, das hinterhergeschickt worden war, hatte sich nicht wieder gemeldet.

Und es gab noch einen gewichtigeren Grund, sich Sorgen zu machen. Einen Grund, der das Coniunctional zu etwas veranlasste, das es sich geschworen hatte, niemals zu tun.

Es sandte einen Ruf aus, der durch das Multiversum hallte und alle Zeiten durchdrang.

Der Ruf wurde gehört und überraschend schnell beantwortet, gerade so, als ob der Adressat auf ihn gewartet hätte.

#Ich bin hier!#

Die Emanation war fremd und doch nur allzu gut bekannt. Das Coniunctional spürte die Nähe der anderen Entität. Sie waren sich in den vergangenen Jahrmillionen aus dem Weg gegangen, hatten einander belauert, mithilfe ihrer dienstbaren Spezies in den unterschiedlichsten Universen Kämpfe ausgetragen und sich voreinander gefürchtet. Jedes der beiden mächtigen Geisteswesen beanspruchte die Vorherrschaft über das Multiversum für sich. Jedes wollte den Weg in die Zukunft auf seine Weise gestalten. Für den anderen war in dieser Zukunft kein Platz. Sie hassten sich. Sie waren Brüder, beide hervorgegangen aus der vergeistigten Essenz der ehemaligen Dorianer.

#Du hast es ebenfalls gespürt#, stellte das Coniunctional fest.

#Natürlich!#, antwortete der Devorator.

#Es ist eine Bedrohung für uns beide.#

#Was willst du von mir?#

#Es ist eine Bedrohung für uns beide#, wiederholte das Coniunctional. *#Wir sollten unsere Kräfte bündeln, um sie abzuwehren.#*

#Warum sollte ich mit dir zusammenarbeiten?#

#Du denkst, du kannst der Bedrohung alleine begegnen? Wieder einmal überschätzt du dich!#

#Es ist dein Problem.# Der Devorator schien weniger besorgt zu sein als sein Bruder/seine Schwester. *#Deine Agenten sind nach meinen Berechnungen dafür verantwortlich. Sorge dafür, dass sie ihre Aktivitäten einstellen.#*

Die Antwort des Devorators machte dem Coniunctional mehrere Dinge klar. Er wusste von Michael und Jalina und von deren Einsatz an dem mysteriösen *Nichts*. Er wusste jedoch nicht, dass das Coniunctional den Kontakt zu seinen Abgesandten verloren hatte. Der Devorator ging davon aus, Michael und Jalina könnten noch kontrolliert werden.

Doch die Analyse dieser Aussage offenbarte noch etwas anderes! Wenn der Devorator von dem Einsatz der beiden wusste, war davon auszugehen, dass er ebenfalls Agenten in das für beide Entitäten unzugängliche Universum geschickt hatte. Die Tatsache, dass er den Ruf des Coniunctional beantwortet hatte, ließ jedoch darauf schließen, dass er keine Informationen mehr von ihnen empfing und somit ebenfalls keine Kontrolle mehr über sie besaß. Ansonsten hätte er keine Notwendigkeit gesehen, sich dem Coniunctional zu stellen. Er war ebenso hilf- und ratlos!

#Ich durchschaue deinen Bluff!#, übermittelte das Coniunctional. *#Auch du kannst die Ereignisse nicht mehr verfolgen und schon gar nicht beeinflussen. Auch du hast Agenten ausgeschickt und sie antworten nicht mehr.#*

Für einen Moment, der ebenso gut Jahrtausende währen konnte, herrschte Stille auf der mentalen Ebene.

#Du hast die Kontrolle über deine Agenten verloren? Ich gestehe, dass es mir ebenso ergangen ist. Was schlägst du vor?#

Wäre das Coniunctional noch ein Dorianer aus Fleisch und Blut gewesen, hätte es sich ein selbstgefälliges Lächeln nicht verkneifen können. Doch auch so verspürte es die Befriedigung, seinen Gegenspieler durchschaut zu haben. Der Devorator war auf seine Hilfe angewiesen. So wie das Coniunctional selbst auf dessen Zusammenarbeit.

#Die temporalen Verzerrungen greifen auf unser Heimatuniversum über. Dies ist besorgniserregend. Es könnte unsere Existenz infrage stellen.#

#Das ist eine verwegene Annahme!#

#Nicht zu verwegen, wenn man ihren Ursprung bedenkt. Lass uns mit offenen Karten spielen: Wir müssen davon ausgehen, dass es sich bei dem seltsamen Loch im Gewebe des Multiversums um den Übergang zu einer weiteren Existenzebene handelt, über die wir nichts wissen. Die Ebene, nach der wir seit langer Zeit suchen.#

#Jene höhere Ebene, auf der wir die älteren Völker vermuten, die lange vor uns aufgestiegen sind.#

#Die Ebene, wegen der wir uns entzweit haben und vor der wir uns fürchten#, bestätigte das Coniunctional.

#Du denkst, von dort könnte eine Gefahr für uns ausgehen?#

#Wir wissen nichts über die Möglichkeiten der ersten Spezies.#

#Du wolltest diesen Weg nicht gehen! Den Weg, der jeglichem intelligenten Leben vorgezeichnet ist. Du wolltest stagnieren und über das Multiversum herrschen!#

#Du wolltest den Weg auf untaugliche Weise beschreiten! Du wolltest zerstören, um auf den Trümmern der Entropie weiterzuwachsen!#

#Willst du den alten Streit neu entbrennen lassen?#

#Nein, ich stelle nur Fakten fest. Wer immer auf dieser Ebene existiert, kann uns nicht wohlgesonnen sein. Wir stellen eine potenzielle Gefahr für sie dar. Wir beide!#, bekräftigte das Coniunctional.

#Dem muss ich zustimmen.#

#Was läge demnach näher, als diese Gefahr zu beseitigen, indem man sie erst gar nicht entstehen lässt?#

#Indem man unsere Entstehung verhindert!#

#Diese Möglichkeit müssen wir in Betracht ziehen#, stimmte das Coniunctional der Überlegung des Devorators zu. *#Die temporalen Verwerfungen reichen inzwischen in genau die Zeitspanne unseres Urspungsuniversums kurz vor dem Branenwechsel unserer dorianischen Ahnen.#*

#Wenn dieser niemals stattfindet …#

#… wird es uns nie geben!#, vollendete das Coniunctional den gedanklichen Satz.

#Wir können dort nicht aktiv werden!#, erinnerte der Devorator.

#Aber ich verfüge dort über Hilfskräfte#, gab das Coniunctional zu, *#und ich bin sicher, auch du hast dort deine Handlanger.#*

#Hast du gedacht, ich lasse ausgerechnet diesen kritischen Zeitpunkt unserer Entwicklung außer Acht, ohne die Option, dir notfalls Einhalt zu gebieten, was auch immer du planen könntest?# Das Coniunctional glaubte, so etwas wie ein spöttisches, mentales Gelächter zu vernehmen. *#Natürlich verfüge ich dort und dann über meine Möglichkeiten#*, gab der Devorator zu.

#Dann lass uns unsere Möglichkeiten bündeln. Unser beider Existenz könnte davon abhängen!#

2.

»Ich habe keine Ahnung, wo oder *wann* wir sind!« Hakeras lakonische Antwort auf Grands Frage diente nicht dazu, die drei ehemals Unsterblichen optimistischer zu stimmen.

Sie waren vor wenigen Minuten hier aufgetaucht, wobei 'hier' einen völlig unbekannten Ort in einem unbekannten Universum zu einem unbekannten Zeitpunkt kennzeichnete.

»Kannst du wenigstens feststellen, ob wir uns in unserem Heimatuniversum befinden?«, fragte Jalina.

»Ich arbeite daran«, war die knappe Antwort der KI.

»Wir sind jedenfalls nicht im Umfeld der *Sphäre der Erleuchtung* herausgekommen«, stellte Rigoran fest.

»Vielleicht existiert sie zu diesem Zeitpunkt noch gar nicht«, sagte Grand. »Wir wissen nicht, wie weit man uns in der Zeit zurückversetzt hat.«

»Unwahrscheinlich«, wandte Hakera ein. »Die Sphäre muss seit Milliarden von Jahren existieren. Vermutlich gibt es sie genauso lange wie das Universum, in dem sie sich befindet. Ich bin sicher, dass wir nicht so weit in der Zeit zurückgereist sind.«

»Du hast recht«, stimmte Grand zu. »Das ergäbe keinen Sinn. Wir sollen das Schisma der Dorianer verhindern, die Aufspaltung in Coniunctional und Devorator. Dies liegt nicht derart lange zurück. Also können wir zumindest davon ausgehen, dass wir uns nicht mehr im Universum der Sphäre befinden.«

Die geheimnisvollen Bewohner des Megaversums hatten die drei Freunde, wie versprochen, mit ihrem neuen Schiff *Sonnenwind* in die Exodus-Sphäre einfliegen lassen. Dort war der riesige dorianische Kugelraumer von einer nicht identifizierbaren Energiefront erfasst worden. Weder Michael noch Jalina oder Rigoran hatten eine Erinnerung an den eigentlichen Zeittransfer. Das Letzte, woran sie sich erinnern konnten, war die Kälte, die sich im gesamten Schiff ausgebreitet hatte. Dann mussten sie bewusstlos geworden sein. Als sie wieder zu sich gekommen waren, schwebte die Sonnenwind antriebslos durch den Leerraum zwischen den Galaxien dieses Universums. Auch Hakera, die Bord-KI, die sie beim Untergang der *Rhelina* hatten retten und in die Quantenmatrix der *Sonnenwind* hatten schmuggeln können, verfügte über keinerlei Aufzeichnungen des Transfers in ihren Datenbänken. Sie schien ebenfalls in eine Art technologische Bewusstlosigkeit gefallen zu sein.

»Ich kann euch jetzt zumindest sagen, dass wir uns in eurem Heimatuniversum befinden«, meldete die KI nach ein paar Minuten. »Es ist mir möglich, eine Handvoll Quasare anzumessen, deren Parameter mir bekannt sind. Wir sind eindeutig wieder zu Hause!«

»Aber wo genau sind wir? Und vor allem *wann*?«, wollte Rigoran wissen.

»Nur Geduld! Ich versuche zunächst, unter Zuhilfenahme bekannter Quasare und Pulsare unseren Standort zu triangulieren«, sagte Hakera. »Sobald ich genau weiß, wo wir sind, kann ich anhand der Galaxien in der Nähe und ihrer Bewegungen zueinander den genauen

Zeitpunkt unserer Anwesenheit bestimmen. Das wird abermals einige Minuten in Anspruch nehmen.«

»Das ganze Unternehmen ist Wahnsinn!« Rigoran hatte an einem A-Grav-Tisch Platz genommen, den die KI zusammen mit drei bequemen Sesseln vor dem zentralen Holopult hatte materialisieren lassen. Er sah zu Grand und Jalina auf, die vor dem Pult standen. »Was könnten wir drei denn schon unternehmen?«, fragte er. »Drei armselige Gestalten gegen zwei Entitäten, die mächtiger sind, als wir es uns überhaupt vorstellen können.«

»Wir könnten versuchen, den anstehenden Wechsel der Dorianer in ein anderes Universum zu verhindern«, schlug Grand vor. »Wer weiß, ob es ohne dieses Ereignis je zu ihrem Aufstieg kommen wird.«

Rigoran lachte höhnisch auf. »Wir drei sollen ein Volk, das Billionen zählt, von seinem Rettungsplan abbringen? Sie glauben, dass dieses Universum untergehen wird, und wollen nicht mit untergehen. Sie wollen überleben und werden sich nicht darum scheren, was *wir* wollen.«

»Vielleicht können wir die Grundlage dafür schaffen, dass es später nicht zu der Aufspaltung der vergeistigten Dorianer in zwei verfeindete Geisteswesen kommt«, schlug Jalina vor.

»Wie sollen wir das anstellen?« Wieder lachte Rigoran verächtlich auf. »Das Schisma findet erst viele Millionen Jahre in der Zukunft statt. Lange nach ihrem 'Aufstieg'. Oder glaubt ihr vielleicht, *den* verhindern zu können? Der ganze Plan ist irrsinnig! Sollen wir die gesamte Zivilisation der Dorianer einer Gehirnwäsche unterziehen? Sie umerziehen und alle zu Gutmenschen … äh … 'Gutdorianern' machen?« Wieder lachte er auf. Diesmal klang es weniger verächtlich als vielmehr hoffnungslos. »Vielleicht könnten wir eine Religion gründen, die ein Schisma unter göttliche Strafe stellt«, schlug er vor und seine Stimme troff vor Sarkasmus. »Macht euch nichts vor! Das ganze Unternehmen ist von vornherein zum Scheitern verurteilt. Wir hätten uns nie darauf einlassen dürfen.«

»Wir hatten keine Wahl«, stellte Grand lakonisch fest. »Ohne den Deal mit den Herrschern des Megaversums wäre Jalina nicht mehr am Leben und wir beide wären im Megaversum verweht. Sie haben uns nur gehen lassen, weil sie sowohl das Coniunctional als auch den Devorator fürchten und selbst nichts gegen die beiden Entitäten unternehmen können. Wir sind ihre einzige Waffe gegen die potenzielle Bedrohung, selbst wenn wir nur eine sehr stumpfe Waffe sein mögen.«

»Das ändert nichts daran, dass es aussichtslos ist«, beharrte Rigoran mit aggressivem Unterton. Die Federn auf seinem Vogelkopf plusterten sich bedrohlich auf.

»Ich schlage vor, dass wir zunächst einmal Informationen sammeln.« Jalina versuchte, die sich anbahnende Konfrontation zu unterbinden. »Sobald wir wissen, wo und wann wir gelandet sind, sollten wir uns die Dorianer und ihre Gesellschaft genau ansehen. Vielleicht fällt uns dann etwas ein.«

Noch bevor Grand oder Rigoran der Kolltanerin antworten konnten, meldete sich Hakera.

»Ich kann euch nun mitteilen, wo und vor allem *wann* wir uns befinden. Die *Sonnenwind* schwebt im Leerraum zwischen den Galaxien der Lokalen Gruppe und denen der Sculptor-Gruppe. Die Entfernung zur Milchstraße beträgt ungefähr zehn Millionen Lichtjahre. Ich konnte sämtliche Galaxien zweifelsfrei identifizieren. Da deren relative Bewegungen zueinander zu unserer Zeit exakt bekannt sind, war es mir möglich, zurückzurechnen und unsere Zeitversetzung genau zu bestimmen. Wir wurden 303.678.513 terranische Jahre in die Vergangenheit geschickt, ausgehend vom Moment unseres Abflugs vom Hort.«

»Über dreihundert Millionen Jahre. Unvorstellbar!« Jalina war sichtlich erschüttert.

Rigoran schüttelte nur seinen Vogelkopf und auch Grand fühlte sich angesichts dieser gigantischen Zeitspanne beinahe überfordert. Aber nur beinahe. Er hieb mit der Hand auf den Tisch. Rigoran und Jalina zuckten zusammen.

»Das sind nur Zahlen«, sagte er. »Ob dreihundert Millionen Jahre oder nur tausend – das hat keinen Einfluss auf unsere Mission. Wir haben eine Aufgabe zu erfüllen, und ich will verdammt sein, wenn ich es nicht wenigstens versuche. Was haben wir schon zu verlieren?«

Weder Jalina noch Rigoran antworteten auf die rhetorische Frage.

»Wenn ihr euch noch lange streitet, dann verlieren wir höchstens weitere Zeit«, schaltete sich die KI ein. »Ich darf euch darauf hinweisen, dass 10 Millionen Lichtjahre kein Pappenstiel sind, wie ihr Terraner zu sagen pflegt. Die

Sonnenwind hat einen ÜLQ von etwas mehr als 100.000. Das ist zwar eine Menge, aber ein Flug zur Milchstraße dauert trotzdem über vier Tage.«

Grand zuckte die Schultern. Die *Sonnenwind* war das schnellste Schiff, auf dem er je geflogen war, sogar noch etwas schneller, als es die *Rhelina* gewesen war. Ein Überlicht-Quotient von 100.000 Lichtjahren pro Stunde war etwa das Zehnfache dessen, was die schnellsten Kreuzer der Terranischen Raumverbände zu leisten in der Lage waren … gewesen waren … sein würden. *Verdammte Zeitreisen*, dachte er. *Wie soll man sich da zurechtfinden?* Vier Tage für zehn Millionen Lichtjahre schienen ihm keine Zeitverschwendung, sondern eher eine nahezu unglaubliche technologische Leistung zu sein. Ihn bewegte eine ganz andere Frage.

»Warum müssen wir ausgerechnet zur Milchstraße fliegen?«, wollte er von der KI wissen. »Soweit ich weiß, haben sich die Dorianer in dieser Epoche über die gesamte Lokale Gruppe ausgebreitet. Jede andere näher gelegene Galaxie wäre genauso gut dazu geeignet, sich Informationen zu beschaffen.«

»Das ist nicht korrekt formuliert«, widersprach Hakera. »Das Gebiet meiner Erbauer ist in dieser Epoche auf die Lokale Gruppe *geschrumpft*! Noch vor einigen Dutzend Millionen Jahren waren sie über fast den gesamten Virgo-Superhaufen verteilt. Die Phase der Stagnation ist mittlerweile bereits überschritten und in zivilisatorische Degeneration übergegangen. Auf technologischem Gebiet ist davon allerdings nichts zu bemerken, dafür sorgen schon wir KIs, aber den Dorianern sind die Neugierde auf die Wunder des materiellen Universums, die Lust, es zu erforschen, und der Expansionsdrang abhandengekommen. Die Entdeckung der drohenden Branenkollision fällt in diese Zeit, und man beginnt, sich Sorgen zu machen. Dies wird in den folgenden Jahrtausenden zur letzten großen gemeinsamen Anstrengung der Dorianer führen – zum Branenwechsel, der Flucht in ein anderes Universum.«

»Aber warum ausgerechnet die Milchstraße?«, fragte Grand erneut.

»Ich konnte zwar nicht alle meine Datenbanken von der *Rhelina* in die *Sonnenwind* hinüberretten, aber auch so ist mir bekannt, dass eure Galaxis, die von den Dorianern damals *Geschrok Rakul* genannt wurde, so etwas wie den Mittelpunkt des verbliebenen Reiches bildete – oder, besser gesagt, derzeit bildet. Zwar gibt es so etwas wie eine Zentralregierung kaum noch, dafür sind die Dorianer in dieser Epoche längst viel zu zersplittert und zu genotypisch sehr unterschiedlichen Untergruppen mutiert, aber es existiert noch eine Art kulturelles und wissenschaftliches Zentrum, das versucht, das auseinanderdriftende Reich, so gut es geht, zusammenzuhalten. Dieses Zentrum, gebildet von vorausschauenden Politikern, Philosophen, Künstlern und Wissenschaftlern, befindet sich in der Milchstraße. *Geschrok Rakul* bedeutet in eurer Sprache so viel wie *Schlagendes Herz*, was die Stellung der Galaxis unterstreicht. Sie bildet in der Endphase des dorianischen Reiches tatsächlich das Herz der noch verbliebenen Zivilisation. Es ist somit anzunehmen, dass von dort aus auch die Flucht vor der Branenkollision eingeleitet werden wird.«

»Was letztlich die gesamte divergierende Spezies wieder zusammenführen und ihre Zukunft sichern sollte … soll … wird … ah … Zeitreisen sind nicht zuletzt auch sprachlich verwirrend«, sagte Rigoran, ohne zu wissen, dass Grand vor wenigen Minuten das Gleiche gedacht hatte.

Jalina lachte und gab ihm einen mitfühlenden Klaps auf die schmale Schulter. Wie es schien, hatte sie ihr anfängliches Misstrauen gegenüber dem vom mentalen Joch des Devorators befreiten Gerbaraner weitgehend überwunden. »Die Milchstraße wird damit zum logischen Ziel für uns, wenn wir auf dieses geschichtliche Ereignis Einfluss nehmen wollen«, fügte sie hinzu.

»Die *Sonnenwind* sollte nicht allzu sehr auffallen«, sagte Hakera. »Ihr Schiffstyp ist in dieser Zeit weit verbreitet und es gibt genügend lokale Variationen dieses Typs, um nicht als ungewöhnlich herauszustechen. Allerdings ist sie ein Kampfschiff und somit doch seltener als der gleiche Typ in einer Handelsraumer-Konfiguration. Man wird sie zwar problemlos als dorianisches Schiff akzeptieren, aber es werden Fragen aufkommen, warum sich ein einzelnes Kampfschiff in der Milchstraße herumtreibt. Man wird wissen wollen, woher es kommt und mit welchem Auftrag es unterwegs ist.«

»Wenn die *Sonnenwind* zu auffällig ist, warum nehmen wir nicht eines der Beiboote?«, fragte Jalina. »Ich fühle mich auf diesem Riesenschiff sowieso unwohl.«

Jalina hat recht, überlegte Grand. *Das Schiff könnte Tausende Besatzungsmitglieder aufnehmen und wir sind nur zu dritt. Es wirkt fast wie ein Geisterschiff.* Auch er vermisste die Behaglichkeit und Überschaubarkeit der *Rhelina.* In den Tagen ihres Aufenthaltes auf der *Sonnenwind* hatte er die übrigen 99% des fast zwei Kilometer durchmessenden Kugelschiffes noch nie betreten.

Tatsächlich beherbergte das Kampfschiff einige Beiboote der 60m-Klasse in seinen Hangars – derselbe Schiffstyp, dem auch die leider zerstörte *Rhelina* angehört hatte.

»Könntest du dich auf einem der Beiboote installieren?«, fragte er die KI.

»Natürlich könnte ich das«, antwortete Hakera. »Ich muss aber darauf hinweisen, dass dies ein taktischer und strategischer Verlust wäre. Ein Beiboot ist naturgemäß nicht so kampfstark wie das Trägerschiff. Wir würden auf unsere stärkste Waffe verzichten: Den *TachyGrav-Warper!* Und natürlich verfügt keines der Beiboote über einen Branendrive. Die *Rhelina* verfügte als einziges Schiff ihrer Klasse über diese beiden Technologien. Aber es stimmt. Das kleine Schiff würde nicht im Geringsten auffallen. Von diesem Typ fliegen Hunderttausende in den von den Dorianern beherrschten Galaxien umher und niemand würde ihm einen zweiten Blick schenken.«

»Wir sind weder hier, um Krieg zu führen oder Schlachten zu schlagen, noch wollen wir in ein anderes Universum reisen«, sagte Jalina. »Wir wollen unauffällig Informationen sammeln und erst dann über unser weiteres

Vorgehen entscheiden. Ein Beiboot ist hierfür besser geeignet. Ich halte Michaels Vorschlag für eine gute Idee.«

»Ich ebenfalls«, bekräftigte Rigoran.

»Ein Beiboot ist langsamer«, machte Hakera die drei auf einen weiteren Nachteil aufmerksam.

»Wie viel langsamer?«, fragte Grand.

»Der Flug zur Milchstraße würde fast eine Woche dauern.«

»Das können wir vermeiden«, sagte Grand. »Ich schlage vor, wir verstecken die *Sonnenwind* im Ortungsschutz einer Sonne in der Tucana-V-Zwerggalaxie. Die Satellitengalaxie der Milchstraße liegt nur ungefähr 170.000 Lichtjahre von unserem Ziel entfernt, in der Nähe der Kleinen Magellanschen Wolke, und ist mit nur einhundert Lichtjahren Durchmesser sicherlich zu winzig und unwichtig, als dass wir dort auf Schiffe der Dorianer stoßen sollten. So können wir den größten Teil des Fluges mit dem schnelleren Schiff durchführen.«

»Das klingt nach den Anfängen eines Planes«, stimmte Jalina zu und auch Rigoran nickte mit seinem Vogelkopf.

»Dann wollen wir hier nicht länger herumlungern«, sagte Grand und lächelte. »Hakera, setze einen Kurs nach Hause!«

3.

Die Synoki hassten die Dorianer. Vor etlichen Hunderttausend Jahren hatten die Dorianer das Volk der Synoki in ihren Dienst gezwungen. Nicht mit Waffengewalt – obwohl es vereinzelt auch zu bewaffneten Auseinandersetzungen gekommen war, als sich die Dorianer die Heimat der Synoki einverleibt hatten –, denn es gab subtilere, wenn auch nicht weniger repressive Methoden der Unterwerfung.

Das kleine Sternenreich der Synoki war nie besonders expansiv gewesen. Die friedliche amphibische Spezies benötigte ganz spezielle Umweltbedingungen, um auf einem Planeten leben zu können. Da sie zudem nicht sehr fortpflanzungsfreudig waren, bestand in der Regel kein großer Expansionsdruck. Die Synoki hatten ein paar Dutzend Planeten in der Andromedagalaxie besiedelt und sogar noch striktere Geburtenregeln eingeführt, als es ihre Natur verlangt hätte. Die Bevölkerungszahl ihres kleinen Reiches stagnierte praktisch. Trotzdem wurde eine Vielzahl von Rohstoffen benötigt, um ihre technologisch hochstehende Zivilisation aufrechtzuerhalten. Und genau hier setzten die Dorianer an. Sie unterbanden mithilfe ihrer weit überlegenen Raumflotte einfach jeglichen Flugverkehr außerhalb des Einflussbereiches der Synoki und somit den Zugriff auf die dort zu findenden Ressourcen. Es fand niemals ein Angriff auf eine der Synoki-Welten statt, doch das 'Aushungern' hatte schließlich den gewünschten Effekt. Nach ein paar Hundert Jahren gaben die Synoki einfach auf und fragten die Dorianer, was von ihnen erwartet wurde. Die Antwort war einfach: Vollständige Unterwerfung!

Es kam in Mode, in den Häusern hochstehender Dorianer mindestens einen synokischen Hausangestellten zu haben, und die irdischen Fröschen ähnelnden Synoki waren auch als billige Arbeitskräfte beliebt. Zwar hätten Roboter jegliche Arbeit schneller und zuverlässiger erledigen können, doch sich mit einem Synoki zu zeigen wurde zu einer Art Statussymbol. Schließlich verlangten die Dorianer die Aufhebung der Geburtenkontrollen, um mehr Synoki in ihren Dienst pressen zu können. Im Gegenzug versprachen sie, alle synokischen Welten mithilfe der ungleich weiter entwickelten dorianischen Technologien in wahre Paradiese zu verwandeln. Tatsächlich hielten sie dieses Versprechen sogar. Auf ihren Ursprungsplaneten lebten die Synoki mit Unterstützung der Dorianer ein sorgenfreies, bequemes Leben. Sie hatten dafür nur ihre Freiheit opfern müssen.

All dies geschah nicht aus Boshaftigkeit oder blinder Aggression. Die Dorianer hielten sich längst für die Krone der Schöpfung und sahen ihre Aufgabe darin, ihre Denk- und Lebensweise sowie ihre Errungenschaften möglichst vielen Völkern zugänglich zu machen. Sie gründeten Kolonien, brachten auf unzähligen Planeten die Saat des Lebens aus und taten ihr Möglichstes, alle anderen intelligenten Spezies zu ihrer Sicht der Dinge zu bekehren. Dabei gingen sie niemals gewaltsam vor, übten jedoch ansonsten den größtmöglichen Druck aus. In ihren Augen waren andere Spezies wie kleine Kinder, die man zu ihrem Glück zwingen musste. Die Dorianer wussten schließlich, was gut für sie war. Hätte man sie gefragt, hätten sich die Dorianer für die größten Wohltäter des bekannten Universums gehalten. Sie waren die arroganteste Spezies, die die Evolution je hervorgebracht hatte.

Doch über all die vielen Jahre hatte sich bei den Synoki ein kleiner Widerstandsfunke erhalten. Immer wieder hatte es Momente gegeben, in denen einige mutige Synoki versucht hatten, sich gegen die dorianische Dominanz zu erheben. Sie waren jedes Mal kläglich gescheitert. Doch vor ein paar Tausend Jahren hatte sich etwas Entscheidendes geändert. In der Bevölkerung der Synoki war eine Mutation aufgetreten – eine Handvoll Synoki hatten parapsychische Fähigkeiten entwickelt.

Es war nichts Spektakuläres, nichts so Aufsehenerregendes wie Telekinese, Teleportation oder Telepathie, obwohl die neu entstandene Fähigkeit Letzterem noch am ähnlichsten war. Man nannte die Mutanten 'Träumer' und tat alles, um sie und ihre Fähigkeit vor den Dorianern zu verbergen. Ihre Gabe erschien auf den ersten Blick völlig nutzlos. Sie waren in einem tranceähnlichen Zustand in der Lage, ihren Geist vom Körper zu lösen und auf eine Reise zu schicken. Auf eine Reise durch das Multiversum, das die Synoki *Schattenraum* nannten. Sie konnten die Branen durch die Unendlichkeit driften sehen und das ewige Wispern der Strings vernehmen. Es war ihnen jedoch nicht möglich, Einfluss auf das zu nehmen, was sie dort sahen und hörten, weshalb zunächst niemand erkennen konnte, wie ihnen diese Gabe von Nutzen sein sollte. Dies änderte sich, als eine körperlose Stimme auf ihren geistigen Reisen durch das Multiversum zu den Träumern zu sprechen begann.

Dem Devorator war die plötzliche Präsenz mentaler Energie auf seiner Existenzebene nicht entgangen. Auch das Coniunctional war aufmerksam geworden, hatte die Erscheinung jedoch fälschlicherweise dem Devorator zugeschrieben. Dieser gedachte, diese Fehleinschätzung für sich zu nutzen. Der Devorator heuerte die 'Träumer' als seine Augen und Ohren für den materiellen Bereich der Existenz an, der ihm unzugänglich war. Als Gegenleistung sagte er den Synoki seine Hilfe in ihrem Befreiungskampf zu, eine Hilfe, die er in Wahrheit nie zu leisten beabsichtigte. Hin und wieder überließ er ihnen kleine Brocken seines überlegenen technologischen Wissens, um sie bei Laune zu halten.

Besonders interessant war für den Devorator, dass die Synoki zu einer Zeit existierten, die für seine eigene Entstehung von entscheidender Bedeutung gewesen war. Sollte das Coniunctional je versuchen, in dieser kritischen Zeit gegen ihn aktiv zu werden, würde er durch die Synoki sofort davon erfahren. Die 'Träumer' bildeten eine Art Versicherung und sie waren in ihrer Naivität leicht zu manipulieren.

Haroman hegte keine Hoffnung, dass es diesmal zu einem Kontakt kommen würde. Seine Traumzeit würde er lediglich aus Pflichtbewusstsein absolvieren. Ihr Verbündeter im Schattenraum, den die Synoki nach dem ersten Kontakt vor Tausenden von Jahren *Traumwächter* getauft hatten, hatte sich seit mehreren Legeperioden nicht mehr gemeldet. Nur die ältesten Träumer konnten sich noch daran erinnern, seinem Geist begegnet zu sein.

Haroman war erst vor wenigen Legeperioden in den Kreis der Träumer aufgenommen worden. Als sich seine Fähigkeit zum Schattenträumen nach der dritten Häutung offenbart hatte, waren seine Eieltern zunächst nicht begeistert gewesen. Als Mitglied des Widerstands würde er nicht in der Lage sein, sich um ihre Nestruhe zu kümmern, wenn die Zeit kam. Man würde ihn sorgsam vor den wachsamen Augen der Dorianer verbergen, so wie man es mit anderen Träumern seit Jahrtausenden getan hatte. Wenn die Haut seiner Eieltern im Alter auszutrocknen begann und ein Zögling seine Pflicht zu erfüllen hatte, würde er in einer Kaverne im Untergrund irgendeines unbewohnten Mondes ein langweiliges Leben fristen. Obwohl er der Älteste seines Geleges war und somit ihm die Pflicht zufiel, sich um die Nestruhe seiner Eieltern zu kümmern, würde er sich auf die Brüder und Schwestern seines Geleges verlassen müssen, an seiner Stelle die Verantwortung zu übernehmen. Doch dann hatten seine Eieltern die Bedeutung seiner Aufgabe für die gesamte Spezies der Synoki erkannt, was den Abschied erträglicher gemacht hatte. Offiziell war er einem tragischen Unfall zum Opfer gefallen und sein Name war aus den Annalen seines Geleges gelöscht worden. Haroman existierte für sein Volk nicht mehr und würde den Rest seines Lebens in der kleinen Traumstation unter der Oberfläche eines namenlosen Eismondes verbringen, der einen ebenso namenlosen Gasriesen in einem unwichtigen System am Rand des Reiches der Synoki umkreiste.

Außer ihm lebten hier noch ein weiterer Träumer sowie eine Besatzung von acht Synoki, allesamt Freiwillige, die sich dem Widerstand angeschlossen hatten und sich um die Station sowie um das Wohlergehen der beiden Mutanten kümmerten. Es gab Gerüchten zufolge höchstens zehn Stationen dieser Art, doch Haroman konnte es nicht genau sagen. Angeblich existierten zu keiner Zeit mehr als zwei Dutzend Synoki mit der Gabe des Schattenträumens. Keine Gruppe wusste Genaueres von der anderen oder war gar darüber informiert, wo sie versteckt worden war. Nur der *Traumrat* besaß alle Informationen.

Haroman nahm auf der bequemen Liege Platz und schloss die Augen. Der kleine Raum war komplett schallisoliert, von rötlichem, gedämpftem Licht erfüllt und angenehm temperiert. Nichts sollte den Träumer von seiner Aufgabe ablenken. Er sammelte sich und versuchte, jegliches Denken abzuschalten. Nach vielen Hundert Traumreisen war dieser Vorgang längst zur Routine für ihn geworden. Innerhalb weniger Herzschläge versank Haroman in die Trance, die seine metaphysischen Augen und Ohren öffnete. Vor seinem inneren Auge breitete sich der Schattenraum in all seiner Herrlichkeit aus. Die Strings sangen ihr immerwährendes Lied, das mit Noten nicht zu beschreiben war. Die vollendeten Harmonien erfüllten Haromans Geist und die Branen vollführten ihren ewigen Tanz, dessen Schönheit ihn jedes Mal aufs Neue in ein fast ekstatisches Glücksgefühl versetzte.

#Ich habe auf einen von euch gewartet!#

Die fast unmittelbar nach Traumbeginn in seinem Geist erschallende Stimme hätte Haroman beinahe aus seiner Trance gerissen, doch er sammelte sich noch rechtzeitig.

#Traumwächter! Ich fühle mich geehrt …#, dachte er, doch seine Gedanken wurden von der enormen mentalen Präsenz einfach zur Seite gewischt.

#Hör zu! Was ich dir jetzt mitteile, ist von großer Bedeutung. Du musst dafür sorgen, dass meine Nachricht die Dorianer erreicht, auch wenn sie eure Feinde sind.#

#Aber warum …?# Wieder unterbrach der Devorator Haromans Gedanken mit einer Heftigkeit, die dem Synoki fast körperliche Schmerzen bereitete.

#Du würdest die Zusammenhänge nicht verstehen. Aber auch eure Zukunft hängt davon ab!#

#Ich verstehe#, dachte Haroman, obwohl er nicht das Geringste verstand.

#Denk daran, dass ihr mir verpflichtet seid#, warnte der Devorator, der für Haroman der Traumwächter war. *#Ohne meine Hilfe würdet ihr immer noch mit viel primitiverer Technologie auskommen müssen.#*

Der Traumwächter hatte recht. Haroman wusste, dass viele der technischen Errungenschaften der Synoki ihren Ursprung in seinen Anleitungen und Hinweisen genommen hatten. Es war nicht immer einfach gewesen, den Dorianern überzeugende Begründungen für einen Technologiesprung zu liefern, aber die arrogante Spezies hatte nie Verdacht geschöpft, es könne ein Einfluss von außen dahinterstecken.

#Welche Botschaft soll ich überbringen?#

#Die Dorianer müssen erfahren, dass sich Rebellen in ihren Einflussbereich eingeschlichen haben könnten. Mehrere gefährliche Personen, die danach trachten, den Branenwechsel der Dorianer zu verhindern.#

#Branenwechsel? Ich verstehe nicht. Was ist damit gemeint?#

#Das spielt keine Rolle. Die Dorianer werden es verstehen. Berichte zudem, dass sie mit einem dorianischen Schiff unterwegs sein werden. Vielleicht mit einem kleinen Forschungsschiff oder sogar mit einem Schlachtschiff.#

Vor Haromans geistigem Auge erschien das Abbild von vier Personen. Zwei von ihnen sahen fast wie Dorianer aus, waren jedoch größer und schlanker. Es handelte sich eindeutig um ein männliches und ein weibliches Wesen. Die beiden anderen hingegen hatten keine Ähnlichkeit mit einer Spezies, die Haroman bekannt war. Einer der Fremden war klein und dünn und trug ein Gefieder. Seine Rasse musste von Vögeln abstammen. Der andere war groß und wirkte äußerst gefährlich. Haroman vermutete, dass diese Spezies insektoider Abstammung war.

#Gib diese Beschreibungen weiter#, befahl der Traumwächter.

#Ich werde tun, was du mir befiehlst.#

Man hatte Haroman in seiner Ausbildungszeit zum Träumer klargemacht, dass das Wort des Traumwächters Gesetz war und niemals angezweifelt werden musste. Er galt zwar nicht als Gott – Religion war den Synoki unbekannt –, aber als mächtiges Wesen und Freund der Synoki, dessen Wert für ihre Zukunft unschätzbar war – und den man nicht verärgern durfte.

#Was kann ich sonst noch tun?#, fragte Haroman beflissen.

#Sorge nur dafür, dass meine Botschaft die Dorianer erreicht. Natürlich dürfen sie nichts über mich als Quelle erfahren. Lasst euch eine plausible Erklärung einfallen.#

#Das werde ich tun. Danke, dass du mich dafür ausgewählt hast!#

#Narr! Natürlich erhaltet ihr alle denselben Auftrag. Wie könnte ich mich auf nur einen Einzigen von euch verlassen?#

Haroman hatte den Eindruck, dass in diesen Worten eine gewisse Verachtung mitschwang, was ihn erstaunte und schmerzte. Dann erlosch die mentale Präsenz und der Traumwächter war verschwunden.

Haroman schlug die Augen auf und gab Traumalarm.

4.

Das Feuerrad der Milchstraße füllte das große Zentralholo vollständig aus. Obwohl Grand wusste, dass eine aus den Speichern abgerufene Darstellung nicht anders ausgesehen hätte als die reale Abbildung der nur 200.000 Lichtjahre entfernten heimatlichen Galaxis, versetzte ihm das Hologramm einen Stich ins Herz. Er war selbst von seiner emotionalen Reaktion überrascht.

Das Schiff schwebte während eines letzten Orientierungsstopps im Leerraum, knapp außerhalb der Tucana-V-Zwerggalaxie.

Jalina trat neben ihn und legte ihm den Arm um die Hüfte. Grand berührte zärtlich ihre Hand.

Es ist ein Wunder, dass sie hier neben mir steht, dachte er. *Sie ist vor meinen Augen gestorben und mir wieder geschenkt worden.*

»Wunderschön, nicht wahr?«, sagte sie. »Obwohl viele Galaxien so aussehen, ist sie doch etwas Besonderes.«

»Sie ist unser Zuhause!«, sagte Grand und zog Jalina eng an sich.

»Aber dies ist nicht unsere Zeit«, wandte Rigoran ein und zerstörte die sentimentale Stimmung.

Grand seufzte, löste sich von Jalina und drehte sich zu Rigoran um. »Wie dem auch sei. Hier hat alles begonnen. Für die Dorianer und für uns. Und hier wird es auch enden!«

»Ist euch eigentlich bewusst, dass wir in dieser Zeit gestrandet sind?«, fragte Rigoran. »Egal, was wir hier unternehmen oder auch nicht. Egal, ob wir Erfolg haben oder nicht – wir werden niemals in unsere Zeit zurückkehren können. Wahrscheinlich werden wir sogar niemals erfahren, ob unsere lächerlichen Aktivitäten in dieser Zeit überhaupt Auswirkung zeigen. Wir …«

»Jetzt reicht es!« Grands Stimme hallte von den Wänden der Zentrale wider. Jalina zuckte angesichts der Lautstärke zusammen. Sie hatte ihren Lebensgefährten selten so aufgebracht erlebt. Zumindest nicht gegenüber Mitgliedern des eigenen Teams. »Ich habe die Nase voll von deinem Defätismus, Rigoran. Du gehst mir mit deinen ständigen negativen Kommentaren schon seit geraumer Zeit auf die Nerven. Du solltest dankbar sein. Wir *alle* sollten dankbar sein! Dass wir überhaupt noch am Leben sind, grenzt an ein Wunder. Es *ist* ein Wunder! Wir haben die Ra´hul zurückgeschlagen, wir sind durch das Multiversum gereist, wir haben die Exodus-Sphäre überstanden, du, Rigoran, wurdest von einer unfassbaren Entität geistig versklavt, dein Körper wurde zerstört und doch stehst du jetzt hier neben mir. Was wir erlebt und überlebt haben, grenzt nicht nur an ein Wunder, sondern ist eigentlich unmöglich. Wenn wir eines gelernt haben sollten, dann dies: *Nichts* ist unmöglich, solange wir nicht aufgeben! Es mag unwahrscheinlich sein, vielleicht so gut wie aussichtslos, irrsinnig und gegen jede Vernunft – aber es ist nicht unmöglich! Solange wir daran glauben, haben wir eine Chance. Ich lasse nicht zu, dass du diesen Glauben untergräbst oder gar zerstörst. Entscheide dich, Rigoran. Bleib an Bord der *Sonnenwind* zurück und lass Jalina und mich unseren Auftrag erfüllen – oder komm mit und hilf uns. Aber dann will ich keine Beschwerden,

Nörgeleien oder pessimistischen Reden mehr von dir hören. Also, was ist?«

Der Gerbaraner wirkte zusehends beschämter. Mit gesenktem Kopf stand er vor Grand und flüsterte etwas.

»Ich kann dich nicht hören«, herrschte Grand das Vogelwesen an.

»Ich habe Angst«, flüsterte Rigoran und sah schließlich zu Grand auf. In seinen dunklen Augen schimmerte endlose Verzweiflung. »Ich schäme mich. Ich habe schreckliche Dinge getan und jede Hoffnung verloren. Was ist aus mir geworden? Ich weiß nicht mehr, wer ich bin. Dieser … dieser *Körper*! Woher kommt er? Der Devorator hat mich getötet, dann meinen Körper wiederhergestellt. Dann wurde er erneut zerstört und jetzt bin ich dieses … dieses … *Ding*! Wer bin ich?« Die letzten Worte schrie Rigoran förmlich heraus. Der Gerbaraner zitterte am ganzen Körper.

Jalina trat auf Rigoran zu, der während ihrer gemeinsamen Zeit in der *Liga der Unsterblichen* über Jahrtausende ihr Freund und Mitstreiter gewesen war, bevor er zu einem unerbittlichen Gegner geworden war. Nun hatten sie alle drei ihre Unsterblichkeit verloren und sie hoffte, dass er wieder zu einem Freund werden konnte. Jalina zog das zerbrechlich wirkende Vogelwesen an sich. Rigoran reichte ihr kaum bis zur Brust.

»Du bist immer noch Rigoran«, sagte sie leise. »Dieser Körper ist vielleicht nicht mehr der, in dem du über so lange Zeit hinweg an meiner Seite gekämpft hast, aber das, was darin wohnt«, sie tippte sanft mit einem Finger auf den gefiederten Kopf, »ist nach wie vor mein Freund. Auch unsere Körper sind nicht mehr diejenigen, in denen wir geboren wurden, aber ich bin immer noch Jalina und Michael bleibt der Michael, den ich liebe, egal, in welchem Körper er wohnt.«

Es erstaunte Grand, dass ausgerechnet Jalina, die dem Gerbaraner nach ihrer Rückkehr aus der Sphäre lange misstrauisch gegenübergestanden hatte, solch einfühlsame Worte fand. Aber er freute sich darüber.

»Ich habe nicht vergessen, dass es dir im entscheidenden Moment gelungen ist, dich gegen deine mentale Versklavung aufzulehnen«, sagte Grand. »Du solltest es ebenfalls nicht vergessen. Du bist stärker, als du denkst.«

»Ich habe Angst, dass der Devorator mich wieder in seine Fänge bekommt«, flüsterte Rigoran kaum hörbar.

Grand wurde erst jetzt klar, unter welchem Trauma Rigoran leiden musste. Ein Gefangener im eigenen Körper zu sein, unter geistiger Zwangsherrschaft zu stehen und mit vollem Bewusstsein Dinge tun zu müssen, die man verabscheute, konnte nicht ohne Spuren bleiben. Mit Sicherheit gab es nichts, das er mehr fürchtete, als erneut in eine solche Situation zu geraten. *Deshalb* wollte er sich am liebsten im nächsten Mauseloch verkriechen!

»Das wird nicht geschehen, weil wir es nicht zulassen werden«, sagte Grand. »Ich verspreche dir, Rigoran, dass niemals wieder jemand über einen von uns bestimmen wird. Kein Devorator und kein Coniunctional. Aber wir müssen selbst etwas dazu beitragen. Wir müssen die Weichen hierfür stellen – oder es zumindest versuchen. Bist du dabei? Bist du mit vollem Einsatz dabei?«

»Ja!« Rigoran löste sich aus Jalinas Armen und richtete sich auf. Er blickte Grand fest in die Augen, der erkennen konnte, dass es dem Gerbaraner ernst war. »Ja, ich bin dabei.«

»Dann sollten wir den nächsten Schritt machen«, sagte Jalina. »Hakera? Hast du einen Vorschlag, wie dieser Schritt aussehen sollte und welches Ziel wir ansteuern könnten?«

Die KI hatte sich aus dem vorangegangenen Drama herausgehalten. Grand wusste, dass sie es vorzog, nicht in die emotionalen Wirbel aus den Emotionen organischer Wesen hineingezogen zu werden. Bei aller Intelligenz und der Fähigkeit, selbst Gefühle zu entwickeln, stellte dieses Gebiet für Hakera immer noch ein Mysterium dar. Es war ihr dann wohl doch zu unlogisch.

»Um einen Plan entwickeln zu können, müssen wir zunächst genau wissen, wie sich die momentane Situation darstellt«, erklärte Hakera. »Die dorianische Geschichte ist in meinen Datenspeichern nicht besonders detailliert hinterlegt. Ich weiß zwar, dass irgendwann während der Epoche, in der wir uns befinden, die Grundlagen für die Flucht in ein anderes Universum gelegt wurden, kann jedoch nicht aufs Jahr genau sagen, wann das war und welche Schritte in welcher Reihenfolge erfolgten. Wenn wir bei diesem Ereignis ansetzen wollen, müssen wir zunächst herausfinden, ob und wo es überhaupt etwas anzusetzen gibt. Also müssen wir dorthin, wo wir am besten und am schnellsten Informationen darüber finden können.«

Die KI löschte die Darstellung der Milchstraße und projizierte ein System auf das Zentralholo, das Grand unbekannt war. Eine blaue Riesensonne wurde von über zwanzig Planeten umkreist, von denen mehrere Gasriesen zu sein schienen.

»Dies ist das Welkor-System«, fuhr sie fort. »Es befindet sich von Sol und Kollta aus gesehen hinter dem Milchstraßenzentrum, ungefähr 80.000 Lichtjahre von euren jeweiligen Heimatsystemen entfernt. Der blaue Riese, *Welkor*, gehört der Spektralklasse O5Ia an, hat einen Durchmesser von achtundzwanzig Millionen Kilometern, weist eine Masse von neunundfünfzig Sol-Massen auf und wird von dreiundzwanzig Trabanten umkreist. Die beiden inneren Planeten sind beinahe glutflüssige Gesteinsplaneten, dann folgen acht weitere Gesteinsplaneten, von denen sich drei innerhalb der habitablen Zone befinden. Danach kommen sechs Gasriesen; weiter draußen kreisen sieben Eisplaneten. Für uns sind die drei bewohnbaren Planeten interessant. Der innere, Welkor-Minor, ist zu dieser Zeit eine der wichtigsten Forschungsstätten für theoretische Hyperphysik, Welkor-Prime, der mittlere, gilt als Zentrum der Geisteswissenschaften und Künste, Welkor-Major, der äußere der drei, ist bei den einflussreichen Dorianern als Urlaubsplanet überaus beliebt. Wenn wir in Kontakt mit Entscheidungsträgern treten und möglichst viele Informationen sammeln wollen, ergeben sich in diesem System wahrscheinlich die besten Möglichkeiten dazu. Jeder, der im dorianischen Einflussbereich Rang und Namen hat, ist irgendwann hier anzutreffen. Wie ihr euch vorstellen könnt, ist das System stark abgesichert. Wir benötigen also eine glaubhafte Tarnidentität, wenn wir dort einfliegen wollen. Aber ich habe mir schon etwas ausgedacht.«

»Mach es nicht so spannend«, knurrte Grand, als Hakera eine Pause einlegte.

»Spielverderber! Na schön, wenn du darauf drängst … Wie ihr wisst, haben die Dorianer in den vergangenen Jahrmillionen heftig an ihrem genetischen Material herumgespielt. Teilweise, um ansonsten lebensfeindliche Planeten besiedeln zu können, teilweise, um ihre Körper zu verbessern, teils auch aus ästhetischen Gründen oder einfach, weil sie neugierig waren. Jedenfalls gibt es genügend unterschiedliche Phänotypen, um auch euch als Dorianer verkaufen zu können. Da sich sowohl im terranischen als auch im kolltanischen Erbgut dorianische Spuren nachweisen lassen, wird die Tarnung sogar einer Überprüfung standhalten. Angeblich kommt ihr aus *Yolmoron*, einer unwichtigen Zwerggalaxie am Rand der Lokalen Gruppe, die bei den Terranern unter dem Namen Antlia-Zwerggalaxie bekannt ist. Sie ist fast fünf Millionen Lichtjahre von der Milchstraße entfernt, hat einen Durchmesser von lediglich etwas mehr als fünftausend Lichtjahren und ist eine der metallärmsten Galaxien der Lokalen Gruppe und somit als Rohstofflieferant nie interessant gewesen. Yolmoron ist so etwas wie der Hinterhof des derzeitigen dorianischen Gebiets. Niemand wird dort nachfragen oder sich gar die Mühe machen, hinzufliegen, um eure Geschichte zu überprüfen. Rigoran ist der Vertreter einer in Yolmoron beheimateten, befreundeten Spezies, dem ihr die Größe und Herrlichkeit des dorianischen Reiches aufzeigen wollt.«

»Wir sind also so etwas wie angeberische Hinterwäldler in der großen Stadt« Grand musste angesichts der Vorstellung grinsen.

»Und niemand wird sich wundern, wenn wir unwissend und unbeholfen sind und dumme Fragen stellen«, ergänzte Jalina.

»Das ist der Plan«, bestätigte die KI.

5.

Der Splitter des Coniunctional, den Grand und Jalina als Tiberius kennengelernt hatten, saß in der Zentrale der dorianischen Jacht *Darrilehn*, was am ehesten mit *Morgenblüte* übersetzt werden konnte. Natürlich sah er nicht mehr wie Tiberius aus, hier hatte der Splitter die Form eines durchschnittlichen Dorianers angenommen. Etwa einen Kopf kleiner als ein Terraner, dafür dicklicher, stämmiger, untersetzter. Man hätte ihn für einen Terraner halten können, dem eine Ernährungsumstellung und ein paar Wochen in einem Fitnessstudio nichts geschadet hätten.

Die *Darrilehn* war auf dem Weg ins Welkor-System, wo die beiden Insassen einen Urlaub auf Welkor-Major anzutreten gedachten. Nicht aus eigenem Antrieb, sondern weil Tiberius, der sich hier schlicht *Bote* nannte, sie dazu aufgefordert hatte.

»Verstehe ich dich recht?«, fragte Boran Del Montar, Oberexekutiv eines der größten Wirtschaftskonglomerate in der Lokalen Gruppe. »Sie kommen aus der Zukunft? Das ist unglaublich.«

»Habe ich euch je belogen? Ich kann keine Details preisgeben, da dies die Gefahr in sich bergen würde, ebendiese Zukunft zu verändern, aber ja, sie kommen aus der Zukunft. Euer Auftrag ist deshalb mehr für euch als für mich selbst von größter Bedeutung.«

Seit das Coniunctional Boran Del Montar und dessen Lebenspartner Jakor Hal Pront vor vielen Jahren in dieser Zeitepoche angeworben hatte, waren die beiden bereits mehrfach als seine Agenten tätig geworden. In der Regel hatte es sich lediglich darum gehandelt, den Ablauf bestimmter Ereignisse zu beobachten und darüber zu berichten. Das Coniunctional wollte sicherstellen, dass ihm kein möglicher Eingriff des Devorators auf dieser Zeitebene entging. Die beiden Dorianer wussten nicht, dass es sich bei ihrem Auftraggeber um das vergeistigte Kollektivbewusstsein ihrer eigenen Spezies handelte. Der *Bote* hatte ihnen eine erfundene Geschichte erzählt und Boran und Jakor gingen davon aus, dem gütigen Herrscher über das Multiversum zu dienen, der sich gegen dunkle Mächte zu behaupten hatte.

»Wieso wurden sie abtrünnig?«, fragte Jakor.

Tiberius hatte ihnen erzählt, dass zwei seiner Agenten zur dunklen Seite übergelaufen und in diese Zeit gereist waren. Ihr Ziel sei es, die Dorianer zu vernichten, da diese in der Zukunft noch eine wichtige Rolle zu spielen hätten. Weder Boran noch Jakor zweifelten an den Worten des Boten, schließlich verdankte Boran ihm sein Leben.

Vor vielen Jahren, als er noch ein Manager der mittleren Ebene gewesen war, hatte der Hyperdrive seiner kleinen Firmenjacht versagt, mit der Boran zu einem geschäftlichen Treffen unterwegs gewesen war. Das Schiff strandete in einer instabilen, multidimensionalen Blase im Bulk und wäre innerhalb kürzester Zeit im Multiversum verweht, hätte das Coniunctional nicht eingegriffen. Die Entität hatte den Zwischenfall zufällig bemerkt, als er eine Störung in den Harmonien der Strings verursacht hatte, die ihm nicht entgangen war. Das Coniunctional hatte sich spontan entschieden, Boran zu retten und ihn als seinen Agenten zu verpflichten. Es hatte die einmalige Gelegenheit nicht verstreichen lassen wollen, Augen und Ohren in dieser für seine eigene Entstehung maßgeblichen Epoche zu besitzen, für den Fall, dass der Devorator dort aktiv werden sollte. Das Coniunctional hatte seinen Splitter in die sich allmählich auflösende Blase im Bulk geschickt und Rettung angeboten. Im Gegenzug hatte sich Boran verpflichtet, als sein Agent tätig zu werden. Später war noch Borans Lebensgefährte in die Abmachung eingeweiht worden.

»Man hat ihnen ewiges Leben angeboten«, sagte der Bote.

Boran und Jakor sahen sich an. Sie hatten natürlich bereits davon gehört, dass man dabei war, eine Technologie zu entwickeln, mit der sich die Lebensspanne eines Dorianers vervielfachen lassen sollte. Eine sargähnliche Konstruktion, die mithilfe von Nanoassemblern angeblich wahre Wunder vollbringen konnte. Jeder wusste davon und es war derzeit eines der Hauptthemen auf jedem Empfang, jedem Fest und jedem Nachrichtenkanal. Zusammen mit der Nachricht, dass einige Wissenschaftler eine Branenkollision ihres Universums mit einem anderen Universum befürchteten. Im dorianischen Reich begann man bereits, sich deswegen Sorgen zu machen, und es mehrten sich die Stimmen, die von der Notwendigkeit einer Flucht in ein anderes Universum sprachen. Angeblich wurde bereits an einem solchen Plan gearbeitet. Ein Gerücht, von dem Boran aufgrund seiner Position nur zu genau wusste, dass es den Tatsachen entsprach. Der Wille zu leben, zu *überleben*, spielte derzeit in der dorianischen Gesellschaft eine herausragende Rolle und die Aussicht auf ewiges Leben war als Motivation für einen solchen Verrat absolut glaubhaft.

»Warum dringst du nicht einfach in ihr Schiff ein, wenn sie durch den Bulk fliegen?«, wollte Jakor wissen. »So machst du es bei uns ja auch. Sie müssen sich schließlich fortbewegen, und während sie unterwegs sind, kannst du mit ihnen interagieren.«

»So einfach ist es nicht. Dazu müsste ich genau wissen, wo und *wann* sie sind«, antwortete der Bote. »Ich benötige die multidimensionalen Koordinaten, um den Erstkontakt aufnehmen zu können. Erst danach kann ich mich auf meine Kontaktpersonen sozusagen einjustieren, um sie jederzeit im Bulk wiederzufinden. Nachdem sie einen Zeitsprung hinter sich gebracht haben, ist diese Justierung jedoch unterbrochen und es wäre wie ein Erstkontakt.«

»Du weißt also nicht genau, wo sie sich befinden?«, fragte Boran.

»Ich kann nicht einmal mit absoluter Sicherheit sagen, dass sie in dieser Galaxis und in dieser Zeit sind. Es gibt immer eine Unschärfe in der Wahrscheinlichkeitsmatrix. Aber es gibt ebenso eine Wahrscheinlichkeit, die ich nicht vernachlässigen darf. Deshalb seid ihr auf dem Weg ins Welkor-System.«

Boran verstand nun, warum der Bote sie dorthin schickte. Wenn es trotz aller Stagnation, Diversifizierung und dem Auseinanderdriften der verschiedenen dorianischen Gruppen einen Ort gab, wo sich alle zusammenfanden, wenn das dorianische Reich noch ein 'Herz' besaß, dann war es das Welkor-System. Dies musste auch jedem klar sein, der bestrebt war, den größtmöglichen Schaden anzurichten. Wer das Herz beschädigte, gefährdete den ganzen Körper. Wenn die Abtrünnigen, die Verräter, sich im Hier und Jetzt befanden, dann würde es sie unweigerlich dorthin ziehen.

»Was haben sie vor?«, wollte Boran wissen.

Der Bote hatte eine genaue Beschreibung Grands und Jalinas in das Bordsystem eingespeist, außerdem die ihm genau bekannten Spezifikationen der *Rhelina*. Der Devorator hatte zwar zugegeben, ebenfalls über ein Schiff der Dorianer zu verfügen, mit dem sich zwei seiner Agenten an Grands und Jalinas Fersen geheftet hatten, doch das Coniunctional bezweifelte, dass seine Agenten sich mit denen des Devorators verbündet hatten. Eher war anzunehmen, dass es den beiden gelungen war, ihre Verfolger auszuschalten. Bei aller Enttäuschung über den offensichtlichen Verrat – denn was hätten Grand und Jalina ansonsten hier bezwecken wollen? – durfte man die beiden Unsterblichen keinesfalls unterschätzen.

»Sie werden sicherlich versuchen, euren Fluchtplan zunichtezumachen. Das muss verhindert werden.«

Boran lacht laut auf. »Wie soll dies zwei einzelnen Personen in einem winzigen Schiff gelingen? Das ist undenkbar!«

Der Bote sah seine Agenten scharf an.

»Ich warne davor, die beiden zu unterschätzen! Wenn ihr diesen Fehler begeht, dann haben sie bereits gewonnen und ihr gefährdet die Zukunft aller Dorianer.« Dass dies auch seine eigene Zukunft gefährden würde, verschwieg der Splitter des Coniunctional.

»Wie sollen wir die beiden finden? Im Welkor-System, wenn sie dort überhaupt auftauchen, gibt es Milliarden Bewohner und noch mehr Besucher sowie Hunderttausende von Raumschiffen.«

»Es wird dafür gesorgt werden, dass man in der gesamten Galaxiengruppe über mögliche Eindringlinge informiert ist. Sie werden sich nicht lange verborgen halten können.«

»Wer wird dafür sorgen?« Jakor sah den Boten verwundert an. »Und was sollen wir tun, wenn wir sie aufspüren?«

»Glaubt ihr etwa, ihr wärt meine einzigen Agenten? Und die Antwort auf deine andere Frage sollte klar sein: Wenn sich euch die Gelegenheit bietet, werdet ihr die beiden töten!«

6.

Leider lag das Sol-System nicht auf ihrem Weg und sie durften keine weitere Zeit verschwenden. Grand hätte sich gewünscht, die Erde zur Zeit der Dinosaurier wenigstens vom Weltraum aus sehen zu können.

Nachdem sie in der Tucana-V-Zwerggalaxie ein geeignetes Versteck für die *Sonnenwind* ausgewählt und das Schiff in einen stabilen Orbit dicht über der Korona einer gelben Sonne gebracht hatten, wo es nicht zu orten sein würde, begannen sie mit dem Umzug in eines der Beiboote. Hakera transferierte die Quantenspeicher und ihre Egomatrix in die dortige Hardware, was keine Probleme bereitete, da die KI ursprünglich genau für diesen Schiffstyp konzipiert worden war. Sie legte Wert darauf, keine Kopie ihrer selbst auf der *Sonnenwind* zurückzulassen.

»Mich kann es nur einmal geben«, sagte sie voller Überzeugung und mit der ihr eigenen Selbsteinschätzung. Auch Grands Hinweis, dass eine Sicherheitskopie ihrer selbst nichts schaden könne, falls das Beiboot während des Einsatzes zerstört werden sollte, fiel nicht auf fruchtbaren Boden. »Wie ihr, so spiele auch ich ohne Netz und doppelten Boden. Wenn ihr euer Leben aufs Spiel setzt, dann will ich nicht dahinter zurückstehen.«

Obwohl Grand die Aussage sowohl etwas theatralisch als auch taktisch unklug fand, konnte er nicht umhin, der KI Respekt zu zollen. Obwohl es ihr ein Leichtes gewesen wäre, sich gegen einen endgültigen 'Tod' abzusichern, zeigte sie mit dieser Haltung ihre Verbundenheit und Solidarität mit Grand und Jalina, und das auf eine Weise, die er nicht erwartet hätte.

Sie tauften das Beiboot auf den Namen *Rhelina II*, was hauptsächlich sentimentale Gründe hatte. Tatsächlich hatte es mit der ursprünglichen *Rhelina* außer den Abmessungen wenig gemein. Ihr ehemaliges Schiff war ein Wunderwerk der Technik und wesentlich weiterentwickelt gewesen als dieses Standard-Beiboot eines großen Kampfschiffes. Vor allem verfügte es weder über einen Branendrive noch über einen TachyGrav-Werfer. Beides erachteten sie jedoch für diesen Einsatz als nicht notwendig. Sie würden weder in ein anderes Universum reisen noch Schlachten schlagen müssen. Die Mission sollte nur der Erkundung dienen, und hierfür war das sechzig Meter durchmessende Beiboot völlig ausreichend.

Hakera schleuste die neue *Rhelina* aus und beschleunigte aus dem Gravitationstrichter der Sonne. Nach nur zehn Minuten erreichten sie die notwendige Eintauchgeschwindigkeit und gingen in den Bulk.

Es dauerte vier Stunden, bis sie am Rand der Milchstraße zu einem ersten Orientierungsstopp wieder in den Normalraum zurückkehrten. Hakera vermied jeden Einsatz der aktiven Langstreckenscanner, die sie selbst zu einem leicht zu ortenden Objekt gemacht hätten. Aber bereits die passiven Scans zeigten, dass die Galaxis vor Aktivität nur so brummte. Alleine im Umkreis von zehntausend Lichtjahren konnten sie mehrere Hundert Objekte ausmachen, die Hyperemissionen abstrahlten. Raumschiffe, die das All durcheilten!

»Hier ist mehr los als zu unserer Zeit«, bemerkte Grand.

»Das kann sich zu unserem Vorteil auswirken«, sagte Rigoran. »Je mehr Schiffsverkehr, umso besser können wir uns darin verbergen.«

Grand war froh, dass sich der Gerbaraner wieder aktiv am Einsatz beteiligte und nicht mehr in sich zusammengesunken in einer Ecke der Zentrale saß. Die Aussprache schien ihren Zweck erfüllt zu haben.

»Kannst du etwas über Funk empfangen?«, wandte sich Jalina an die Bord-KI.

»Moment, ich scanne die üblichen Hyperfrequenzen, auf der in dieser Epoche allgemeine Informationen übertragen wurden«, erwiderte Hakera. »Oh! Das ist … ungünstig!«, meldete sie nach kurzer Zeit.

»Was gibt es?«

»Ein Signal, das von einem Nachrichtenkanal stammt, der galaxisweit ausgestrahlt wird. Warte, Jalina, ich lege euch die Aufzeichnung als Simultanübersetzung in die Zentrale.«

In einem mitten in den Raum projizierten Holofeld erschien das Abbild eines Dorianers, der eine Uniform trug und augenscheinlich irgendeine offizielle Stelle repräsentierte.

'Es gibt Hinweise auf feindliche Aktivitäten in Geschrok Rakul. Mehrere Agenten einer unbekannten Macht könnten versuchen, wichtige Einrichtungen unserer Zivilisation zu zerstören. Obwohl es sich nur um maximal vier Personen handeln soll, gelten sie als äußerst gefährlich. Uns wurde folgende Beschreibung übermittelt.'

Im Holofeld erschien eine dreidimensionale, computergenerierte Darstellung der Gesuchten, die sich langsam drehte. Es handelte sich unverkennbar um Skizzen von Grand, Jalina, Rigoran und Silvar.

'Sie sind angeblich in einem dorianischen Schiff unterwegs. Es ist nicht ganz klar, ob es sich hierbei, wie uns gemeldet wurde, tatsächlich um ein kleines Forschungsschiff handelt. Hierzu gibt es widersprüchliche Informationen. Andere Quellen berichten sogar, die Gesuchten seien im Besitz eines dorianischen Schlachtschiffs. Falls sie gesichtet werden, muss unbedingt sofort Kontakt mit dem nächstgelegenen Militärstützpunkt aufgenommen werden.'

Hakera blendete die Ansage aus.

»Damit sind eindeutig *wir* gemeint!«, sagte Grand. Er war verblüfft. Sie waren gerade erst hier angekommen und man erwartete sie schon? Wie war das möglich?

»Irgendjemand weiß, dass wir hier sind. Allerdings weiß dieser Jemand nicht, dass Silvar nicht mehr lebt«, stellte Jalina fest.

»Es gibt nur eine Quelle, aus der diese Informationen stammen können.« Noch während Grand sprach, wurde ihm klar, dass seine Aussage nicht ganz richtig war. »Nein, es gibt sogar zwei mögliche Quellen! Das Coniunctional und den Devorator! Einer von beiden muss unseren Zeitsprung irgendwie bemerkt und eins und eins zusammengezählt haben.«

»Das befürchte ich ebenfalls«, stimmte Jalina seiner Überlegung zu.

»Was ist, wenn beide zusammenarbeiten?«, fragte Rigoran leise.

Die Bemerkung schockierte Grand. Konnte das möglich sein?

»Überlegt doch«, fuhr der Gerbaraner fort. »Woher soll das Coniunctional von Silvar wissen? Woher soll es wissen, wie er aussah? Es kann nichts von ihm gewusst haben. Wie denn auch? Wir hatten nie Kontakt mit ihm oder diesem Tiberius, von dem ihr mir erzählt habt.«

»Das bedeutet noch nicht, dass die beiden Entitäten plötzlich zusammenarbeiten«, beharrte Grand. Er wollte sich nicht vorstellen, nun gegen *beide* gleichzeitig antreten zu müssen. »Vielleicht stammen die Informationen alleine vom Devorator.«

»Und das Coniunctional steht an der Seitenlinie und sieht zu, was sein Erzfeind so treibt? Das glaubt ihr doch selbst nicht!«

»Vielleicht hat es keine Möglichkeit, hier tätig zu werden«, sagte Grand und wusste gleichzeitig, wie unglaubwürdig sich das anhörte. Wenn es dem Devorator möglich war, seine Finger in diese Zeit und an diesen Ort auszustrecken, so war das Coniunctional mit Sicherheit auch dazu in der Lage. »Trotzdem bedeutet das nicht automatisch, dass sich beide gegen uns verbündet haben. Sie hassen einander!«

»Ich muss Rigoran zustimmen«, schaltete sich Hakera ein. »Meine Berechnungen ergeben eine hohe Wahrscheinlichkeit für eine Allianz der beiden Geisteswesen. Es wäre außerdem nachvollziehbar. Wir stellen eine Bedrohung für beide dar und wenn sie ein Zweckbündnis eingehen, können sie ihre jeweiligen Möglichkeiten bündeln. Dahinter könnte ihr gegenseitiger Hass zurückstehen.«

»Oh, Scheiße!«, murmelte Jalina und fasste damit treffend zusammen, was Grand dachte.

»Es wäre ja sonst auch zu einfach gewesen«, sagte er und lachte humorlos. »Wie konnten wir nur annehmen, die beiden würden uns einfach gewähren lassen? Damit sind die Dorianer gewarnt und wir können uns nicht mehr ohne Weiteres bei ihnen einschleichen. Nun, Freunde, was sollen wir jetzt machen?«

»Wir machen weiter wie geplant«, sagte Rigoran. Jeglicher Pessimismus schien von ihm abgefallen zu sein. »Wir sind auf einer Erkundungsmission. Daran hat sich nichts geändert. Wir müssen nur wesentlich vorsichtiger agieren, als wir bisher angenommen haben.«

»Es dürfte jetzt allerdings unmöglich sein, uns im Welkor-System zu zeigen«, widersprach Jalina. »Man würde uns sofort erkennen.«

»Nicht unbedingt«, widersprach Grand, in dessen Kopf sich eine Idee zu formen begann. »Auch wenn wir das Schiff so genannt haben, dies ist nicht die *Rhelina*! Vor allem ist es kein Forschungsschiff, wie jeder unschwer feststellen kann, der unsere Emissionen scannt. Es ist ein ganz normales, durchschnittliches Beiboot. Von diesem Typ müssen zu jeder Zeit Zehntausende durch die Galaxis fliegen. Es entspricht *nicht* der Beschreibung und ist so alltäglich, dass ihm niemand einen zweiten Blick zuwerfen wird! Jalina und mir sollte es möglich sein, unser Äußeres so weit zu verändern, dass wir dem verbreiteten Bild nicht mehr entsprechen. Rigoran wird allerdings an Bord bleiben müssen, wenn wir einen Planeten betreten wollen. Wir können ihn wohl kaum in einen durchschnittlichen Dorianer verwandeln.«

»Das ist riskant!«, warnte Hakera.

»Wann war jemals etwas nicht riskant, was wir gemacht haben?« Grand grinste seine Freunde an. »Was sagt ihr dazu?«

»Ich bin dabei«, sagte Jalina. »Wir haben sowieso keine andere Wahl. Wenn wir einen Weg finden wollen, das Unmögliche möglich zu machen, brauchen wir dringend Informationen. Sonst können wir auch gleich aufgeben und uns einen netten Planeten suchen, auf dem wir den Rest unseres Lebens verbringen.«

»Jalina hat recht.« Auch Rigoran stimmte Grands Vorschlag zu. »Wir wissen bisher nicht einmal, was wir unternehmen könnten, um die Zukunft zu verändern. Ohne Informationen stochern wir nur im Nebel. Also müssen wir das Risiko eingehen. Aufgeben ist keine Option.«

»Dann setze Kurs auf das Welkor-System, Hakera. Jalina und ich werden uns inzwischen überlegen, ob wir Karneval oder Halloween feiern wollen.«

Der letzte Satz trug Grand einen verständnislosen Blick Rigorans ein und er musste die nächsten zehn Minuten damit zubringen, ihm die Feinheiten historischer terranischer Verkleidungsriten zu erklären.

7.

»Ich gebe dir noch zehn Wochen! Wenn du dann immer noch keine Ergebnisse vorweisen kannst, werde ich jemanden finden, der das Projekt erfolgreich zum Abschluss bringt!«

Lerin Jak Jerinos senkte den Kopf. Für Tran Kol Kores musste es so aussehen, als ertrüge sie seine Zurechtweisung mit Demut, doch in Wahrheit wollte sie vermeiden, dass er den Hass in ihren Augen sehen konnte. Sie hatte ihr halbes Leben an diesem Projekt geforscht und jetzt, da sie kurz vor dem Durchbruch stand, drohte er damit, es ihr wegzunehmen. Das durfte nicht geschehen. Sie würde es nicht zulassen!

»Zehn Wochen! Hast du verstanden?«

»Natürlich, Administrator.« Es bereitete ihr Mühe, sich die Gefühle nicht anmerken zu lassen, die in ihr tobten. »Kann ich an meine Arbeit zurückkehren?«

Mit einer beiläufigen Handbewegung und ohne ein weiteres Wort entließ der Administrator von Welkor-Minor die Chefwissenschaftlerin.

Arrogantes Arschloch, dachte Lerin, stand auf und verließ den Raum.

Sie wusste genau, wie viel von ihrer Arbeit – der Arbeit ihres gesamten Teams – abhing. Trans Drohung war nicht dazu angetan, das Projekt schneller zu Ende zu bringen. Im Gegenteil! Sie jetzt durch einen anderen Chefwissenschaftler zu ersetzen und alles erneut auf den Prüfstand zu stellen, würde es um Monate, wenn nicht sogar um Jahre zurückwerfen. Der Administrator setzte damit nicht nur den Erfolg ihrer Arbeit aufs Spiel, sondern die Zukunft ihrer gesamten Spezies. Je früher ein funktionierender *Branendrive* zur Verfügung stand, umso früher konnten sie mit der Suche nach einem geeigneten Universum beginnen. Die Branenkollision sollte zwar erst in ferner Zukunft stattfinden – obwohl niemand in der Lage war, einen genauen Zeitpunkt zu nennen –, doch es konnte auch niemand wissen, wie lange die Suche nach einer neuen Heimat dauern würde. Man erwartete, dass unter den unzähligen Universen des Multiversums nur die allerwenigsten geeignet sein würden. Es konnten genauso gut Jahre wie Jahrtausende vergehen, ehe man mit der Umsiedlung würde beginnen können. Und diese würde zwangsläufig wiederum eine heute noch nicht zu bestimmende Zeitspanne in Anspruch nehmen.

Im Vorraum des Büros berührte Lerin einen Sensor ihres Multifunktionsreifs am linken Handgelenk. Vor ihr bildete sich der grüne Ring eines Spontantransmitters. Mit einem Schritt war sie zurück in der großen Experimentierhalle auf der anderen Seite des Planeten.

»Es war wohl keine aufmunternde Rede?« Kalro, ihr erster Assistent, sah Lerin an, dass sie aufgewühlt war.

»Man droht damit, mich abzulösen«, sagte sie und schnaubte wütend. »Als ob es einen zweiten Hyperphysiker gäbe, der auch nur annähernd meine Qualifikationen besitzt.«

»Die vielen Verluste an Schiffen und Mannschaften dürften die Administratoren langsam nervös machen«, vermutete Kalro.

»Die Zukunft unseres Volkes steht auf dem Spiel, Kalro«, sagte Lerin verächtlich. »Was bedeuten da schon ein paar Schiffe? Die Mannschaften bestanden ausnahmslos aus Freiwilligen, die wussten, welches Risiko sie eingehen würden.«

Lerin konnte Kalros Gesicht nicht sehen, da sie sich einer der vielen Holodarstellungen zugewandt hatte, die drei Seitenwände des großen Labors bedeckten und vor denen ein gutes Dutzend weiterer Hilfskräfte saßen. Ansonsten wäre ihr aufgefallen, wie sehr er ihre leichtfertig dahingeworfene Rechtfertigung missbilligte.

»Bereite einen weiteren Start für morgen vor. Wir werden bis dahin den Algorithmus noch einmal überarbeiten, besonders für die Anpassungskoeffizienten«, wies sie ihren Assistenten an, der ihre Anweisung an das Personal weitergab, ehe er sich wieder Lerin zuwandte.

»Wir haben schon alle möglichen Variationen des Algorithmus ausprobiert. Trotzdem sind wir jedes Mal gescheitert. Ich sehe nicht, wie …«, wagte Kalro einen Einwand, doch Lerin unterbrach ihn ungeduldig.

»Es muss an den Anpassungskoeffizienten liegen. Es gelingt uns inzwischen zuverlässig, ein Schiff aus unserer Branenmatrix zu lösen und wieder zu reintegrieren. Wir scheitern an der Integration in die Matrix der Zielbrane. Also muss es an den Anpassungskoeffizienten liegen.«

Sie verbrachten die halbe Nacht damit, über das Problem zu diskutieren und mithilfe einer speziell auf hyperphysikalische Problemstellungen ausgerichteten KI nach einer Lösung zu suchen. Kurz vor dem Start des Versuchsschiffs luden sie den überarbeiteten Algorithmus in den Quantencomputer des Schiffes hoch. Unmittelbar danach hob es ab.

Das dreißig Meter lange, zylindrische Schiff mit zwei Piloten, drei Wissenschaftlern und dem Prototyp eines Branendrives an Bord beschleunigte aus dem Welkor-System und ging in den Bulk.

Zunächst starteten sie eine Versuchsreihe, in der sich das Forschungsschiff mehrmals aus der Matrix der Brane löste, die das heimische Universum trug, bevor es sich wieder in sie reintegrierte. Lerin und Kalro verfolgten die Experimente vor ihren Datenterminals und Holoscreens im Labor auf Welkor-Minor. Der Übertritt in das Multiversum, in dem unzählige Branen, und somit unzählige Universen, seit ewigen Zeiten ihre Bahnen zogen, und der Wiedereintritt in das heimische Universum gelangen jedes Mal ohne Probleme. Das war nicht anders zu erwarten gewesen. Diese Technik beherrschten sie bereits seit Längerem. Es war der Übertritt in ein *anderes* Universum, an dem sie bisher gescheitert waren.

»Sind Sie bereit für Phase zwei?«, fragte Lerin die Wissenschaftler an Bord des Versuchsschiffes. Als die Bestätigung erfolgte, gab sie das Experiment frei.

Wieder trat das Schiff in den Bulk über und aktivierte den experimentellen Branendrive. Wie zuvor gelang die

Extraktion des Schiffes und seiner Besatzung aus der Branenmatrix des Ursprungsuniversums problemlos, wie der Datenfluss auf den Monitoren vor Lerin und Kalro zeigte. Dann kalibrierte sich der neuartige Antrieb auf eine fremde Branenmatrix und versuchte, das Schiff dort zu integrieren. Zunächst sah alles vielversprechend aus. Die Parameter näherten sich langsam denen des Zieluniversums an. Die Justierung schien diesmal zu gelingen. Lerin wollte Kalro bereits triumphierend auf die Schulter klopfen, als die HoloVid-Verbindung plötzlich abbrach und panische Schreie aus den Lautsprechern drangen. Das freudige Lachen erstarb Lerin auf den Lippen. Dann verstummten auch die Schreie, die Datenmonitore zeigten Nulllinien und aus den Lautsprechern drang nur noch das statische Rauschen des offenen Hyperfunkkanals.

Lerin sank auf ihrem Pneumo-Schwebesessel in sich zusammen. Sie war leichenblass geworden und schüttelte verzweifelt den Kopf.

»Das wird mich endgültig meine Position kosten«, murmelte sie.

Kalro war entsetzt, dass seine Vorgesetzte als Erstes an ihre Karriere dachte. Sie hatten erneut nicht nur wertvolles Material verloren, sondern vor allem unersetzliches Leben geopfert. Sein Gewissen plagte ihn bereits seit Längerem, auch wenn alle Teilnehmer an den Experimenten über die Gefahren Bescheid wussten und sich freiwillig gemeldet hatten. Es bereitete ihm zunehmend Schwierigkeiten, andere Dorianer in den Tod zu schicken, obwohl er sich immer wieder einschärfte, wie wichtig ein Erfolg für das Überleben der gesamten Spezies sein würde.

Neben Kalro richtete sich Lerin auf, straffte entschlossen die Schultern und sah ihm fest in die Augen.

»Wir hätten es fast geschafft. Es kann nicht mehr viel fehlen! Eine Winzigkeit, eine Nuance, eine geringfügige Feinheit in der Endkalibrierung. Wir werden nochmals die Daten durchgehen und jedes einzelne Quant unter die Lupe nehmen. Wir werden den Fehler finden! Inzwischen werden wir ein neues Schiff vorbereiten. Informiere die anderen Freiwilligen. Wir müssen so schnell wie möglich einen neuen Versuch starten. Vor allem müssen wir Erfolg haben, bevor man mich von meinem Posten entfernen kann.«

8.

»Davon hattest du uns nichts gesagt!« Das Bild, das sich auf dem Zentralholo abzeichnete, als sie am Rand des Welkor-Systems aus dem Bulk kamen, übertraf alles, was Michael in seinem an Absonderlichkeiten und Überraschungen nicht armen Leben bisher gesehen hatte.

Nun ja, außer einigen verrückten Dingen in der Exodus-Sphäre, dachte er.

Zum ersten Mal bekam er einen Eindruck davon, *wie* fortgeschritten die Dorianer sein mussten. Sie hatten das System nicht nur besiedelt, sie hatten es sich untertan gemacht. Hakera hatte es versäumt, sie davon zu unterrichten, dass im Welkor-System nicht nur dreiundzwanzig Planeten die blaue Riesensonne umkreisten, nicht nur Tausende von Habitaten über den Planeten und den Monden der Gasriesen ihre Kreise zogen, sondern die Sonne selbst von einem schmalen Band umgeben war, das aus der Entfernung fast zierlich wirkte. Allerdings schien es angesichts der enormen Größe des Zentralgestirns nur so. Es musste mehr als eine Million Kilometer breit und Tausende Kilometer dick sein.

Eine Dyson-Sphäre! Grand war beeindruckt. *Ich hätte nicht gedacht, dass ich so etwas je zu Gesicht bekommen würde.*

Das Konzept war ihm natürlich bekannt; es wurde auf der Erde schon seit langer Zeit in der fantastischen Literatur oder in Science-Fiction-Filmen thematisiert, galt aber in der Praxis als undurchführbar. Die Dorianer bewiesen hier das Gegenteil.

Der Ring war nicht völlig eben, sondern leicht gewölbt, wie Grand bei einer weiteren Vergrößerung sehen konnte. Wegen der enormen Tangentialkräfte mussten sich Fliehkraft und Gravitationskraft in einem Gleichgewicht befinden. Da bei einem zylinderförmigen Band die Fliehkraft an seinem Rand größer als die Gravitation der Sonne und bei einem Ausschnitt einer Kugeloberfläche die Gravitation der Sonne größer als die Fliehkraft sein würde, lag die Form des Rings zwischen diesen beiden Extremen. Es war ein Meisterwerk fortgeschrittener Technologie.

»Wozu dient der Dyson-Ring?«, fragte Grand. »Ist er besiedelt?«

»Nein«, antwortete Hakera. »Soweit ich von hier feststellen kann, ist er voll automatisiert und dient ausschließlich zur Energieerzeugung.«

Grand war zwar nicht klar, wie die aufgefangene Sonnenenergie, die unglaubliche Ausmaße haben musste, zu den Endverbrauchern gelangen sollte, aber er war sicher, dass die Dorianer auch hierfür eine beeindruckende Lösung gefunden hatten.

Grand seufzte bedauernd. Er hätte zu gerne einen Fuß auf dieses Wunderwerk dorianischer Technik gesetzt. »Beeindruckend, aber leider nicht unser Ziel«, stellte er fest.

Noch bevor Hakera darauf antworten konnte, wurden sie angefunkt. Die Systemüberwachung forderte sie auf, sich zu identifizieren. Nun musste sich zeigen, ob die Geschichte, die sie sich zusammen mit der KI ausgedacht hatten, einer Überprüfung standhalten würde.

Auf dem Zentralholo erschien das Abbild eines Dorianers in einer dunkelgrünen Uniform.

»Dies ist der Intersystemkreuzer *Iganschol* aus Yolmoron«, meldete Hakera. »Wir kommen aus dem Darokasch-System und sind den langen Weg hierhergereist, da wir beunruhigende Nachrichten vernommen haben. Wir kommen, um zu helfen.«

Das Darokasch-System existierte tatsächlich, und laut Hakeras Datenbanken war es ein Ort, der so gut wie nie von dorianischen Schiffen angeflogen wurde. Das System lag in einer extrem schwierig zu navigierenden Dunkelwolke, und da es dort nichts gab, was für den Rest des Reiches von Interesse gewesen wäre, sah sich niemand dazu veranlasst, ihm einen Besuch abzustatten. Zudem wurden die Bewohner von Darok, dem einzigen bewohnbaren Planeten der gelben Sonne, als Sonderlinge angesehen. Bei den wenigen, die überhaupt schon einmal von dem System gehört hatten, galten sie als verschroben, rückständig, verschlossen und als Anhänger einer seltsamen Religion, die *Hurz* anbeteten, einen Gott, der strenge Askese und Enthaltsamkeit verlangte. Dementsprechend war das Erscheinungsbild der Darokaschi, zudem waren sie aufgrund der geringen Gravitation des Planeten hoch aufgeschossen und dünn, was für Grand und Jalina sehr von Vorteil war.

Das Holobild erlosch und es dauerte einem Moment, bis es sich erneut wieder aufbaute. Anscheinend hatte man in der Leitstelle noch nie von diesem System gehört und erst in den Datenbanken nachsehen müssen, wo es lag. Wie es schien, hatte man mehr getan, als nur dessen Existenz zu überprüfen. Der Spott in der Stimme des diensthabenden Offiziers war unschwer zu überhören.

»Schlechte Nachrichten, eh? Was für schlechte Nachrichten? Und wie wollt ihr helfen? Eure … hm … Zivilisation ist nicht gerade als … äh … besonders hoch entwickelt bekannt.«

Grand trat vor die Holocam und löste Hakera im Gespräch mit dem Offizier ab.

»Ich bin Hanko Alt Theren. Ich grüße dich im Namen von Hurz, gepriesen sei sein Name. Wir haben vernommen, dass dem Reich eine Katastrophe droht und hier an einer Rettung gearbeitet wird. Ich gelte als bester Hypertheoretiker von Darok und bin den weiten Weg gereist, um meine Fähigkeiten unserem gesamten Volk zur Verfügung zu stellen.«

Grand konnte sehen, dass es dem Offizier sichtlich schwerfiel, seine Belustigung zu verbergen. Anscheinend besaß man hier keine allzu hohe Meinung von den Darokaschi.

»Ich … äh … denke, wir haben hier ausreichend exzellente Wissenschaftler zur Verfügung, um … äh … jedes denkbare Problem lösen zu können. Trotzdem vielen Dank für dein großzügiges Angebot. Da ihr schon mal hier seid, schlage ich vor, Welkor-Major einen Besuch abzustatten. Es ist ein herrlicher Planet, auf dem ihr alle Vergnügungen vorfindet, die ihr euch nur vorstellen könnt – wenn euer Gott nichts dagegen hat und ihr es euch überhaupt leisten könnt.«

Der Mann hatte sichtlich Mühe, sich seine Erheiterung nicht anmerken zu lassen. Seine Mundwinkel zuckten verräterisch. Grand war erfreut darüber, dass man sie nicht ernst nahm. Je mehr man über sie lachte, umso unverdächtiger mussten sie erscheinen. Trotzdem setzte er eine beleidigte Miene auf.

»Ihr solltet nicht den Fehler begehen, uns Darokaschi zu unterschätzen. Wir haben gehört, dass hier an einem neuartigen Antrieb geforscht wird …«

Das Gespräch wurde abrupt unterbrochen. Grand sah Jalina überrascht an, die außerhalb des Erfassungsbereiches der Holocam stand. Wenige Sekunden später baute sich das Holobild erneut auf. Diesmal stand Grand ein anderer Dorianer gegenüber. Er trug keine Uniform, sondern eine Art Anzug, der aus einer eng anliegenden, blauen Hose und einer weit geschnittenen, locker fallenden, grünen Jacke bestand. Grand war sich sicher, dass er damit keinen Schönheitspreis auf einer terranischen Modenschau gewonnen hätte.

»Ich bin Systemadministrator Tran Kol Kores. Ihr verfügt über Informationen, die geheim und demzufolge nicht allgemein bekannt sind. Darf ich fragen, wie ihr daran gekommen seid?«

Hakeras Vermutung, dass die Entwicklung des Branendrive in dieser Epoche noch nicht abgeschlossen war, hatte sich somit bestätigt. Allerdings war Grand überrascht zu hören, dass die Dorianer augenscheinlich ein Geheimnis daraus machten.

»Systemadministrator, es ist mir eine Ehre …« Wieder wurde Grand rüde unterbrochen.

»Genug der Förmlichkeiten!« Tran Kol Kores schien kein geduldiger oder gar höflicher Zeitgenosse zu sein. »Ihr wisst Dinge, die ihr nicht wissen dürftet. Zwei Kampfschiffe nähern sich eurer Position und werden euch nach Welkor-Minor geleiten. Ihr werdet ihnen widerstandslos folgen. Dort werden wir uns weiter unterhalten. Inzwischen ist euch jeder Funkkontakt, außer zu den Geleitschiffen, strengstens untersagt.« Das Holobild erlosch.

»Kein besonders freundlicher Bursche«, sagte Jalina.

»Es gefällt mir nicht, dass wir derart viel Aufsehen erregen«, erwiderte Grand. »Wir wollten uns hier als harmlose Hinterwäldler einschleichen und jetzt haben wir mehr Aufmerksamkeit, als uns lieb sein kann. Wenn sie das Schiff durchsuchen und Rigoran finden, werden sie unangenehme Fragen stellen. Dann werden sie uns genauer unter die Lupe nehmen und unsere Tarnung könnte auffliegen.«

Doch ihre Sorgen erwiesen sich als unbegründet. Nach einem mehrstündigen Unterlichtflug quer durch das System wurden sie von ihren Geleitschiffen, zwei Kampfkreuzern derselben Klasse, der auch die *Sonnenwind* angehörte, angewiesen, über Welkor-Minor in einen hohen Orbit zu gehen. Nach kurzer Zeit erfolgte die Aufforderung, auf einem kleinen Raumhafen in der Nähe des administrativen Komplexes zu landen. Dort schien sich niemand weiter für das Schiff selbst zu interessieren. Es war mit Sicherheit gescannt, durchleuchtet, vermessen und für harmlos befunden worden. Ihre Energieemissionen entsprachen exakt denen, die bei einem Schiff dieses Typs zu erwarten waren, darüber hinaus hielt man sie lediglich für harmlose Trottel, die nicht ernst zu nehmen waren. Grand nahm sich vor, zumindest Letzteres zu ändern. Man musste sie für harmlose, aber *nützliche* Trottel halten!

9.

#Die Verwirbelungen in den Wahrscheinlichkeitsmatrizen nehmen zu!# Selbst in dem mentalen Flüstern des Coniunctional schwang seine Besorgnis mit.

#Ich habe meine Kontakte in diesem temporalen Abschnitt angewiesen, entsprechende Hinweise zu streuen#, raunte der Devorator durch den Äther des Multiversums.

#Ich habe ebenfalls meine dortigen Agenten beauftragt, unseren Ahnen eine Warnung zukommen zu lassen. Über weitere Möglichkeiten verfüge ich in dieser Zeit nicht.#

#Ich muss gestehen, dass auch meine Möglichkeiten, dort Einfluss zu nehmen, erschöpft sind#, musste der Devorator zugeben.

#Ich habe nachgedacht!#

#Worüber?#

#Was geschehen könnte, falls es uns nicht gelingt, den Angriff auf unsere Existenz zu unterbinden.#

#Ich weigere mich, dies als Möglichkeit zu akzeptieren!#

#Das ist ignorant.#

#Auch ich habe nachgedacht#, sagte der Devorator nach einigem Zögern. *#Ich könnte einen Alternativplan vorschlagen. Er ist allerdings riskant. Wir könnten selbst versuchen, die Zeitlinie zu verändern. Wenn dieser Grand nie geboren würde …#*

#Die Auswirkungen auf das Multiversum wären unabsehbar#, warnte das Coniunctional. *#Dir sind die Limitierungen von temporalen Eingriffen bekannt!#*

#Natürlich! Eine Veränderung der Zeitlinie in einem der unzähligen Universen führt lediglich zu einer Branenspaltung, wobei die Originalzeitlinie auf der Ursprungsbrane erhalten bleibt. Es

entsteht lediglich ein Paralleluniversum. Jedes Universum besitzt eine Eigenzeitmatrix, in der die Vergangenheit unveränderbar festgeschrieben ist und die Zukunft nur als Wahrscheinlichkeitsmatrix existiert.#

#Dann weißt du auch, dass dies nicht für das Multiversum selbst gilt!#

#Auch das ist mir bekannt. Hier würde eine Veränderung der Zeitlinie sofort zu einem Zeitbeben führen, das die gesamte Struktur des Multiversums erschüttern und neu ordnen würde. Niemand kann jedoch voraussagen, wie diese neue Ordnung aussehen wird. Es gibt kein paralleles Multiversum, in dem die ursprüngliche Zeitlinie bewahrt bliebe. Grands Geburt betrifft jedoch nur die Geschichte eines einzigen Universums.#

#Du übersiehst dabei einen wichtigen Faktor#, stellte das Coniunctional fest. *#Grand ist durch seine Aktivitäten längst zu einem multiversalen Element in der Gleichung geworden. Er hat nicht nur verschiedene Universen aufgesucht, sondern es besteht eine hohe Wahrscheinlichkeit dafür, dass ihm der Zutritt zu der darüberliegenden Ebene gewährt wurde. Anders sind die derzeitigen Ereignisse nicht zu erklären. Er war somit dem Multiversum zeitweise entzogen und seine Wertigkeit für die multiversale Matrix kann nicht mehr berechnet werden.#*

#All dies ist mir selbstverständlich bekannt.#

#Du gibst also zu, dass eine Manipulation von Grands Vergangenheit Folgen haben könnte, die nicht zu berechnen sind und zwangsläufig Auswirkungen auf das gesamte Multiversum haben müssen?#

#Das ist das Risiko, von dem ich sprach!#

#Wieder einmal stellst du unter Beweis, wie leichtfertig du mit unserer Existenz umgehst. Wir können es nicht riskieren, an Grands Vergangenheit herumzupfuschen, da wir nicht wissen können, welche Auswirkungen dies auf das Multiversum und damit auf uns selbst haben würde. Nein, ich bin nicht bereit, diesen irrsinnigen Plan zu unterstützen.#

Für einen nicht definierbaren Zeitraum herrschte mentales Schweigen in der Unendlichkeit.

#Ich kenne dich#, fuhr das Coniunctional fort. *#Solltest du versuchen, diesen Wahnsinn trotz meiner Einwände in die Tat umzusetzen, werde ich nicht davor zurückschrecken, das Undenkbare zu tun!#*

Der Devorator wusste, wovon sein Feind und Geistesbruder sprach. Jeder der beiden hatte in der langen Zeit ihrer Feindschaft mit dem Gedanken gespielt, die Zeitlinie so zu manipulieren, dass es den anderen niemals geben konnte. Doch aus genau den Gründen, die das Coniunctional soeben angeführt hatte, war jeder von ihnen vor diesem Schritt zurückgeschreckt. Er hätte nicht nur die eigene Existenz infrage gestellt, sondern das Gewebe des Multiversums auf unabsehbare Weise verändert.

#Du würdest deine eigene Existenz gefährden, nur um mich aufzuhalten?#, fragte der Devorator verwundert.

#Ich würde meine eigene Existenz aufs Spiel setzen, um das Multiversum zu bewahren. Denn worüber könnten wir streiten, wenn es nichts mehr zum Streiten gäbe?#

10.

Tran Kol Kores musste sich vor dem Eintreffen der beiden Darokaschi über deren Lebensweise und Zivilisationsgrad informiert haben. Ihm war anzusehen, dass er sie mit gemischten Gefühlen empfing. Einerseits machte ihm augenscheinlich die Tatsache zu schaffen, dass seine Besucher über geheime Informationen verfügten, andererseits fiel es ihm offensichtlich schwer, die beiden wirklich ernst zu nehmen. Grand konnte erkennen, dass widersprüchliche Emotionen über das Gesicht des Dorianers huschten, während sie einander gegenüberstanden. Soweit er überhaupt in der Lage war, dorianische Gefühle anhand der Gesichtszüge zu deuten.

Auch Grand hatte Mühe, sich seine Gefühle nicht anmerken zu lassen. Allerdings verspürte er eine Mischung aus Hochachtung, Verblüffung und dem Anflug eines Minderwertigkeitsgefühls, wie er sich eingestehen musste. Was er von der dorianischen Zivilisation dieser Epoche auf dem kurzen Weg vom Raumhafen bis hierher zu sehen bekommen hatte, war unglaublich gewesen. Die Dorianer waren tatsächlich Millionen Jahre weiterentwickelt als die Terraner – und als jede andere Spezies, die er bisher kennengelernt hatte. Es war vor allem die seltsame Mischung aus Vertrautem, absolut Fremdartigem und schier Unerklärlichem, die ihm zu schaffen machte. Die Dorianer, die er zu Gesicht bekommen hatte, wären in einer terranischen Großstadt fast nicht aufgefallen – obwohl man sie wahrscheinlich für klein gewachsene und leicht übergewichtige Zeitgenossen gehalten hätte – und wirkten nicht im Geringsten wie eine seit Jahrmillionen existierende Spezies. Sie standen in kleinen Gruppen ins Gespräch vertieft zusammen, verhielten sich für terranische Augen vollkommen normal und schlenderten zwanglos zwischen den Gebäuden umher. Vielleicht hatte Grand unbewusst damit gerechnet, sie würden ätherisch schwebend in einer fast magisch wirkenden Umgebung wie Halbgötter existieren, doch sie wirkten so … normal! Es war vielmehr die Umgebung, in der sie sich bewegten, die ihre unfassbare technologische Überlegenheit sichtbar machte.

Es gab weder Boden- noch Luftfahrzeuge und es war Grand schwergefallen, zu erkennen, wo ein Gebäude begann und die Parklandschaft aufhörte – wenn es denn eine solche war. Energieschleier wogten in zarten Pastelltönen zwischen sich ständig verändernden Gebäuden, die diesen Namen fast nicht verdienten. Es gab kaum gerade Linien, und die wenigen erkennbaren Begrenzungen schienen ständig im Fluss. Selbst der Bodenbewuchs, über den Grand und Jalina von vier Soldaten geführt worden waren – zumindest nahm er an, dass es sich um Soldaten gehandelt hatte –, hatte in unregelmäßigem Rhythmus nicht nur seine Farbe, sondern auch seine Beschaffenheit verändert. Es war Grand ein völliges Rätsel, wie man sich in dieser psychedelischen Landschaft, in der es keine Fixpunkte zu geben schien, überhaupt zurechtfinden konnte.

Immer wieder waren vereinzelte Dorianer scheinbar aus dem Nichts aufgetaucht oder von einem Augenblick zum nächsten verschwunden. Nur ein ringförmiges, grünliches Aufblitzen hatte ihn vermuten lassen, dass hier der ihm bekannte Spontantransmitter zur Fortbewegung benutzt worden war.

Grand war nicht klar, ob es sich bei diesem Gelände um einen besonders kunstvoll gestalteten administrativen Bereich handelte oder ob die Dorianer ihre Städte generell in einer Mischung aus Kunst und Funktion anlegten. Oder ob es sich überhaupt um Kunst handelte und nicht um eine technologische Notwendigkeit, deren Sinn und Zweck er schlichtweg nicht verstand. Was immer es auch war, es führte ihm die Rückständigkeit all dessen, was er kannte, nur zu deutlich vor Augen.

Natürlich hatte man sie stundenlang in einem Vorraum warten lassen, bis der Systemadministrator sie empfing. In solchen Machtspielchen unterschieden sich hochrangige dorianische Bürokraten wohl nicht von terranischen. Vor Grand und Jalina materialisierten zwei Sessel aus Formenergie. Tran Kol Kores saß hinter einer ovalen, semitransparenten Energieplatte, die frei im Raum schwebte und auf der sich in rasendem Tempo kleine 3D-Miniaturen bildeten und wieder verschwanden, aus der Zahlenkolonnen emporwuchsen und sich wieder auflösten und auf der winzige Bilder irgendwelche Szenen zeigten, die nebenan oder Lichtjahre entfernt spielen konnten. Tran Kol Kores wischte mit einer Hand über den Tisch und all dies verschwand. Nur die leere Energieplatte blieb übrig.

»Was wollt ihr hier?«

Wieder ärgerte sich Grand über die brüske Gesprächseröffnung des Systemadministrators. Keine Begrüßung, kein Small Talk, keine Höflichkeitsfloskeln. Tran Kol Kores kam direkt zur Sache.

»Wir wir bereits gesagt haben …«

»Unsinn!« Tran Kol Kores schlug mit der flachen Hand auf die Energieplatte, was zu Grands Erstaunen nicht nur funktionierte, sondern sogar ein entsprechendes Geräusch verursachte. »Ich habe mich über eure Welt informiert. Ihr seid ein rückständiger, altertümlicher Zweig unseres Volkes, der sich vor langer Zeit abgespalten hat. Ihr könnt nichts, wisst nichts und betet einen absurden Gott namens *Hurz* an, der euch zur Entsagung all dessen zwingt, was unsere Zivilisation auszeichnet. Ihr seid ungebildete Tölpel! Natürlich haben wir eure DNA gescannt und sie bestätigt, dass ihr dorianisches Erbgut in euch tragt, wenn auch stark verändert. Aber das ist angesichts eurer jahrtausendelangen Inzucht ja nicht anders zu erwarten. Ihr stammt aus dem abgelegensten Teil unseres Reiches und habt kaum Kontakt mit dem Rest unserer Zivilisation. Also kommt mir nicht mit der Geschichte, ihr könntet uns bei einem Projekt helfen, an dem selbst unsere fähigsten Hypermathematiker, Hyperphysiker und Hypertheoretiker bisher gescheitert sind. Ein streng geheimes Projekt überdies, von dem ihr nichts wissen dürftet. Also, wer hat euch Trotteln davon berichtet und was wollt ihr wirklich hier?«

Grand mochte den aufgeblasenen Bürokraten mit jeder Sekunde weniger. Neben sich hörte er Jalina mit den Zähnen knirschen. Ihr schien es ähnlich zu gehen und sie benötigte anscheinend ihre ganze Selbstbeherrschung, um dem Kerl nicht an die Gurgel zu springen. Ihre tiefschwarze Haut und die silbernen Locken standen in starkem Kontrast zu den leuchtend grünen Augen, die sie einem in die Iris eingespritzten Nanofarbstoff verdankte, der sich über die nächsten Tage wieder auflösen würde, ebenso wie die Färbung der Haut. Nur die Locken mussten operativ entfernt werden, da sie an Bord ihres Schiffes zunächst künstlich gezüchtet und dann in der Kopfhaut verankert worden waren. Grand wusste, dass auch er mit der veränderten Haut- und Haarfarbe das typische Bild eines Darokaschi abgab. Für die ansonsten hellhäutigen Dorianer mussten sie tatsächlich äußerst seltsam aussehen, obwohl sich über die vergangenen Jahrmillionen viele verschiedene Phänotypen herausgebildet hatten, je nach Umweltbedingungen oder durch gezielte genetische Modifikationen.

»Ich verwahre mich gegen die Beleidigung unseres Gottes, Hurz sei gepriesen, und erwarte, dass man uns mit Respekt behandelt«, ergriff Grand das Wort. »Ein Handelsschiff, das vor nicht allzu langer Zeit bei uns niederging, hat von den vergeblichen Bemühungen berichtet, einen neuen Antrieb zu konstruieren, der Reisen in andere Universen ermöglich soll. Ich kann nicht sagen, woher er diese Information hatte, aber der Händler erwähnte beiläufig, dass er zuvor Kontakt mit einem Flottenstützpunkt gehabt hätte. Vielleicht hat er es dort aufgeschnappt. Ich hielt diese Geschichte zunächst für ein Hirngespinst, da es mir unmöglich erschien, von einer Brane auf eine andere zu wechseln. Doch als ich mich länger mit der Problematik beschäftigte, fand ich eine theoretische Lösung für dieses Problem. Nun bin ich kein Hyperingenieur und nicht in der Lage, ein solches Triebwerk zu erbauen – zudem fehlt uns auf Darok hierzu die Infrastruktur – doch ich fühlte mich verpflichtet, meine Erkenntnisse zum Wohl unseres Volkes weiterzugeben. Das Welkor-System erschien mir hierfür das logische Ziel zu sein.«

»Wieso sollte es einem Burschen wie dir gelungen sein, ein Problem zu lösen, an dem sich die klügsten Köpfe unseres Volkes bisher die Zähne ausgebissen haben?«

»Vielleicht sind sie nicht so klug, wie du annimmst?«

»Du solltest nicht unverschämt werden, Hanko Alt Theren! Ich kann dich immer noch wegen Geheimnisverrat anklagen lassen. Wieso sollte ich deine Geschichte glauben?«

»Du musst sie mir nicht glauben, Administrator. Sie ist jedoch einfach zu überprüfen. Gib mir die Gelegenheit, mit einem deiner besten Hypertheoretiker zu reden, und entscheide dann, ob sie stimmt oder nicht!«

Grand war zwar kein begnadeter Hyperphysiker, aber Hakera hatte ihm aufgezeigt, wo es wahrscheinlich die größten Schwierigkeiten bei der Entwicklung des Branendrive gegeben hatte. Es war zu erwarten, dass besonders der Übertritt auf eine andere Brane, die Integration eines Schiffes in die dortige Matrix, das größte Hindernis dargestellt hatte. Die hierfür benötigte Hypermathematik war komplex und musste einen Faktor berücksichtigen, der sich nicht sofort aufdrängte. Die KI hatte Grand während des mehrtägigen Fluges ins Welkor-System in langen Stunden die Grundlagen der Lösung vermittelt. Obwohl er in Wahrheit keine längere Diskussion mit einem Spezialisten würde führen können, sollten ein paar gezielte Hinweise und die entsprechenden Formeln jedoch ausreichen, auch einen Fachmann von seiner scheinbaren Kompetenz zu überzeugen. Grand hatte das notwendige Wissen wie ein Papagei auswendig gelernt.

Tran Kol Kores dachte einen Moment nach. Dann grinste er.

»Na schön! Ich kenne da jemanden, der sich gewaltig ärgern würde, wenn ausgerechnet einer wie du die Lösung präsentieren könnte. Es wäre mir ein Vergnügen, unsere Chefwissenschaftlerin zurechtgestutzt zu sehen. Sollte dir dies gelingen, werde ich mich erkenntlich zeigen, falls nicht, fangen eure Probleme erst richtig an!« Der drohende Unterton war unverkennbar.

Tran Kol Kores wischte erneut über die Energieplatte. »Transport ins Experimentallabor von Lerin Jak Jerinos«, sagte er.

Mitten im Raum baute sich der grünliche Ring eines Spontantransmitters auf. Tran Kol Kores kam hinter der Energieplatte hervor und deutete einladend auf den flirrenden Energiekreis.

11.

»Ich verstehe immer noch nicht, warum Michael und Jalina den Dorianern dabei helfen, den Branendrive zu entwickeln«, sagte Rigoran. »Ich dachte, Ziel dieser Mission wäre es, irgendwie zu verhindern, dass die Geschichte sich so abspielen wird, wie sie sich abgespielt hat!«

»Haben Michael und Jalina es dir nicht erklärt?« Hakera schwebte als eiförmiger Avatar in Rigorans Kabine. Dem Gerbaraner fiel ein Gespräch mit der KI leichter, wenn er ein Gegenüber vor sich hatte und nicht nur mit einer körperlosen Stimme sprechen musste. Die Materieprojektoren des Beiboots erlaubten es Hakera, sich wieder einmal in ihrer bevorzugten Erscheinungsform zu manifestieren.

»Doch, haben sie, aber mir leuchtet die Erklärung nicht ein.«

»Es ist doch ganz einfach, Rigoran. Wir können den Bau eines Branendrives nicht verhindern, dazu ist die Entwicklung schon zu weit fortgeschritten. Selbst wenn es uns gelingen würde, die Fertigstellung zu verzögern, würde das nichts ändern. Die Dorianer werden letztlich erst in ein paar Zehntausend Jahren aus diesem Universum verschwinden. Bis dahin werden sie den Branendrive längst entwickelt haben, selbst wenn wir ihnen jetzt Hindernisse in den Weg legen, die bestenfalls zu einer Verzögerung führen.«

»Aber müssen wir ihnen deshalb auch noch helfen?«

»Es gibt bei diesem Vorgehen kaum Nachteile, aber einen entscheidenden Vorteil: Michael gewinnt ihr Vertrauen und daraus ergibt sich vielleicht eine Möglichkeit, etwas in Erfahrung zu bringen, was uns *tatsächlich* bei unserer Aufgabe helfen kann. Denn in erster Linie fehlen uns Informationen. Bisher haben wir keine Idee, wo wir überhaupt ansetzen könnten, um den Lauf der Geschichte zu verändern.«

Rigoran grummelte etwas vor sich hin, das nicht zu verstehen war. Hakera verabschiedete sich und ließ den Gerbaraner alleine. Rigoran setzte sich auf sein Nest und überlegte. Er war der KI gegenüber nicht ganz ehrlich gewesen. Er hatte Grands Begründung durchaus verstanden, auch wenn ihm der Plan widerstrebte. In Wahrheit war es jedoch etwas völlig anderes, das ihm auf der Seele brannte. Er hatte über seine Scham gesprochen, über seine Angst und darüber, wie sehr er sich wünschte, etwas dazu beitragen zu können, den verhassten Devorator aufzuhalten. Dessen Entstehung zu verhindern, ohne die all das, was geschehen war, gar nicht erst geschehen würde. Ohne dessen Existenz er sich gar nicht erst schuldig gemacht hätte! Jetzt fühlte er sich zur Seite geschoben. Er saß hier in seiner Kabine, während sich seine Freunde in Gefahr begaben. Rigoran spürte, dass es seine Pflicht war, etwas zu unternehmen. *Irgendetwas!* Er musste seinen Freunden beweisen, dass er noch von *Wert* war!

Rigoran saß lange auf seinem Nest in der Kabine und dachte nach. Dann fasste er einen Entschluss. Auf den öffentlichen Holokanälen hatte er in den letzten Stunden sehen können, dass sich viele verschiedene Spezies auf dem Planeten tummelten. Er würde sicher nicht auffallen, vor allem nicht jetzt, nachdem niemand einen Verdacht gegen die Besatzung der *Rhelina II* hegte. Er würde sein Äußeres verändern, so wie es Michael und Jalina getan hatten, und sich vom Schiff schleichen. Unter den vielen unterschiedlichen Rassen würde niemand einen einzelnen Nicht-Dorianer mit den Gesuchten in Verbindung bringen. Während Michael und Jalina ihren Plan verfolgten, würde er versuchen, *irgendetwas* zu finden, das sich für ihre Mission als hilfreich erweisen konnte. Das war er angesichts seiner Verbrechen sich und seinen Freunden schuldig. Er verspürte das übermächtige Verlangen, sich zu rehabilitieren. Nicht nur durch Worte, sondern durch Taten!

Rigoran zweifelte keinen Moment daran, dass er Erfolg haben würde. Schließlich hatte er sich in seiner Funktion als Agent der *Liga der Unsterblichen* mehr als einmal unerkannt in einer fremden Umgebung bewegen müssen.

Eine Stunde später verließ Rigoran die *Rhelina II*, nachdem er Hakera weisgemacht hatte, er fühle sich eingesperrt und unwohl und wolle nur für einige Minuten direkt vor dem Schiff 'richtige' Luft atmen. Die KI hatte widerstrebend Verständnis für seinen Wunsch geäußert, jedoch darauf beharrt, aus Sicherheitsgründen wenigstens bis zum Einbruch der Nacht zu warten. Sie hatte ihn auch gebeten, direkt unter dem Rumpf des Schiffes zu bleiben, möglichst im Sichtschutz einer der Landestützen. Als es so weit war, löschte sie zusätzlich die gesamte

Außenbeleuchtung unterhalb des Schiffes, was diesen Bereich in völlige Dunkelheit tauchte.

Der Gerbaraner sank, von einem Antigravfeld getragen, aus der Bodenschleuse und stellte sich sofort hinter eine der dicken Landestützen. Auf Hakeras Anraten hatte er sich einen langen Umhang mit Kapuze übergeworfen, um eine zufällige Identifizierung als einer der Gesuchten zusätzlich zu erschweren. Er konnte nicht völlig ausschließen, dass zufällig ein Servicebot des Raumhafens mit hochempfindlichen Kameraaugen vorbeikam und ihn wahrnahm. Dieser Vorschlag war Rigoran gerade recht gewesen, konnte er darunter doch die Verkleidung vor der KI verbergen, die er in seiner Kabine angelegt hatte.

Rigoran sah sich um. Das Landefeld, auf dem außer der *Rhelina II* nur wenige andere Schiffe geparkt waren, lag still und spärlich beleuchtet vor ihm. Es war keinerlei Aktivität wahrzunehmen, alles war völlig ruhig. Dieser kleine Raumhafen wurde nur selten genutzt, weshalb man auf weitreichende Sicherheitsmaßnahmen verzichtet hatte, von einer lückenlosen Überwachung ganz zu schweigen. Es gab nicht einmal einen Zaun oder eine Energiebarriere rings um das Landefeld.

Rigoran wusste genau, an welcher Stelle unter dem Rumpf er sich aufhalten musste, damit ihn die Außenkameras der *Rhelina II* nicht erfassen würden. Genau dort befand er sich nun. Den toten Winkel ausnutzend, schlich er von dem Schiff weg und verschwand in der Nacht.

12.

Im Vergleich zu der surrealen Welt, die sich die Dorianer auf Welkor-Minor geschaffen hatten, wirkte der Experimentaltrakt auf Grand fast normal. Der große Raum hätte sich auch auf einem Forschungsplaneten der Terranischen Union befinden können. Allerdings war das Gebiet der Hyperphysik, das hier erforscht wurde, dem Wissenstand auf Terra mindestens um Tausende von Jahren voraus.

Tran Kol Kores stellte Grand und Jalina die Chefwissenschaftlerin vor. Lerin Jak Jerinos war eine ältere Dorianerin, die einen harten Zug um den Mund zeigte. Grand konnte spüren, dass zwischen den beiden ein angespanntes Verhältnis herrschte. Schon die Begrüßung der war alles andere als herzlich ausgefallen.

»Das sind die beiden«, sagte Tran Kol Kores schließlich. »Hanko Alt Theren und seine Assistentin Yeri Ral Gelar. Sie behaupten, dir bei der Lösung unserer Probleme mit dem neuartigen Antrieb helfen zu können.«

»Tatsächlich? Behaupten sie das?« Lerin Jak Jerinos lachte abfällig. »Und woher haben die beiden Genies ihr unglaubliches Wissen?«

»Ich war Jahrgangsbester der Akademie für angewandte Hyperphysik auf Darok«, sagte Grand, der sich ziemlich sicher war, dass sich niemand die Mühe machen würde, zu überprüfen, ob es dort jemals einen Hanko Alt Theren gegeben hatte – oder eine Akademie für angewandte Hyperphysik.

Die Chefwissenschaftlerin lachte laut auf. »So, so! Jahrgangsbester einer obskuren Akademie irgendwo im Enddarm des Universums! Ich bin sicher, was man dort unterrichtet, habe ich mir schon als Kleinkind angeeignet. Weißt du überhaupt, wer ich bin? Ich bin dreifache Preisträgerin des Larinor-Preises, Ehrenpräsidentin der Reichsakademie von Kalenasch und ich gelte als eines der größten Genies, die unser Volk je hervorgebracht hat. Und nun kommst du und willst ein Problem gelöst haben, über das ich mir seit Jahren den Kopf zerbreche. Einfach so! Ein Tölpel von einem unwichtigen Planeten aus einer noch unwichtigeren Galaxie hat ein Problem gelöst, an dem ich, Lerin Jak Jerinos, bisher gescheitert bin. Tran Kol Kores, schaff mir die beiden aus den Augen. Meine Zeit ist zu kostbar, um sie mit solch einem Unsinn zu verschwenden.«

Grand wusste zwar weder, was der Larinor-Preis war, noch hatte er je von der Reichsakademie von Kalenasch gehört, doch er wusste, wie er die arrogante Ziege beeindrucken konnte.

»Eure Anpassungskoeffizienten des Algorithmus zur Integration in die fremde Branenmatrix vernachlässigen die biologische Hyperkomponente«, sagte er einfach.

Die Chefwissenschaftlerin, die sich bereits abgewandt hatte, fuhr zu ihm herum.

»Wie war das?« Ihr Mund stand halb offen und sie sah ihn mit weit aufgerissenen Augen an.

»Ihr scheitert, weil ihr den Anteil der hyperphysikalischen Emissionen von lebendem Gewebe unterschätzt. Jedes Schiff hat schließlich eine Besatzung. Jeder String in biologischem Gewebe hat eine sehr charakteristische mehrdimensionale Eigenschwingung, und sei sie noch so gering, die nicht nur von seiner materiellen Zusammensetzung abhängt, sondern auch von den biochemischen Wechselwirkungen. Wenn diese spezifischen Eigenschwingungen in den Anpassungskoeffizienten nicht berücksichtigt werden, gelingt die Integration nicht und das Objekt, in eurem Fall ein Versuchsschiff, wie ich vermute, wird von der anderen Brane abgewiesen und verweht im Bulk.«

Grand wusste von Hakera, die sämtliche Datenbanken des von ihr übernommenen Kampfschiffes nach Fakten über die technischen Spezifikationen und die historische Entwicklung des Branendrives durchsucht hatte, dass dies die größte Hürde gewesen und als letztes Stück des Puzzles gelöst worden war. Es lag deshalb nahe, dass diese Information ihnen hier Glaubwürdigkeit verschaffen würde. Wie es schien, hatten sie mit ihrer Vermutung ins Schwarze getroffen.

»Eine biologische Hyperkomponente! Hm … das … das ist ein interessanter Gedanke«, murmelte die Chefwissenschaftlerin. »Ich muss darüber nachdenken!« Sie drehte sich um und stürmte aus dem Labor.

»Ich denke, damit haben wir unseren Wert unter Beweis gestellt«, sagte Grand zu Tran Kol Kores, der ihn ungläubig anstarrte.

In diesem Moment heulte ein Alarm auf.

13.

Rigorans Plan war sehr einfach. Anstatt den Dorianern auch noch Informationen zu geben, wollte er mehr über ihr Gesellschaftssystem herausfinden. Er verstand nicht, warum sich Grand und Jalina so sehr auf die technologische Entwicklung der Dorianer konzentrierten. Die Ursache allen Übels lag in der geistigen Zersplitterung des Kollektivwesens, zu der es nach dem Aufstieg gekommen war. In der Aufspaltung in das Coniunctional und den Devorator. Es war ein *psychologisches* Problem, kein *technologisches*! Die vergeistigten Dorianer hatten sich schlicht und einfach zerstritten. Rigoran war sich sicher, dass die Grundlage für diesen Streit in der Gesellschaftsstruktur ihrer Zivilisation zu finden sein musste. Keine Spezies, die über Jahrmillionen friedlich zusammengelebt hatte, würde sich plötzlich dermaßen untereinander zerstreiten, ohne dass es hierfür psychologische Ursachen gab. Wenn es gelang, den Keim der Spaltung ausfindig zu machen, der bereits hier und jetzt vorhanden sein musste, hatte man vielleicht einen Ansatzpunkt. Zumindest würde man das Problem besser verstehen.

Rigoran verließ den kleinen Raumhafen ungesehen. Er hatte eine kleine Ansiedlung entdeckt, die sich unweit des Landefeldes befand. Über einem Teil der seltsam aussehenden Gebäude am Rand des Ortes schwebten Hologramme, unverständliche Symbole und flackernde Lichter. Es sah nach einem typischen Vergnügungsviertel aus. Mochten die Dorianer auch noch so fortgeschritten sein, sie würden nach wie vor gutes Essen, Unterhaltung und Amüsement zu schätzen wissen. Seien es Restaurants, Bars, Casinos oder weniger respektable Etablissements, hier würde man unschwer Kontakte knüpfen und Informationen einholen können. Da er in den letzten Stunden eine Vielzahl verschiedener Spezies im Umfeld der kleinen Ansiedlung hatte beobachten können, war sich Rigoran nach wie vor sicher, dass er dort nicht auffallen würde. Zudem hielten sich auf Welkor-Minor vorwiegend Personen auf, die eine administrative oder wissenschaftliche Aufgabe hatten. So oder so sollte es sich um gut informierte Quellen handeln, die er abzuschöpfen gedachte.

Rigoran hatte mit seiner Vermutung richtig gelegen. Als er das fragliche Viertel schließlich erreichte, drangen aus einigen der bunt beleuchteten Gebäude, die sonderbare, teilweise fließende Formen aufwiesen, die typischen Geräusche des Nachtlebens. Etwas, das wie Gelächter klang, auch wenn es wenig Ähnlichkeit mit dem hatte, was ein Terraner vernehmen lassen würde – es erinnerte eher an einen bellenden Husten –, und Musik, die in seinen Ohren schmerzte. Anscheinend hatten die Dorianer eine eigenwillige Vorstellung von Harmonien.

Rigoran streifte seinen Umhang ab, verbarg ihn hinter einer in der Dunkelheit schwach leuchtenden Pflanze und ging auf eines der Gebäude zu, aus dem das lauteste Hustenlachen drang. Keiner der Nachtschwärmer, die er gesehen hatte, verbarg seine Gestalt unter einem weiten Umhang. Das Gewand würde zu sehr auffallen.

Es gab keine Kontrolle am Eingang, der aus einem pulsierenden Durchgang bestand, und Rigoran trat ein. Er hatte sich einen passiven Mikrotranslator in eines seiner Ohrlöcher gesteckt, der mit der dorianischen Sprache programmiert war, und trug das aktive Gegenstück unter seinem kurzen Schnabel. Das Gerät würde jedes seiner Worte simultan übersetzen.

Es handelte sich um eine Mischung aus Restaurant, Bar und … noch etwas anderem, das Rigoran nicht zuordnen konnte. Er sah, dass einige der Anwesenden Nahrung zu sich nahmen, andere standen in kleinen Gruppen zusammen. Sie hielten Gefäße mit einer trinkbaren Flüssigkeit oder inhalierten aus anderen Behältnissen verschiedenfarbigen Rauch, doch was an einem Ende des großen Raums vor sich ging, entzog sich seinem Verständnis.

Dort drehten sich Hologramme in der Luft und Dorianer sowie andere Wesen sprangen dazwischen umher und versuchten, die Hologramme zu berühren. Gleichzeitig vollführten sie seltsame Tanzbewegungen und ruderten mit den Armen. Wenn es jemandem gelang, eines der Hologramme nicht nur zu berühren, sondern es vollständig zu durchdringen, brachen alle in schallendes Hustengelächter aus und der Betreffende wurde bejubelt. Ob es sich hierbei um ein Spiel, einen dorianischen Tanz oder gar eine künstlerische Vorführung handelte, erschloss sich Rigoran nicht. Es spielte aber auch keine Rolle. Sein Ziel war vielmehr eine kleine Gruppe derjenigen, die sich mit dem unterschiedlich gefärbten Rauschrauch, denn darum musste es sich handeln, in Stimmung zu bringen versuchten.

Er pirschte sich langsam an die Gruppe heran und versuchte, etwas von ihrer Unterhaltung zu erhaschen. Die atonale Musik machte es nicht einfacher. Wie es schien, drehte sich das Gespräch um die alltäglichen Probleme, mit denen es auch die Angehörigen einer Jahrmillionen alten Gesellschaft zu tun hatten: Arbeit, Freizeit – und das andere Geschlecht. Einer der Dorianer prahlte damit, während einer andersgeschlechtlichen Phase eine Affäre mit einem bekannten Holokünstler gehabt zu haben, was ihm jedoch keiner seiner Mitschnüffler abnahm.

Als Rigoran sich der Gruppe weiter nähern wollte, packte ihn jemand von hinten an der Schulter. Erschrocken fuhr er herum. Vor ihm stand ein Dorianer, der offensichtlich nicht mehr ganz nüchtern war. Im Lärm der schrecklichen Musik konnte Rigoran nicht richtig verstehen, was der Fremde von ihm wollte. Sein Translator übersetzte nur Wortfetzen. Rigoran hörte '… *nie gesehen* …', '… *welche Spezies* …' und '… *woher* …'. Anscheinend stellte der Unbekannte genau die Fragen, die er erwartet hatte. Der Gerbaraner hatte sich für einen solchen Fall zwar eine Geschichte ausgedacht, doch leider war die Gruppe der übrigen Rauchzecher nun ebenfalls auf ihn aufmerksam geworden. Einer von ihnen sah Rigoran mit einem prüfenden Blick an.

»Hey, du!«, rief der Rauchschnüffler mit nicht mehr ganz sicherer Stimme. »Dich kenne ich doch!«

»Das glaube ich nicht«, antwortete Rigoran. Äußerlich blieb er vollkommen ruhig. Es war nicht das erste Mal in seinem langen Leben als Agent, dass ihm eine Enttarnung drohte. Meist hatte er sich mit einem Bluff aus der brenzligen Situation befreien können. »Ich arbeite auf Welkor-Prime und bin nur für ein paar Tage hier, um etwas Spaß zu haben. Ich bin gerade erst angekommen und glaube nicht, dass wir uns schon einmal begegnet sind.«

»Warte mal«, sagte der Mann und legte einen Finger auf ein Sensorband, das er ums Handgelenk trug. Er tippte auf dem Armreif herum und über seinem Arm erschien ein kleines Hologramm. Es stellte Grand, Jalina, Silvar und Rigoran dar, so wie sie in dem Fahndungsaufruf gezeigt worden waren.

»Die Kopffedern sind bei dir zwar schwarz und auch dein Schnabel hat eine andere … Hey! Wohin …«

Mehr hörte Rigoran nicht mehr, da er sich bereits umgedreht hatte und versuchte, in der Menschenmenge unterzutauchen. Er verfluchte den Zufall, dass sich ausgerechnet hier jemand an die einige Tage zurückliegende Holosendung erinnerte. Er musste zusehen, dass er von hier verschwand, und darauf hoffen, dass der im wahrsten Wortsinn 'benebelte' Dorianer an eine Verwechslung glauben und dem Ganzen weiter keine Bedeutung beimessen würde.

Doch Rigorans Hoffnung wurde enttäuscht. Kaum hatte er den Unterhaltungspalast verlassen, als aus allen Richtungen Gleiter über den Dächern erschienen. Der Dorianer musste mithilfe seines Armbandes sofort die Behörden alarmiert haben. Gleichzeitig leuchteten überall die grünlichen Ringe der Spontantransmitter auf, aus denen

Bewaffnete stürmten und auf das Gebäude zueilten, das Rigoran soeben verlassen hatte. Doch der hatte er sich gerade hinter den Strauch zurückgezogen, wo er seinen Umhang verwahrt hatte, um diesen wieder überzustreifen, und blieb zum Glück unentdeckt. Ihm war klar, dass er seine Mission abbrechen und ungesehen zur *Rhelina* zurückkehren musste. Er konnte nur hoffen, dass es niemandem einfallen würde, zwischen seinem Auftauchen und dem kürzlich gelandeten kleinen Schiff eine Verbindung herzustellen. Sollte jemand auf die Idee kommen, das Schiff genauer unter die Lupe zu nehmen, wären sie geliefert. Ganz zu schweigen davon, dass sich Grand und Jalina durch seine Unvorsichtigkeit nun in höchster Gefahr befanden!

14.

Grand warf Jalina einen verstohlenen Blick zu. Er konnte nur hoffen, dass der Alarm nicht mit ihnen in Zusammenhang stand. Tran Kol Kores wandte sich an seinen Begleiter, den Grand für einen Assistenten hielt.

»Finde heraus, was da los ist!«

Der Assistent begann unverzüglich auf seinem Sensorarmband herumzutippen. Grand hatte ein ungutes Gefühl bei der Sache.

»Ich denke, wir sind hier fertig«, sagte er. »Wir können auf unser Schiff zurückkehren und stehen für weitere Fragen gerne zur Verfügung.«

»Äh … ja … äh … natürlich.« Tran Kol Kores war sichtlich abgelenkt. Er versuchte ebenfalls, Informationen von seinem Sensorreif abzurufen. Was ihm schließlich auch gelang. Über seinem Arm erschien das holografische Abbild, das Grand bereits aus der Nachrichtensendung kannte. Rigorans Hologramm war rötlich hinterlegt und blinkte. Gleichzeitig erscholl ein überraschter Ausruf des Assistenten.

»Einer der Gesuchten wurde im Unterhaltungsviertel von Melanok gesichtet!«, rief er aus.

Tran Kol Kores, der immer noch auf seinen Armreif starrte, hob ruckartig den Kopf und starrte Grand und Jalina an.

»Melanok? Das ist direkt neben dem Landefeld, auf dem euer Schiff steht.«

Es konnte nicht lange dauern, bis der Systemadministrator die richtigen Schlussfolgerungen daraus gezogen haben würde. *Verdammter Rigoran*, dachte Grand. *Was hat er sich dabei gedacht? Und wie konnte Hakera das zulassen*? Ihm war klar, dass sie nicht zögern durften, wenn sie hier lebend herauskommen wollten.

Auch Jalina war zu dieser Einsicht gelangt, wie er sofort bemerkte. Sie sprang aus dem Stand ab und schnappte sich den Assistenten, der erschrocken quiekte, legte einen Arm um seinen Hals und drückte einen kleinen, spitzen Metallstift gegen seine Halsschlagader, die an der gleichen Stelle saß wie bei einem Terraner. Und vor Aufregung heftig pulsierte, wie Grand sehen konnte. Er hatte keine Ahnung, woher Jalina den Stift plötzlich hatte.

»Keiner rührt sich!«, sagte sie völlig ruhig, als wäre nichts geschehen. »Sonst blutet er vor euren Augen aus.« Der Dorianer hing stocksteif und mit weit aufgerissenen Augen in ihren Armen.

Die restlichen Labormitarbeiter standen oder saßen schockiert vor ihren Terminals und Arbeitsstationen und sahen dem plötzlichen Aufruhr entgeistert zu.

»Ihr gehört ebenfalls zu den Gesuchten«, stellte Tran Kol Kores fest. Der Systemadministrator blieb erstaunlich gelassen, was Grand nicht als gutes Zeichen deutete. Hilfe musste bereits unterwegs sein und Tran Kol Kores schien davon auszugehen, dass Grand und Jalina nicht von hier würden entkommen können.

»Wir sind nicht eure Feinde«, sagte Grand. »Ihr seid einer Fehlinformation aufgesessen.«

»Dann ergebt euch und wir klären das.«

»Ich fürchte, das wird nicht möglich sein.« Grand zuckte bedauernd mit den Schultern. »Glaubst du, wir hätten euch die Lösung für euer Problem mit dem Branendrive gegeben, wenn wir eure Feinde wären?«

»Woher soll ich wissen, ob deine sogenannte 'Lösung' nicht ausgemachter Unsinn ist.«

»Das wird sich schon herausstellen.«

In diesem Moment bildete sich mitten im Raum der grüne Ring eines Spontantransmitters. In schneller Folge sprangen zehn Soldaten mit angelegten Waffen heraus. Noch bevor sie etwas unternehmen konnten, schnappte sich Grand den Administrator und benutzte seinen Körper ebenso als Deckung, wie Jalina es immer noch mit dem Assistenten machte. Grand hatte den vagen Verdacht, man wäre eventuell bereit, einen untergeordneten Angestellten zu opfern, um der beiden vermeintlichen Verbrecher habhaft zu werden. Bei einer hochrangigen Persönlichkeit hingegen würden sich die Soldaten eher zurückhalten.

»Sag den Kerlen, sie sollen keine Dummheiten machen«, raunte er Tran Kol Kores ins Ohr. »Ich brauche keine Waffe, um dir das Genick zu brechen.«

»Stopp, Stopp!«, rief dieser daraufhin mit zittriger Stimme. »Nicht schießen! Er droht damit, mich umzubringen.«

Die Soldaten zögerten einen Moment und blieben dann wenige Meter vor Grand und Jalina und ihren Geiseln stehen. Aus dem Augenwinkel konnte Grand beobachten, wie sich die Labormitarbeiter langsam zu einem Durchgang schlichen und aus dem Labor verschwanden. Die Soldaten bildeten mit drohend auf sie gerichteten Waffen einen Halbkreis um Grand und Jalina. Grand hoffte, dass keiner der Männer einen nervösen Zeigefinger besaß oder, schlimmer noch, ein Kunstschütze war. Der viel kleinere Dorianer bot kaum ausreichend Deckung und Grands Kopf ragte deutlich sichtbar über den des Mannes hinaus. Ein Laserstrahl würde sein Gehirn so schnell zum Kochen bringen, dass er gar keine Zeit mehr haben würde, seine Drohung wahr zu machen. Grand konnte nur hoffen, dass dies den Soldaten nicht so schnell bewusst werden würde.

»Jalina«, sagte er auf Englisch. »Ich denke, es ist jetzt an der Zeit, mit Hakera Kontakt aufzunehmen.«

Ohne zu antworten oder den zitternden Assistenten loszulassen, griff die Kolltanerin mit ihrer linken Hand langsam um ihre Geisel herum und drückte auf einen Ring an ihrem rechten Mittelfinger. Im Innern befand sich ein Mikrosender, der bisher nicht aktiv gewesen war. Erst jetzt schickte er ein Notsignal an die KI auf der *Rhelina.*

Natürlich waren Grand und Jalina nicht ohne eine Absicherung losgezogen. Aus ihrer jahrtausendelangen Erfahrung wussten sie nur zu gut, dass keine Mission exakt so verlief, wie man es zuvor am grünen Tisch geplant hatte. Es war immer ratsam, einen Notfallplan in der Hinterhand zu haben. So auch diesmal!

Daher hatten sie vereinbart, bei Eintreten einer Notsituation, aus der sich Grand und Jalina nicht aus eigener Kraft befreien konnten, auf die Hilfe der KI zurückzugreifen. Genauer gesagt auf ihren

Spontantransmitter. Das Signal ermöglichte es Hakera, den Standort der beiden exakt anzupeilen. Unverzüglich bildete sich zwischen ihnen und den Soldaten der typische grüne Ring. Grand kniff die Augen fest zusammen. Um die Flucht abzusichern und eventuelle Feinde oder Verfolger für einen Moment außer Gefecht zu setzen, schickte die KI augenblicklich eine Blendgranate durch den Transmitter. Das nur faustgroße Objekt explodierte, unmittelbar nachdem es im Labor aufgetaucht war. Selbst durch die geschlossenen Lider war der helle Blitz fast nicht zu ertragen. Die Soldaten würden für mehrere Minuten nicht in der Lage sein, einen gezielten Schuss abzugeben. Lange genug, um aus dem Labor zu verschwinden.

Grand schubste seine Geisel, die schreiend die Hände vors Gesicht geschlagen hatte, in Richtung der Soldaten, die ebenfalls laut stöhnend umhertorkelten. Jalina machte es Grand nach. Es konnte nichts schaden, das Chaos noch zu vergrößern. Tran Kol Kores und sein Assistent kollidierten mit zwei Soldaten und gingen zu Boden. Zwei andere Soldaten stolperten über die sich am Boden windenden Körper und stürzten ebenfalls. An einen Angriff auf Grand und Jalina oder eine Verfolgung war überhaupt nicht mehr zu denken.

Grand nahm Jalinas Hand, hauchte ihr einen Kuss auf die Wange und dann sprangen sie durch den grünen Ring, der sofort erlosch.

Kaum waren sie in der Zentrale der *Rhelina* materialisiert, als Grand auch schon das Kommando für einen Alarmstart gab.

»Ich fürchte, das können wir nicht machen«, sagte Hakera zu seiner Überraschung. »Rigoran ist noch nicht an Bord.«

Grand fluchte. »Wo ist der Idiot? Wieso konnte er überhaupt das Schiff verlassen?«

»Ich schätze, er hat mich ausgetrickst«, gab die KI kleinlaut zu.

»Dich ausgetrickst?« Jalina lachte. »Das werde ich mir merken, wenn du mal wieder übermütig wirst.«

»Wir haben keine Zeit zum Scherzen«, sagte Grand ungehalten. »Die Dorianer können jeden Moment das Schiff stürmen. Wo zum Kuckuck ist der Gerbaraner?«

»Da kommt er!«, meldete Hakera und legte das Bild der Außenkameras auf das Zentralholo.

In der beginnenden Dämmerung war eine in einen Umhang gekleidete Gestalt zu sehen, die über das Landefeld auf die *Rhelina* zurannte. Gerade als Grand etwas sagen wollte, erschienen drei Gleiter auf der entgegengesetzten Seite des Raumhafens und hielten auf Rigoran zu.

»Er wird es nicht schaffen«, stellte Jalina nüchtern fest.

»Nein«, bestätigte die KI. »Bei seiner Geschwindigkeit und derjenigen der Gleiter werden sie ihn knapp vor dem Schiff eingeholt haben.«

»Hol ihn rein«, sagte Grand knapp.

»Ich fürchte, das kann ich nicht. Solange sich Rigoran so schnell bewegt, kann ich den Spontantransmitter nicht auf ihn einjustieren.«

Wieder fluchte Grand herzhaft. »Warum kann nicht einmal etwas glatt laufen. Na schön! Schick mich raus. Zehn Meter vor ihm.«

Augenblicklich bildete sich um Grand der grüne Ring und im nächsten Moment stand er auf dem Landefeld, unmittelbar vor dem auf ihn zurennenden Rigoran. Noch bevor der Gerbaraner reagieren konnte, packte Grand zu und riss ihn mit sich zu Boden. Eine Sekunde später wurden beide vom Spontantransmitter erfasst und auf die *Rhelina* transferiert. Sie landeten eng umschlungen auf dem Boden der Zentrale.

»Alarmstart! Jetzt!«, rief Grand, noch während er sich aufrappelte. »Wir unterhalten uns, wenn wir aus dem Schlamassel raus sind, den du uns eingebrockt hast!«, knurrte er Rigoran an, der ebenfalls langsam auf die Beine kam.

Hakera fuhr aus dem Stand die Triebwerke hoch und die *Rhelina* schoss in den langsam heller werdenden Himmel – wo die beiden Kampfschiffe, die sie nach Welkor-Minor geleitet hatten, schon auf sie warteten.

»Schirme hoch, Ausweichmanöver«, befahl Grand. »Dies ist nicht die echte *Rhelina* und wir haben gegen die beiden Riesen keine Chance.«

Das Beiboot der *Sonnenwind* hatte weder so starke Schutzschirme wie das Schiff, das Grand und Jalina an der Exodus-Sphäre verloren hatten, noch verfügte es über einen TachyGrav-Werfer, der selbst solch mächtige Kampfschiffe wie die beiden fast zwei Kilometer durchmessenden dorianischen Kugelraumer hätte gefährden können.

»Überlasse das ruhig mir«, sagte die KI mit leichtem Tadel in der Stimme. Natürlich hatte sie recht, wie Grand insgeheim zugeben musste. Kein biologisches Wesen wäre in der Lage gewesen, eine Situation schneller zu analysieren und darauf zu reagieren, als es Hakera vermochte.

Doch selbst die KI stieß an ihre Grenzen. Auch an Bord der beiden gegnerischen Schiffe waren künstliche Intelligenzen im Einsatz. Mochten sie auch nicht so hoch entwickelt sein wie Hakera – sie war ein Sonderfall unter den dorianischen KIs –, so konnten sie es jedoch in Sachen Schnelligkeit durchaus mit ihr aufnehmen.

Grand, Jalina und Rigoran warfen sich in von Hakera hastig materialisierte Schutzsessel, deren Gurtgespinste sich sofort über sie legten und sie in das weiche Polster pressten. Die Notwendigkeit für diese Maßnahme zeigte sich sofort. Als Hakera das Schiff zu einer brutalen Kursänderung zwang, konnten die Beschleunigungsneutralisatoren nicht schnell genug reagieren und einige G-Kräfte brachen durch. Grand hörte Jalina aufstöhnen und auch ihm selbst lastete für einen Moment ein Gewicht auf der Brust, als hätte dort ein Elefant Platz genommen. Von Rigoran kam kein Laut. Grand drehte mühsam den Kopf. Das schmächtige Vogelwesen war unter der Belastung bewusstlos geworden.

Ein dröhnender Schlag erschütterte die *Rhelina II*. Grand benötigte keinen Hinweis von Hakera, um zu wissen, dass sie getroffen worden waren. Allzu viele solcher Treffer würden die Schutzschirme des Beiboots nicht einstecken können. Wieder riss die KI das Schiff auf einen neuen Kurs, um die Zielcomputer des Gegners zu verwirren, und wieder brachen G-Kräfte durch.

»Schirme bei achtundvierzig Prozent. Noch zwei Minuten, bis wir die Mindesteintauchgeschwindigkeit und die notwendige Entfernung von Welkor-Minor erreichen«, gab Hakera bekannt.

»Zwei Minuten länger überstehen wir nicht«, presste Grand hervor. »Geh sofort in den Bulk.«

»Aber …«

»Kein 'Aber'«, bestand Grand auf seiner Anordnung. »Tu es einfach!«

Hier liegt der Unterschied zwischen einem biologischen Kommandanten und einer KI, dachte Grand. *Ein organisches Lebewesen geht Risiken ein, die eine KI niemals eingehen würde.*

Das Schiff so dicht an einem Gravitationstrichter in den Bulk zu zwingen, grenzte an Selbstmord. Die hyperphysikalischen Bedingungen für das Eintauchen in den Bulk mussten ganz bestimmte Parameter erfüllen. Der nahe Gravitationstrichter eines Planeten brachte diese Parameter aus dem zulässigen Bereich. Da zudem auch die Geschwindigkeit der *Rhelina II* noch nicht innerhalb des Toleranzbereiches lag, war ein solches Gewaltmanöver mit einem extrem hohen Risiko verbunden. Die dabei auf das Schiff einwirkenden Kräfte konnten es unter Umständen in Millionen Stücke zerreißen.

Hakera aktivierte den Hyperdrive.

Grand glaubte, den einsetzenden FTL-Antrieb gequält aufjaulen zu hören. Die Schiffszelle begann so stark zu vibrieren, dass Grands Zähne unkontrolliert aufeinanderschlugen. Er beneidete den bewusstlosen Rigoran, der von alldem nichts mitbekam. Ein Knistern und Krachen breitete sich im ganzen Schiff aus und Grand rechnete jeden Moment damit, dass es die *Rhelina II* tatsächlich zerreißen würde.

Dann wurde es mit einem Mal völlig still. Nur das kaum hörbare Surren des Hyperdrives war im Hintergrund zu vernehmen. Grand atmete tief durch und löste seine Gurte.

»Sieht so aus, als hätten wir es überlebt«, stellte er unnötigerweise fest.

»Die Struktur der Schiffszelle hat schwere Schäden davongetragen«, sagte Hakera. »Das Schiff ist im Prinzip Schrott. Wir werden es zwar zurück zur Sonnenwind schaffen, aber es war knapper, als du es dir vorstellen kannst!«

»Das spielt keine Rolle«, sagte Jalina, die sich ebenfalls aus dem Gurtgeflecht befreite. »Soweit mir bekannt ist, verfügt die *Sonnenwind* über drei weitere Beiboote dieser Klasse.«

»Wir können nicht mit Maximalgeschwindigkeit reisen«, informierte die KI ihre biologischen Freunde. »Der Hyperdrive hat ebenfalls gelitten, und wenn er unterwegs nicht ausfallen soll, muss ich ihn vorsichtshalber schonen.«

»Wie lange?«, fragte Grand knapp.

»Fast eine Woche«, kam die deprimierende Antwort.

Grand stöhnte auf. Eigentlich hätte es bis zum Versteck der *Sonnenwind* nur ein paar Stunden dauern sollen. Schließlich zuckte er resignierend mit den Schultern. »Dann haben wir wenigsten eine Woche Zeit, um uns zu überlegen, wie wir das Multiversum jetzt noch retten sollen.«

15.

Auch nach einer Woche waren sie nicht schlauer, als sie es zum Zeitpunkt ihres Erscheinens auf dieser Zeitebene gewesen waren. Ihr Vorhaben, die Entstehung des Coniunctional und des Devorators zu verhindern – und damit die Zukunft jeglicher Existenz zu sichern, erschien ihnen mit jeder verstrichenen Stunde aussichtsloser. Grand musste zugeben, dass er allmählich begann, Rigorans pessimistische Sichtweise zu teilen.

Mit dem Gerbaraner hatten sie ein langes Gespräch geführt. Grand und Jalina hatten sich bemüht, ihren Zorn über sein eigenmächtiges Handeln zu unterdrücken und die Unterhaltung in sachliche Bahnen zu lenken. Größtenteils war es ihnen gelungen.

Letztlich war Rigoran mit der Sprache herausgerückt. Er hatte zugegeben, nach wie vor unter den Verbrechen zu leiden, die er unter der mentalen Kontrolle des Devorators begangen hatte, obwohl Grand und Jalina ihm versichert hatten, dass sie ihm nichts davon mehr anlasteten. Der Gerbaraner hatte außerdem eingestanden, dass er immer noch Scham verspürte, und von seinem Drang gesprochen, aktiv an der Mission teilzunehmen, um Wiedergutmachung zu leisten. Grand und Jalina war klar geworden, dass ihr Freund unter großen psychischen Problemen litt, die es riskant machten, ihm wichtige Aufgaben anzuvertrauen. Sie konnten sich nicht darauf verlassen, dass er zu jeder Zeit rational handeln würde. Andererseits würde genau dieses Misstrauen sein Gefühl, ausgeschlossen zu sein, nur noch verstärken. Grand hatte keine Vorstellung, wie sie zukünftig damit umgehen sollten.

Sie schleusten die *Rhelina II* in den Hangar der *Sonnenwind* ein und Hakera transferierte sich zurück in das Kampfschiff. Dann trafen sie sich in der Kommandozentrale, um nochmals eine Bestandsaufnahme durchzuführen.

»Ich muss zugeben, ich habe keine Ahnung, was wir als Nächstes machen sollen«, sagte Grand und sank in seinen Sessel zurück, als hätte man die Luft aus ihm herausgelassen. »Was wir als Erkundungsmission geplant hatten, hat uns keinen Schritt weitergebracht und stattdessen beinahe in einem Desaster geendet. Allmählich beginne ich daran zu zweifeln, dass wir überhaupt eine Chance haben, in die zukünftigen Entwicklungen einzugreifen. Ich weiß nicht einmal, wo wir ansetzen könnten.«

»Was haben wir gelernt? Haben wir überhaupt etwas gelernt?«, fragte Jalina.

»Höchstens, dass sich die Dorianer trotz ihrer langen Geschichte als Einzelpersonen gar nicht so sehr von uns unterscheiden«, antwortete Rigoran. »Sie waren erstaunlich 'normal'. Ihre Technik mag weit über dem stehen, was zu unserer Zeit in der Milchstraße existiert, und sie verfügen über Möglichkeiten, die wir uns nicht einmal vorstellen können, aber sie sind nach wie vor weit davon entfernt, als Volk auf eine höhere Ebene der Existenz aufzusteigen. Ich hätte erwartet, dass die Angehörigen einer Spezies, die einst über ein Imperium verfügt hat, das Tausende von Galaxien umfasste, auf uns beinahe wie Götter wirken müssten. Sie sind aber so … so … gewöhnlich!«

»Vergiss nicht, dass sich die Zivilisation meiner Erbauer in dieser Zeit nicht nur in einer Phase der Stagnation, sondern sogar der Regression befindet. Wie du sagst, war ihr Ausdehnungsgebiet früher sehr viel größer und sie waren sehr viel mächtiger. Doch dann verloren sie das Interesse an Forschung, Entwicklung und an den Geheimnissen des Universums. Das dorianische Reich schrumpft seit vielen Millionen Jahren. Sie haben sich *zurückentwickelt*, auch wenn das für euch kaum vorstellbar ist. Was ihr hier vorgefunden habt, ist nur ein Abklatsch dessen, was sie einst waren. Ohne den Druck der anstehenden Katastrophe wären sie wahrscheinlich einfach ausgestorben, so wie viele hoch entwickelte Zivilisationen vor und nach ihnen.«

»Du denkst, wenn sie nicht davon überzeugt gewesen wären, das Universum würde untergehen, wären sie einfach verschwunden?«, wollte Jalina von der KI wissen.

»Das ist der Lauf der Geschichte. Imperien steigen auf und fallen wieder. Das ist im ganzen Universum so. Nichts währt ewig! Nur die Angst vor der Branenkollision hat noch einmal Kräfte entfacht, die letztlich zur Übersiedlung in ein anderes Universum geführt haben. Dort konnten sie, *mussten* sie neu beginnen und haben nochmals einen Aufschwung erfahren. Allerdings hatten sie aus der Vergangenheit gelernt und diesmal einen anderen Weg eingeschlagen. Sie haben sich nicht mehr auf das Materielle konzentriert – auf Technik, Eroberung und Ausbreitung –, sondern waren bemüht, sich *geistig* weiterzuentwickeln. Es war dieser Bruch der drohenden Katastrophe, der schließlich in den Weg der Vergeistigung und des Aufstiegs geführt hat.«

In Grands Hinterkopf entstand der Funke einer Idee, zu schwach, als dass er ihn hätte fassen können. Er beschloss, zunächst zu schweigen, zuzuhören und zu hoffen, dass er sich zu einer Flamme auswachsen würde.

»Die Dorianer wurden also sozusagen noch rechtzeitig wachgerüttelt«, stellte Jalina fest.

»So kann man es ausdrücken«, bestätigte die KI. »Ich habe Zugriff auf die historischen Daten meiner Erbauer und kann daraus ableiten, dass sie auf dem Weg des Niedergangs waren, als sie von der drohenden Branenkollision erfuhren. Ihr Reich schrumpfte ständig und fiel dabei immer weiter auseinander. Die Kontakte zwischen den Galaxien und Planeten wurden immer spärlicher. Nur die Angst vor dem Untergang des Universums brachte sie wieder zusammen. Ohne dieses Ereignis wäre der endgültige Zusammenbruch ihrer Zivilisation unvermeidlich gewesen. Sie hätten vielleicht noch einige Millionen Jahre durchgehalten, aber sie wären irgendwann einfach ausgestorben.«

»Ist es nicht eine Ironie des Schicksals, dass ausgerechnet die Furcht vor der materiellen Vernichtung sie letztlich dazu brachte, diese materielle Existenz freiwillig aufzugeben?«, wunderte sich Jalina.

»Das Schicksal meinte es außerdem sehr gut mit ihnen«, erinnerte sie Hakera. »Wie wir wissen, landeten sie in einem Universum, in dem der Zeitablauf sehr viel schneller ist als in unserem. Ungefähr einhundertmal schneller! Wäre dies nicht der Fall gewesen, würden sie, auf unsere Zeit bezogen, dort noch heute in materieller Form existieren.«

Aus dem kleinen Funken in Grands Kopf wurde ein loderndes Feuer.

»Das ist es!«, rief er aus und sprang aufgeregt auf. »Das ist die Lösung!«

Jalina und Rigoran sahen ihn verständnislos an.

»Versteht ihr nicht? Das Coniunctional und der Devorator existieren zu unserer Zeit nur, weil sie uns sozusagen temporal *überholt* haben. Wären die Dorianer in ein Universum ausgewandert, in dem die Zeit sehr viel *langsamer* vergeht als in unserem, dann würden die beiden Entitäten noch gar nicht existieren. Dann wäre ihr 'Aufstieg' noch gar nicht erfolgt. Dann hätten wir nie von ihnen gehört. Dann hätte es keine Invasion der Ra´hul gegeben, auch keine Mission Triangulum, und wir wären nie in diesen kosmischen Konflikt hineingezogen worden. All dies wäre nie geschehen. Wir müssen nur dafür sorgen, dass sie in ein anderes Universum auswandern, und das Problem ist gelöst! Natürlich muss es eines sein, dessen Eigenzeit sehr viel langsamer verläuft, als es hier der Fall ist.«

Für einen langen Moment herrschte verblüfftes Schweigen in der Zentrale.

»Das ist … das wäre … hm … stimmt das, Hakera?«, fragte Jalina.

»Ich bin gerade dabei, dies zu analysieren und zu berechnen«, sagte die KI.

»Kennt ihr denn ein Universum, dessen Eigenzeit langsamer verläuft?« Rigoran blickte Grand und Jalina verwirrt an.

»Wir kennen tatsächlich eines, aber das kommt leider nicht infrage.« Grand lachte amüsiert auf. »Stimmt, davon kannst du ja nichts wissen. Als wir noch als Agenten des Coniunctional unterwegs waren, erhielten wir den Auftrag, einen Krieg zwischen zwei Maschinenzivilisationen zu beenden. Beide waren von den Dorianern erschaffen und in einem nicht mit Leben erfüllten Miniaturuniversum ausgesetzt worden, wo man ihre Entwicklung beobachten wollte. Dann hatte es wichtigere Projekte gegeben und man hatte sich nicht mehr um sie gekümmert. Irgendwann brach ein Krieg zwischen den beiden künstlich erschaffenen Spezies aus und wir sollten ihn schlichten. In diesem Universum vergeht die Zeit wesentlich langsamer als bei uns, allerdings erst, seit das Coniunctional dies durch eine Manipulation der Naturkonstanten bewirkt hat. Ohne Coniunctional keine Manipulation und ohne Manipulation keine Veränderung der Eigenzeit. Deshalb ist dieses Universum nicht für unsere Zwecke geeignet. Aber ich bin sicher, wir werden eines finden! Hakera hat in ihren Datenbanken die Parameter von vielen Universen gespeichert. Darunter ist hoffentlich eines, das die richtigen Bedingungen aufweist.«

»Ja, ich bin im Besitz der Parameter etlicher Universen, darunter auch eines, dessen Eigenzeit sehr viel langsamer als bei uns verläuft. Die Dorianer haben bei der Suche nach einem geeigneten Fluchtuniversum genug Daten gesammelt.«

»Ich verstehe eines nicht«, sagte Rigoran. »Selbst wenn das Coniunctional und der Devorator erst in vielen Millionen oder meinetwegen Milliarden Jahren entstehen würden, sollte das doch nichts ändern. Sie können intertemporal agieren, sie selbst sind zeitlos und beherrschen den gesamten Zeitfluss des Multiversums. Damit könnten sie die uns bekannten Geschehnisse immer noch auslösen, indem sie auf die Vergangenheit zurückgreifen.«

»Das ist nicht völlig richtig«, korrigierte ihn die KI. »Es ist für sie so gut wie unmöglich, die festgeschriebene Vergangenheit innerhalb eines Universums zu verändern. Ihnen ist der direkte Zugriff auf den niederdimensionalen Raum verwehrt, und sie könnten dort nur über die in dem jeweiligen Universum lebenden Hilfsvölker oder durch ihre Agenten tätig werden. Und wie schwierig das ist, erleben wir gerade. Wenn sie aus unserer Sicht erst in ferner Zukunft entstehen, ist deshalb alles, was bis dahin in unserer Eigenzeit geschehen ist, für sie so gut wie nicht mehr zu beeinflussen. Kleinere Eingriffe mögen noch denkbar sein, aber die komplette Vergangenheit eines Universums zu verändern, sie 'umzuschreiben', würde selbst ihre Fähigkeiten übersteigen. Nur die Zukunft, das, was in einem Universum noch nicht geschehen ist, aber geschehen *könnte*, ist von ihnen manipulierbar. Sie nennen es die 'Wahrscheinlichkeitsmatrix', wie Tiberius uns gesagt hat.«

»Also müssten wir die Dorianer nur dazu bringen, in ein Universum auszuwandern, in dem die Zeit langsamer verläuft«, stellte Jalina fest. »Das sollte ja kein großes Problem sein«, fügte sie hinzu, wobei der Zynismus in ihrer Stimme nicht zu überhören war.

16.

Lerin Jak Jerinos blickte nervös auf die Datenströme und Holofeeds. Seit dem Zwischenfall mit den beiden angeblichen Darokaschi hatte sie unermüdlich daran gearbeitet, den hyperphysikalischen Anpassungskoeffizienten eine biologische Komponente hinzuzufügen. Mochten die beiden auch nicht gewesen sein, wofür sie sich ausgegeben hatten, so war der Vorschlag von Hanko Alt Theren, der mit Sicherheit nicht so hieß, doch von großem Wert gewesen. Sie war sich sicher, nun alle Hürden überwunden zu haben. Einem einsatzfähigen Branendrive stand nichts mehr im Weg. Der heutige Versuch sollte dies beweisen.

Das Experimentalschiff beschleunigte und tauchte in den Bulk ein. Per Hyperfunk wurden auch weiterhin alle Daten nach Welkor-Minor übertragen. Alles schien normal zu verlaufen, aber das war bei den anderen Versuchen in diesem Stadium nicht anders gewesen. Lerin spürte, wie sich ihr Herzschlag beschleunigte. Sie hörte ihren Assistenten neben sich tief einatmen.

»Phase zwei«, befahl sie.

»Datenübertragung stabil«, sagte der Assistent.

»Branendrive aktivieren!«

Auf den Holodiagrammen konnte sie sehen, wie Energie in das überarbeitete Triebwerk geleitet wurde. Das Experimentalschiff begann, sich aus der Branenmatrix des heimatlichen Universums zu lösen. Bis hierher verlief alles so, wie es sein sollte, aber auch die letztlich gescheiterten Versuche hatten diese Hürde problemlos genommen.

»Universale Extraktion vollständig«, kam die nächste Meldung ihres Assistenten. »Phase drei beginnt!«

Immer noch liefen die Datenströme im Labor auf Welkor-Minor ein. Solange sich das Schiff im Bulk befand, würde die Hyperfunkübertragung funktionieren. Erst wenn es in das Zieluniversum eintauchte, würde die Verbindung unterbrochen werden.

Lerin konnte verfolgen, wie der Branendrive auf die Parameter des Zieluniversums und den überarbeiteten Anpassungskoeffizienten einjustiert wurde.

»Integrationsphase beginnt«, sagte ihr Assistent.

Dann erloschen die Datenströme und in den Holofeeds war nur noch das graue Flackern der unterbrochenen Verbindung zu sehen.

»Nun können wir nur noch warten«, sagte die Chefwissenschaftlerin.

Jetzt begann die schlimmste Zeit während eines Versuchs. Wenn der Branenwechsel nicht schon zu Beginn gescheitert war, was man über die Datenverbindung direkt hatte miterleben können, dann hatte man das Scheitern erst bemerkt, weil sich das Versuchsschiff nie mehr gemeldet hatte. Es war nicht möglich, den Hyperfunkkontakt in das andere Universum aufrechtzuerhalten. Erst wenn das Schiff wieder in sein Ursprungsuniversum zurückkehren würde, konnte man sagen, ob das Experiment geglückt war.

Die Minuten verstrichen quälend langsam. Lerins Herzschlag beruhigte sich nicht im Geringsten. Im

Gegenteil. Sie hatte das Gefühl, mit jeder Minute würde er sich noch beschleunigen.

Dann war die vereinbarte Zeit abgelaufen, die man für einen Branenwechsel und die Rückkehr veranschlagt hatte. Wenn sich das Schiff in den nächsten Minuten nicht melden würde, musste man von einem erneuten Scheitern ausgehen. Lerin wusste, dass in diesem Fall der heutige Tag ihr letzter als Chefwissenschaftlerin gewesen sein würde.

»Kontakt!« Ihr Assistent schrie das Wort förmlich heraus.

Tatsächlich begannen erneut Daten über Hyperfunk einzulaufen.

»Ich will sofort mit der Besatzung reden«, rief Lerin Jak Jerinos. »Stelle augenblicklich eine Verbindung her!«

Sekunden später erschien das Gesicht des leitenden Wissenschaftlers an Bord vor Lerin. Seine Augen strahlten und sie musste gar nicht erst fragen, ob der Versuch geglückt war.

»Lerin, es war unglaublich! Wir sind die ersten Dorianer, vielleicht die ersten Bewohner unseres gesamten Universums, denen der Übertritt in ein anderes Universum gelungen ist. Die neuen Anpassungskoeffizienten haben einwandfrei funktioniert. Dein Genie hat all dies möglich gemacht. Du bist die Retterin unseres Volkes!«

Die Chefwissenschaftlerin wehrte bescheiden ab. Sie wusste nur zu gut, wem sie den Erfolg zu verdanken hatten.

Hanko Alt Theren, ich danke dir, dachte sie. *Wer immer du in Wirklichkeit sein magst und wo immer du gerade bist.*

17.

»Kannst du uns sagen, wann genau sich die Dorianer für das Universum entschieden haben, in das sie schließlich übergewechselt sind?«, wollte Grand von Hakera wissen.

»Meine Datenbanken verfügen nicht über die entsprechende Information«, musste Hakera zugeben.

»Aber du kannst uns sicher sagen, wann sie mit der Umsiedlung begonnen haben?«

»Ja, von heute an gerechnet verließ die erste Auswanderungswelle dieses Universum in 35.715 Jahren und 114 Tagen terranischer Zeitrechnung. Die gesamte Übersiedlung war bereits 1578 irdische Jahre später abgeschlossen.«

»Verfügst du über die Information, wann das Zieluniversum entdeckt wurde?«

»Damit kann ich dienen, Michael. Alle Zielparameter für andere Universen, über die ich verfüge, tragen einen Zeitstempel, der mir sagt, wann sie erstellt worden sind. Das fragliche Universum wurde demzufolge nur 258 Jahre vor Beginn der Auswanderung entdeckt. Alle zuvor angeflogenen Universen erfüllten nicht die notwendigen Bedingungen, um dort überleben zu können.«

»Es ist mir bekannt, dass die allermeisten Universen nicht für uns geeignet oder sogar völlig lebensfeindlich sind«, sagte Grand. »Wir können deshalb davon ausgehen, dass man sich nach der Entdeckung recht schnell für dieses Universum entschieden hat. Ansonsten hätte man vielleicht noch weitere Jahrtausende weitersuchen müssen, ohne Gewähr, ein zweites geeignetes Universum zu finden.«

»Das ist logisch«, stimmte Hakera zu. »Meine Erbauer wollten so schnell wie nur möglich von hier verschwinden.«

»Wir können deshalb annehmen, dass die Entscheidung kurz nach der Entdeckung fiel und man den Rest der Zeit mit Vorbereitungen verbracht hat.«

»Auch das ist logisch.«

»Dann haben wir einen ungefähren Zeitpunkt, an dem die Entscheidung sehr wahrscheinlich gefallen sein muss. Er liegt ungefähr 35.460 in der Zukunft, von heute an gerechnet.«

»Vielleicht ein paar wenige Jahre später, aber prinzipiell gebe ich dir recht«, sagte die KI.

»Was nützt uns das?«, warf Rigoran ein. »Selbst wenn es uns irgendwie gelingen könnte, die Dorianer in ein anderes Universum zu lotsen, können wir wohl kaum 35.000 Jahre warten. Vergiss nicht, wir sind nicht mehr unsterblich, und eine Zeitmaschine haben wir nicht.«

»Schon mal etwas von Zeitdilatation gehört?«, fragte Michael grinsend. »Hakera kann sicher genau ausrechnen, auf welche Geschwindigkeit wir beschleunigen müssen, um in möglichst kurzer relativer Zeit auf der *Sonnenwind* genau diese 35.460 Jahre im restlichen Universum verstreichen zu lassen. Je dichter wir an die Lichtgeschwindigkeit kommen, umso weniger Zeit vergeht für uns.«

»Ich muss dich leider enttäuschen«, sagte die KI zu Grands Überraschung. »Die Formel, nach der sich die Zeitdilatation berechnet, sieht wie folgt aus.«

$$\gamma = \frac{1}{\sqrt{1 - v^2/c^2}}$$

Hakera projizierte sie als Hologramm mitten in die Zentrale der *Sonnenwind*.

»Selbst wenn wir auf 99.99999983321795240092% der Lichtgeschwindigkeit kämen, würden immer noch etwas über zwei Jahre an Bord der *Sonnenwind* vergehen, um die gewünschte Zeit zu überbrücken«, fuhr sie fort. »Aber auch das ist unmöglich, denn kein einziges dorianisches Schiff war je dafür ausgelegt, bis derart dicht an die Lichtgeschwindigkeit zu beschleunigen. Die hierfür notwendige Energie könnte niemals aufgebracht werden. Auch die *Sonnenwind* kommt bestenfalls auf achtzig Prozent der Lichtgeschwindigkeit, und dann beträgt der Dilatationsfaktor nur noch 1,666. Wir wären also 21.276 Jahre unterwegs.«

Grand ließ sich in seinen Sessel fallen. »Eine andere Idee habe ich nicht«, brummte er enttäuscht.

»Aber du hast mich auf eine Idee gebracht, wie wir die Zeitdilatation tatsächlich zu unseren Gunsten nutzen könnten«, sagte Hakera zu seiner Überraschung. »Allerdings nicht die in einem bewegten System, sondern die gravitationelle Zeitdilatation.«

Grand, Jalina und Rigoran warfen einander verständnislose Blicke zu.

»Ich werde versuchen, es euch so verständlich wie möglich zu erklären«, sagte die KI gönnerhaft. »Auch in der Nähe von ruhenden Massen gibt es eine Verzerrung der Zeit. Sie ist umso größer, je größer die Masse ist. Die gravitationelle Zeitdilatation um einen ruhenden, sphärischen Körper lässt sich mit dieser Formel berechnen.«

Wieder projizierte Hakera die Formel direkt vor die drei.

$$T = \frac{T_0}{\sqrt{1 - \frac{2GM}{Rc^2}}}$$

»Wir müssen also nur eine Masse finden, die groß genug ist und möglichst dicht an sie herankommen.«

»Wie groß müsste die Masse denn sein?«, fragte Grand.

»Ein massives Schwarzes Loch, das nicht rotiert, sollte ausreichen. Wenn wir uns dicht genug an den Ereignishorizont heranwagen, werden unsere Uhren sehr viel langsamer gehen, als im restlichen Universum. Langsam genug, um die über 35.000 Jahre in einer vertretbaren Zeit überbrücken zu können. Allerdings müssen wir dicht heran, sehr dicht!«

18.

Das supermassive, nicht rotierende Schwarze Loch im Zentrum der Milchstraße war auf Terra als Sagittarius A* bekannt, abgekürzt auch als Sgr A*. Mit über vier Millionen Sol-Massen war es nicht nur sehr massiv, sondern auch sehr groß, was entscheidend war, wenn man eine Annäherung an den Ereignishorizont überleben wollte. Bei kleineren Schwarzen Löchern würde bei einer dichten Annäherung alleine der Gravitationsunterschied zwischen den Füßen und dem Kopf eine Person in die Länge ziehen und schließlich zerreißen. Diese Gefahr bestand bei einem großen, supermassiven Schwarzen Loch glücklicherweise nicht.

Schon zu Grands Zeit in den Terranischen Raumverbänden waren zwei Sonnen bekannt gewesen, die das Schwarze Loch auf einer engen Umlaufbahn umkreisten und die die wenig prosaischen Bezeichnungen S0-2 und S0-102 erhalten hatten. Die Dorianer hingegen hatten eine weitere Sonne entdeckt, die Sgr A* auf einem noch engeren Orbit umlief. Sie besaß sogar einen Planeten, der zwar keine Umweltbedingungen aufwies, die Leben ermöglichen konnten, aber als marsgroßer Gesteinsplanet eine Landung der *Sonnenwind* zulassen würde.

Die Bahngeschwindigkeit der Sonne war phänomenal hoch, sodass sie von der enormen Gravitation nicht hinter den Ereignishorizont gezogen werden konnte, aber das System war stabil und würde das Schwarze Loch auf absehbare Zeit umkreisen. Lange genug jedenfalls, um nach einer Landung auf dem Planeten die notwendige subjektive

Zeit an Bord der *Sonnenwind* abzusitzen, während der im restlichen Universum mehr als 35.000 Jahre verstreichen würden. Nach Hakeras Berechnungen würden sie fast ein Jahr auf dem namenlosen Planeten verbringen müssen.

Die *Sonnenwind* kam nahe bei dem Schwarzen Loch aus dem Bulk. Der Anblick auf dem Zentralholo war beeindruckend. Vor dem dichten Sternenhintergrund, der hier im Zentrum der Galaxis fast wie eine funkelnde, feurige Wand wirkte, verdeckte ein kreisrunder, pechschwarzer Schatten einen Teil der Zentrumssterne. Die Akkretionsscheibe, in der Staub und Gase unter Energieabgabe in das Schwarze Loch gezogen wurden, war nur schwach ausgeprägt, was darauf hindeutete, dass es sich gerade in einer wenig aktiven Phase befand. Nur ab und an leuchtete die rotierende Scheibe rings um den schwarzen Moloch hell auf. Auf Grand wirkte es wie der Eingang zur Hölle – oder wie ein böse starrendes Auge.

»Und da sollen wir reinfliegen?« Jalinas Abneigung gegen diese Vorstellung war deutlich herauszuhören.

»Keine Sorge«, sagte Hakera. »Meine Triebwerksleistung reicht völlig aus, um uns wieder aus dem Gravitationstrichter entkommen zu lassen. Solange wir nicht zu dicht an den Ereignishorizont geraten«, fügte sie hinzu.

»Wie dicht ist zu dicht?«, wollte Grand wissen und fürchtete sich gleichzeitig vor der Antwort. Zu Recht, wie sich herausstellte.

»Der Spielraum für einen Fehler ist nicht besonders groß«, antwortete die KI kryptisch. »Wir sollten uns dem

Schwarzen Loch nicht über das Sonnensystem hinaus nähern.«

»Ich habe kein gutes Gefühl bei der Sache«, musste Grand zugeben.

»Es ist die einzige Möglichkeit, die uns noch bleibt«, stellte Rigoran fest, der jedoch auch nicht glücklich bei der Vorstellung aussah, sich gleich tief in die unerbittlichen Klauen des Schwerkrafttrichters eines supermassiven Schwarzen Loches zu begeben.

»Bring uns rein«, ordnete Grand an und seufzte tief.

Die *Sonnenwind* näherte sich dem Schwarzen Loch und Grand konnte hören, wie Hakera allmählich die Triebwerksleistung hochfuhr, während sie an den Schwarzschildradius rückten, der die Grenze zum beobachtbaren Universum darstellte. Unterhalb dieser Grenze konnte dem Loch nichts mehr entrinnen, nicht einmal das Licht.

Plötzlich waren auch Sterne zu sehen, die eigentlich, von der *Sonnenwind* aus gesehen, hinter dem Schwarzen Loch standen. Seine immer stärker zunehmende Gravitation lenkte ihr Licht komplett außen herum. Nichts sah mehr normal aus. Die Kraft des Gravitationsmonsters verstärkte das Licht der Sterne immer mehr durch eine Blauverschiebung. Es gab auch noch andere verblüffende Effekte. Weil alles Licht der immer stärker werdenden Krümmung der Raumzeit folgen musste, kam es jetzt aus allen Richtungen gleichzeitig! Keine Stelle des Himmels war mehr verfinstert, doch alles sah irgendwie gequetscht und gezogen, verstärkt und zugleich abgeschwächt aus. Um das

Loch herum erkannte Grand einen kaum sichtbaren Ring, auf dem das Licht der Sterne gegenläufig rotierte, den sogenannten Einstein-Ring.

Dann dehnte sich das Schwarze Loch vor ihnen scheinbar immer schneller aus, bis es die gesamte Frontsicht ausfüllte. Aber auch alles hinter der *Sonnenwind* versank in Dunkelheit.

Und dann sah Grand vor ihnen einen kleinen leuchtenden Punkt, die namenlose Sonne. Sie raste mit unglaublicher Geschwindigkeit um den Ereignishorizont herum und nahm dabei ihren kleinen Trabanten mit. Die Triebwerke liefen inzwischen auf Volllast und die *Sonnenwind* dröhnte unter der ungewohnten Belastung. Hakera zwang das Schiff zu einer Kursanpassung, was zu starken Vibrationen der Schiffszelle führte. Fast fühlte es sich so an, als müsste die *Sonnenwind* jeden Augenblick in Milliarden kleiner Teile zerrissen werden. Grand bemerkte, dass er die Armlehnen seines Sessels mit den Händen so fest umklammerte, als wollte er sie zerquetschen. Er versuchte, sich bewusst zu entspannen. Neben sich hörte er Jalina keuchen. Rigoran gab wimmernde Laute von sich.

»Landeanflug eingeleitet«, gab Hakera bekannt.

Die *Sonnenwind* bockte und schüttelte sich, als die KI zur Landung ansetzte. Die Triebwerke liefen längst im roten Bereich und ihr Donnern und Dröhnen erfüllte das gesamte Schiff. Die Landung glich eher einem kontrollierten Absturz. Kurz vor dem Aufsetzen fuhr Hakera zusätzlich das Antigravtriebwerk auf maximale Leistung hoch; trotzdem setzten sie so hart auf, dass Grand befürchtete, die

Landestützen würden einfach abbrechen. Hakera fuhr die Triebwerke herunter und es wurde vollkommen ruhig im Schiff.

»Falls es euch etwas bedeutet, noch niemals war ein lebendes Wesen so dicht am Ereignishorizont eines Schwarzen Loches«, sagte Hakera. »Besser gesagt, noch nie ist jemand zurückgekehrt, der bis hierher vorgedrungen war.«

»Habe ich dir schon einmal gesagt, dass ich deine Art Humor manchmal zum Kotzen finde?«, fragte Grand und meinte es vollkommen ehrlich.

Teil 2

19.

Fast ein ganzes Jahr. 348 Tage, um genau zu sein, dachte Grand. *Oder 8.352 Stunden, um noch genauer zu sein.*

Hinzu kamen noch ein paar Stunden, Minuten und Sekunden am 349. Tag, die von zunehmender Vorfreude erfüllt waren, *Hellgate*, wie sie den Planeten getauft hatten, endlich verlassen zu können.

Grand und Jalina hatten die endlosen Tage damit verbracht, HoloVids anzuschauen, Ebooks zu lesen, sich in von Hakera erschaffenen Holowelten zu amüsieren oder Schach zu spielen. Jalina hatte Gefallen an dem terranischen Brettspiel gefunden und war zu einer ernsthaften Gegnerin geworden. Diskussionen über die Mission, ihren Auftrag und darüber, wie dieser am besten zu erfüllen sei, waren bereits nach wenigen Tagen eingeschlafen. Es gab schlicht nichts mehr zu diskutieren. Ihr erster Anlauf hatte sich als Pleite erwiesen und über das, was nun vor ihnen lag, wussten sie nicht das Geringste. Hakera hatte sie zwar mit allen Informationen gefüttert, die ihr über die Epoche zur Verfügung standen, in die sie vorstoßen wollten, aber auch diese waren spärlich gewesen. Die KI wusste lediglich, dass die ursprüngliche *Rhelina* und auch sie selbst während dieser Zeit erbaut worden waren. Ansonsten verfügte sie nur über wenige hilfreiche Informationen.

Rigoran hatte sich nach den ersten Wochen zurückgezogen. Er litt nach wie vor unter psychischen Problemen. Grand und Jalina befürchteten, die mentale Versklavung könnte irreparable Schäden bei ihm hinterlassen haben. Sie versuchten, ihn aufzuheitern, ihn in ihren Zeitvertreib einzubinden oder sinnvolle Beschäftigungen auf der *Sonnenwind* für ihn zu finden, doch er zog sich immer weiter zurück. Schließlich bat er Hakera darum, ihn in Stasis zu versetzen, bis sie ins normale Universum zurückkehren würden. Auch Grand und Jalina hatten diese Möglichkeit in Betracht gezogen, sie jedoch rasch wieder verworfen. Sie wollten die fast elf Monate als eine Art Urlaub betrachten, sie zur Regeneration nutzen und die gemeinsame Zeit so gut wie möglich genießen. Es war zwar nur ein dürftiger Ersatz für die ersehnten Ferien, von denen Jalina seit Langem träumte, aber nachdem sie die fast völlig zerstörte *Rhelina II* auf der Oberfläche von *Hellgate* entsorgt hatten, stand der leere Hangar zur Verfügung, um dort jede gewünschte Urlaubswelt zu erschaffen, die sie sich nur vorstellen konnten. Auch wenn die von der KI aus Hologrammen und Materieprojektionen erschaffenen Welten nicht echt waren, sorgten sie doch für vergnügsame Zerstreuung und boten die Möglichkeit, miteinander Spaß zu haben und zu entspannen. Trotzdem lauerte im Hinterkopf immer die nagende Ungewissheit, was sie nach ihrer Zeit auf *Hellgate* in der Milchstraße erwarten mochte.

Nun waren die letzten Minuten ihres freiwilligen Zeitexils angebrochen. Rigoran war vor wenigen Stunden aus der Stasis erwacht und nach einer Aufbau- und Orientierungsphase wieder ganz der Alte – einschließlich aller nicht verheilten und unter der Oberfläche schwärenden psychischen Wunden.

Sie hatten sich in der Zentrale versammelt, während Hakera die letzten Vorbereitungen für den Start traf.

»Es kommt beinahe auf die Sekunde an«, sagte sie. »Wenn wir auch nur ein paar Minuten zu lange hierbleiben, kommen wir viele Jahre zu spät aus dem Schwarzen Loch, starten wir hingegen zu früh – nun, dann kommen wir auch zu früh an!«

Die KI hatte längst genauestens berechnet, wann sie abheben mussten, um exakt den richtigen Zeitraum zu überbrücken.

»Noch siebenundzwanzig Sekunden«, sagte sie.

Rigoran hatte bisher noch kaum ein Wort gesagt und saß nachdenklich in einem der Sessel, die Hakera projiziert hatte. Auf den Holos war immer noch die öde Landschaft von *Hellgate* zu sehen, im örtlichen Morgengrauen spärlich beleuchtet von seiner Sonne. Am Himmel hing wie immer bildfüllend das Schwarze Loch, ein Anblick, den Grand all die Monate als bedrückend empfunden hatte.

»Bist du in Ordnung, Rigoran?« Auch Jalina hatte die gedrückte Stimmung des Gerbaraners bemerkt.

»Nur die Nachwirkungen der Stasis«, wehrte das Vogelwesen ab.

Die Triebwerke begannen vernehmlich zu grollen.

»Start!«, sagte Hakera knapp.

Langsam hob sich die *Sonnenwind* von dem staubigen Untergrund, auf dem sie fast ein Jahr geruht hatte. Hakera fuhr die Landestützen ein und das Schiff beschleunigte.

»Noch kämpfen wir nicht gegen die Gravitation des Schwarzen Loches«, gab die KI bekannt. »Unser Vektor verläuft noch parallel zum Ereignishorizont.«

Die Meldung war nicht dazu angetan, Grand zu beruhigen.

Die *Sonnenwind* erreichte einen Orbit um *Hellgate*. Erst nach einem letzten, auf die Sekunde geplanten Systemcheck würden sie die in entscheidende Phase ihres Fluges eintreten. Sollten Probleme auftreten, wäre es zumindest möglich, auf den Planeten zurückzukehren, auch wenn dann ihr genau kalkulierter Zeitplan hinfällig wäre und die Mission nicht wie geplant fortgesetzt werden könnte. Doch alle Systeme zeigten volle Bereitschaft.

»Beschleunigung auf Fluchtkurs in zehn Sekunden!«

Grand hielt unbewusst die Luft an. Wenn irgendetwas schiefging, würden sie nie mehr in den normalen Weltraum zurückkehren können und endgültig in der Zeit gestrandet sein.

Jalina ergriff seine Hand und drückte sie leicht. Rigoran blieb völlig reglos.

Aus dem Grollen der Triebwerke wurde ein Donnern, dann ein infernalisches Brüllen. Wieder erschütterten heftige Vibrationen das Schiff und die Anzeigen verrieten, dass die zulässigen Belastungsgrenzen weit überschritten wurden. Grand konnte nur hoffen, dass die Dorianer ausreichend Toleranz vorgesehen hatten. Die *Sonnenwind* kämpfte mit allem, was die Triebwerke hergaben, gegen die gierigen Finger der Schwerkraft, die sie zurück in den Höllenschlund zu ziehen versuchten.

In den Hologrammen verschwand allmählich das schwärzeste Schwarz, und Grand erkannte die flackernden, von der Raumkrümmung noch verschmierten Punkte der Sonnen des Zentrumskerns. Noch bestand eine Blauverschiebung, die jedoch mit jedem Kilometer, den sich das Schiff nach 'draußen' quälte, zunehmend weniger wurde und die daher rührte, dass die in das Schwarze Loch einfallenden Lichtstrahlen auf die Singularität hin beschleunigt wurden.

Während sich die *Sonnenwind* Meter um Meter zurück in den freien Weltraum kämpfte, normalisierte sich das Bild der umgebenden Sterne zusehends, bis auch die letzte Raumkrümmung endlich hinter dem Schiff lag. Sie waren dem Gravitationsmonster entkommen.

Grand atmete auf und auch Jalina stieß einen erleichterten Seufzer aus. Nur Rigoran blickte nach wie vor trübsinnig vor sich hin.

»Hakera, führe bitte eine Zeitbestimmung durch«, sagte Grand.

»Schon geschehen«, kam sofort die Antwort. »Die Veränderungen der Sternenkonstellation ergeben ein Delta von 35.460 Jahren, 13 Tagen und ein paar Stunden gegenüber unserer Eigenzeit.«

»Wir haben es geschafft!«, jubelte Jalina.

»Noch haben wir nichts erreicht«, mahnte Grand. »Wir sind zwar auf der richtigen Zeitebene angekommen, doch ob wir unsere Mission hier erfüllen können, muss sich erst noch zeigen!«

20.

Es war die erste Vollversammlung aller Gruppen und Völker dorianischer Abstammung seit vielen Millionen Jahren. Schon lange bildete das Reich kein zusammenhängendes Gefüge mehr, sondern bestand aus einer Vielzahl von Untergruppen, die mehr oder weniger in lockerer Verbindung zueinander standen. Teilweise war dies den genetischen Veränderungen geschuldet – so gab es Phänotypen, die sich an das Leben in einer Methanathmospäre angepasst hatten oder als aquatische Wesen ihr Dasein fristeten – teilweise steckte eine Weltanschauung dahinter, teilweise bestand einfach kein Interesse mehr, mit anderen Kontakt zu halten. Es gab viele Gründe, weshalb sich das einst riesige Gebiet der Dorianer nicht nur auf einen immer kleiner werdenden Bereich konzentrierte, sondern auch an Zusammenhalt verloren hatte. Man konnte im Prinzip schon sehr lange nicht mehr von einem dorianischen Reich reden.

Doch nun gab es einen gewichtigen Grund, sich noch einmal zu versammeln. Zumindest war es für diejenigen ein gewichtiger Grund, die überhaupt noch einen, wenn auch minimalen Kontakt zueinander hielten. Darüber hinaus gab es noch zahlreiche Spezies im Virgo-Superhaufen, die zwar in der einen oder anderen Form von den Dorianern abstammten, was Hunderte Millionen oder gar Milliarden Jahre zurückliegen mochte, sich ihnen jedoch längst nicht mehr verbunden fühlten – oder von ihrer Herkunft schlicht und ergreifend nichts mehr wussten.

Doch all diejenigen, die sich noch als Teil der Spezies verstanden, hatten sich nun zusammengefunden. Eine der vielen Stationen im Bulk, die als Wegmarkierungen und Zwischenstationen bei intergalaktischen Flügen dienten, war als Treffpunkt vereinbart worden. Jede interessierte Spezies oder Gruppe hatte einen Vertreter entsandt. Insgesamt tummelten sich mehr als zehntausend Abgesandte in der Bulkstation.

Da im Inneren der Station viel zu wenig Platz gewesen wäre, hatte man einen Teil der 'Krempe' des hutförmigen Gebildes als Versammlungsort hergerichtet. Eine trichterförmige Materieprojektion, an deren im 45°-Winkel ansteigender Innenwand die den jeweils benötigten Umweltbedingungen angepassten Plätze der Abgesandten angeordnet waren, ermöglichte es allen Anwesenden, jeden anderen Vertreter einer Sub-Spezies, Gattung, Sippe oder Gruppe zu sehen. Vom jeweiligen Sprecher wurde ein holografisches Abbild in die Mitte des Trichters projiziert. Den Vorsitz führte die KI der Station, die als neutral und vorurteilslos galt. Nachdem sie die Anwesenden begrüßt hatte, erteilte sie das Wort dem Chefwissenschaftler von Welkor-Minor, der in der langen Tradition erfolgreicher Wissenschaftler seit den Tagen der berühmten Lerin Jak Jerinos stand. Nachdem diese vor über 35.000 Jahren den Branendrive entwickelt und einsatztauglich gemacht hatte, war der Planet zum unumstrittenen Zentrum wissenschaftlicher Forschung des verbliebenen dorianischen Einflussbereiches geworden und der jeweilige Chef-wissenschaftler galt als dessen höchste Autorität.

»Wir haben uns hier versammelt, weil wir eine Entscheidung treffen müssen«, begann er seine Ansprache. »Eine Entscheidung, die maßgeblich ist für die Zukunft all derjenigen, die sich unserem großen und großartigen Volk noch zugehörig fühlen. Wie wir seit langer Zeit wissen, besteht die Gefahr, nein, die Gewissheit, dass dieses Universum dem Untergang geweiht ist. Vielleicht erst irgendwann in ferner Zukunft, vielleicht jedoch auch schon in sehr viel kürzerer Zeit. Auch wenn wir als Volk unsere besten Tage hinter uns haben, so wollen und dürfen wir uns dennoch nicht dem Schicksal kampflos ergeben. Wir sind Dorianer, gleich welcher Sub-Spezies oder Gruppe wir angehören mögen. Und als Dorianer sind wir immer noch stark genug, diesem schrecklichen Schicksal zu entrinnen.

Jedem von euch ist bekannt, worum es heute geht. Nach langer Suche haben wir ein Universum gefunden, das für eine Übersiedlung geeignet ist, auch wenn dort der Zeitablauf ein anderer, ein schnellerer ist. Dies wird die Übersiedlung schwieriger gestalten, da, von dort aus betrachtet, zwischen den ankommenden Auswanderungswellen viel Zeit vergehen wird. Natürlich könnten wir weitersuchen, in der Hoffnung, ein geeigneteres Universum zu finden, doch dies könnte weitere Zehntausende Jahre erfordern, ohne jegliche Gewähr auf Erfolg. Deshalb schlägt der Wissenschaftsrat von Welkor-Minor vor, die Suche zu beenden und dorthin überzusiedeln. Wir werden uns bemühen, die Übersiedlung zu einem schnellen Abschluss zu bringen, sodass am Zielort zwischen der ersten und der letzten Welle so wenig Zeit wie möglich verstreicht. Heute wollen wir gemeinsam darüber befinden. Ich bitte, mit der Aussprache zu beginnen.«

Man diskutierte mehrere Wochen. Es gab unterschiedliche Auffassungen, Nachfragen und auch Streitpunkte. Wer darf zuerst gehen, wer zuletzt? Was darf mitgenommen werden, was nicht? Wer wird das Sagen haben und wer darf Entscheidungen treffen? All diese Fragen führten teilweise zu heftigen Auseinandersetzungen, die geschlichtet werden mussten, und führten dazu, dass mehrere Gruppen die Versammlung im Streit verließen; zwischen zwei Gruppen gab es sogar eine Kriegserklärung. Doch die Angst vor der drohenden Katastrophe der Branenkollision zwang letztlich alle, an einem Strang zu ziehen. Nachdem die meisten Details geklärt waren, stimmte man fast einstimmig für den Vorschlag des Chefwissenschaftlers. Das Ziel der Auswanderung in ein anderes Universum stand fest. Nun würden alle Fraktionen eng kooperieren müssen, um umgehend damit zu beginnen.

Zum ersten Mal seit vielen Jahrmillionen arbeiteten die Dorianer wieder zusammen. Zum ersten Mal seit vielen Jahrmillionen gab es im Angesicht eines möglichen Untergangs wieder so etwas wie ein geeintes dorianisches Reich.

21.

Sie waren nur um wenige Wochen zu spät gekommen. Aus den öffentlichen Hyperfunkkanälen hatten sie erfahren, dass die Entscheidung, in welches Universum die Dorianer auswandern wollten, bereits gefallen war. Der Plan, diese Auswahl irgendwie zu beeinflussen, war gescheitert, noch bevor er überhaupt in Angriff genommen werden konnte.

Die Stimmung an Bord der *Sonnenwind* war niedergeschlagen. Sie hatten fast ein Jahr auf dem öden Planeten verbracht und fragten sich jetzt, ob alles umsonst gewesen war. Obwohl sie noch keinen konkreten Plan für ihre Mission formuliert hatten, fühlte sich die Nachricht wie eine Niederlage an. Grand begann, sich zu fragen, ob sie nicht einem unerreichbaren Phantom hinterherjagten. Auch Jalina hatte ihm gegenüber zugegeben, dass sie nicht nur am Erfolg, sondern am Sinn der gesamten Mission zweifelte. Rigoran gegenüber verheimlichten sie hingegen ihre Skepsis, um den Gerbaraner nicht noch tiefer in die Depression zu treiben.

»Wir dürfen nicht aufgeben«, sagte Grand im Brustton der Überzeugung, obwohl er diese nicht wirklich verspürte.

»Das hat alles keinen Sinn mehr«, widersprach Rigoran. »Das Ganze war von Anfang an zum Scheitern verurteilt. Die Vorstellung, wir drei könnten den Lauf der Geschichte ändern, war einfach lachhaft.«

»Die Vorstellung, Jalina und ich könnten die Ra´hul aufhalten, war nicht weniger lachhaft«, sagte Grand. »Und trotzdem haben wir es geschafft! Die Vorstellung, wir könnten ins Megaversum vorstoßen, war genauso verrückt, und doch ist es geschehen.«

Rigoran zuckte nur mit den Schultern und ersparte sich eine Antwort. Es war offensichtlich, dass er mit der Mission abgeschlossen hatte. Grand war enttäuscht, dass die zeitweilige Verbesserung seiner Einstellung anscheinend nicht von Dauer gewesen war. Inzwischen war er sich sicher, dass Rigoran unter einer Art *posttraumatischer Belastungsstörung* litt.

»Können wir uns darauf einigen, wenigstens noch eine Erkundungsmission zu unternehmen?« Jalina versuchte zu schlichten und einen erneuten Streit zu vermeiden.

»Was soll das bringen?«, wollte Rigoran wissen.

»Das wissen wir nicht, bevor wir es nicht wenigstens versucht haben«, sagte Jalina.

»Darf ich einen Vorschlag machen?« Grand war überrascht, dass sich Hakera in die Diskussion einschaltete. Die KI hatte es bisher so gut es ging vermieden, bei strittigen Themen Stellung zu beziehen.

»Natürlich«, sagte er.

»Bevor ihr aufgebt, solltet ihr eine Option in Betracht ziehen. Ich verfüge, was die Umsiedlung betrifft, über detaillierte Informationen. Es war schließlich meine ursprüngliche Aufgabe, als Beobachter hier zurückzubleiben und letzten Endes Bericht über die erwartete Branenkollision zu erstatten. Ich war *Teil* des gesamten Unternehmens! Deshalb ist mir der Ablauf der Ereignisse sehr gut bekannt.«

»Worauf willst du hinaus?«, fragte Grand.

»Eine große Sorge der Organisatoren war es, die Gruppen könnten versuchen, sich gegenseitig zu übervorteilen. Die größte Befürchtung war, jemand könne frühzeitig in das neue Universum reisen, um sich einen Vorteil zu verschaffen. Einen angesichts der unterschiedlichen Zeitabläufe unschätzbaren Vorteil. Den Nutznießern hätten subjektiv Jahrhunderte zur Verfügung gestanden, während hier nur ein paar Jahre verstrichen wären. Dies galt es unter allen Umständen zu vermeiden. Vergesst nicht: Die Dorianer waren keine homogene Gesellschaft mehr und es gab Eifersüchteleien, Streitigkeiten und gegenseitige Abneigungen unter den verschiedenen Gruppen, auch wenn sie nun gezwungen waren, zusammenzuarbeiten.«

»Ich verstehe immer noch nicht, was du sagen willst«, unterbrach Jalina die KI.

»Geduld!«, mahnte Hakera. »Wie gesagt, man wollte gleiche Chancen für alle gewährleisten. Aus diesem Grund hielt man wichtige Informationen bis zum Schluss zurück. Natürlich baute man mit Hochdruck an riesigen Schiffen, um die Abermilliarden Individuen aufnehmen und umsiedeln zu können. Millionen dieser beinahe mondgroßen Schiffe mit dem neu entwickelten Branendrive wurden fertiggestellt – doch die entscheidende Information hielt man zurück. Keiner der Branendrives dieser Schiffe wurde mit den Flugdaten des Zieluniversums versehen. Die für die Reise benötigten Parameter und Anpassungskoeffizienten waren bis zum Beginn der ersten Auswanderungswelle das bestgehütete Geheimnis in der

Geschichte der Dorianer. Nur die Wissenschaftler auf Welkor-Minor kannten sie.« Grand begann zu ahnen, worauf die KI hinauswollte. »Erst als die ersten Schiffe abflogen, teilte man *allen* über Hyperfunk die benötigten Zieldaten mit. Es gab sozusagen ein letztes Update der Branendrives. Somit war sichergestellt, dass niemand einen Vorteil hatte. Und genau hier könntet ihr vielleicht einhaken …«

»… indem wir unsere Daten in dieses Update einschleusen«, unterbrach Jalina die KI und setzte deren Gedankengang fort. Sie hatte Hakeras Idee ebenso durchschaut wie Grand.

»Wir hacken den zentralen Quantencomputer auf Welkor-Minor und tauschen die Originaldaten des geplanten Zieluniversums gegen andere aus. Gegen die eines Universums, in dem die Zeit nicht schneller, sondern *langsamer* vergeht«, fasste Grand den Gedankengang zusammen. Die Idee gefiel ihm. Er hatte allerdings keine Ahnung, ob es eine realistische Chance gab, den Plan umzusetzen.

»Das wäre mein Vorschlag. Etwas anderes fällt mir nicht ein.«

»Hat jemand eine bessere Idee?« Grand wusste, dass dies eine rhetorische Frage war. Sie hatten sich bisher vergebens die Köpfe zerbrochen. »Dann schlage ich vor, dass wir uns überlegen, wie wir das anstellen können!«

Jalina nickte und Rigoran zuckte nur mit den Schultern, wie er es sich in letzter Zeit angewöhnt hatte. Grand ärgerte sich, dass ihr Freund nicht einmal mehr versuchte, sein Desinteresse zu verbergen.

Die anschließende Diskussion verlief erstaunlich harmonisch und selbst Rigoran gab sich Mühe, seine Teilnahmslosigkeit nicht allzu offensichtlich zur Schau zu stellen. Tatsächlich kamen von ihm sogar ein oder zwei gute Vorschläge.

Als die groben Umrisse eines Planes ausgearbeitet waren, ging es an die konkrete Umsetzung. Grand, Jalina und Rigoran waren übereingekommen, die *Sonnenwind* wieder bei der Sonne in der Tucana-V-Zwerggalaxie zurückzulassen und erneut mit einem der drei verbliebenen Beiboote in die Milchstraße zu fliegen. Das Boot hatten sie konsequenterweise auf den Namen *Rhelina III* getauft. Der Zwei-Kilometer-Riese wäre nach wie vor zu auffällig gewesen, auch wenn sie feststellen konnten, dass in dieser Zeit deutlich mehr Schiffe unterwegs waren als vor über 35.000 Jahren, darunter unzählige Großraumschiffe. Sie befürchteten nicht, als diejenigen identifiziert zu werden, die vor über 35.000 Jahren für Aufruhr im Welkor-System gesorgt hatten. Niemand würde auf die Idee kommen, die gleichen Personen würden nach so langer Zeit erneut auftauchen. Zudem hatte Lerin Jak Jerinos niemals zugegeben, dass der entscheidende Hinweis von einem unbekannten Eindringling stammte. In den Annalen der Dorianer galt sie als das Genie, dem die Entwicklung des Branendrives ganz alleine zu verdanken war. Die Ereignisse von damals hatten keine größeren Spuren in der Geschichtsschreibung hinterlassen.

22.

#Die Wahrscheinlichkeitsmatrix hat wiederum eine Veränderung erfahren.# Das Coniunctional bemühte sich, möglichst neutral zu klingen und seine Unsicherheit in den mentalen Schwingungen zu verbergen.

#Einige Wirbel haben sich aufgelöst, andere haben sich verstärkt. Dies ist mir nicht entgangen.# Es war deutlich zu spüren, dass auch der Devorator darum bemüht war, keine Gefühle durchklingen zu lassen.

#Meine Hilfskräfte haben die Spur verloren. Die Gesuchten waren nicht aufzufinden#, gab der Devorator zu.

#Meine Agenten haben von einem Zwischenfall berichtet, der von den Gesuchten ausgelöst worden sein könnte. Sie konnten jedoch nichts Genaues in Erfahrung bringen#, sagte das Coniunctional.

#Wir haben ihre Spur verloren!#

#Davon müssen wir ausgehen.#

Für einen Moment herrschte Stille im Multiversum. Außer den ewig singenden Strings war nichts zu vernehmen. Universen wurden geboren und vergingen in perfekter Harmonie. So wie es von Anbeginn an gewesen war. Doch über all dem lag plötzlich ein Schatten der Ungewissheit. Im Hintergrund lauerten die unüberschaubaren Wirbel der Zeit. Durch das Multiversum lief ein mentales Zittern.

Dann brach es aus dem Coniunctional hervor.

#Ich fürchte mich!#

Zu seiner Verblüffung verspürte es seitens des Devorators keinen Hohn, keine Belustigung, keine

Verachtung, stattdessen erfolgte eine völlig unerwartete Antwort.

#Ich mich ebenfalls, Bruder!#

23.

Im Welkor-System herrschte das nackte Chaos. Zumindest kam es Grand im Vergleich zu den Verhältnissen vor 35.000 Jahren so vor. Mindestens zehnmal so viele Raumschiffe durcheilten das All zwischen den Planeten und es herrschte ein ständiges Kommen und Gehen am Systemrand. Das Welkor-System war zum Mittelpunkt des dorianischen Reiches geworden – oder von dem, was davon noch übrig geblieben war. Hier lag die Achse, der Nabel, das Zentrum des *Großen Aufbruchs*, wie die geplante Übersiedlung in ein anderes Universum mittlerweile genannt wurde.

Es gab so gut wie keine Kontrollen einfliegender Schiffe mehr. Diese hätten angesichts der zahlreichen an- und abreisenden Raumschiffe jede Systemadministration überfordern müssen. Vor 35.000 Jahren war jedes ankommende Schiff noch argwöhnisch beäugt worden, nun hatte der *Große Aufbruch* die Dorianer zumindest vorübergehend wieder näher zusammengebracht. Das gemeinsame Interesse, zu überleben, überwog die über viele Jahrmillionen gewachsene Entfremdung.

Als Tarnung für die *Rhelina III* hatte Hakera diesmal vorgeschlagen, die 65 Millionen Lichtjahre entfernt liegende Galaxie NGC 1316 als Heimat anzugeben, die auf Terra auch als *Fornax A* bekannt war. Sie gehörte zum Fornax-Galaxienhaufen, wo die Dorianer bis vor etlichen Millionen Jahren noch eine starke Präsenz aufgewiesen hatten. Zwar war der Kontakt dorthin schon lange abgerissen, doch man konnte davon ausgehen, dass dort noch Abkömmlinge der

Spezies lebten. Da ansonsten schon lange keine offiziellen, neueren Informationen über Fornax A mehr vorlagen und sicher niemand dorthin fliegen würde, um nachzusehen, waren ihre Angaben zwar glaubhaft, aber nicht überprüfbar. Man würde sich bestimmt darüber wundern, dass nach so langer Zeit vergessene 'Cousins' hier auftauchten, doch auch dafür hatten sich Grand und Jalina eine Geschichte zurechtgelegt.

Die *Rhelina III* hatte es fast bis zum zwölften Planeten geschafft, als sie angefunkt wurden. Man forderte sie auf, sich zu identifizieren und den Grund für ihre Anwesenheit zu nennen. Allerdings schickte man weder ein Schiff in ihre Nähe, um sie zu überprüfen, noch klang es besonders dringlich. Grand konnte auf dem NavHolo sehen, warum dies so war. Rings um die drei bewohnten Planeten stauten sich Tausende von Raumschiffen aller Größen im Orbit. Wer auch immer hier ankam, würde sehr lange warten müssen, ehe er auf die Oberfläche eines der Planeten gelangen konnte. Die dortigen Landefelder mussten bereits überfüllt sein. Die unumgehbare Wartezeit bot ausreichend Gelegenheit, jedes Schiff im Detail zu überprüfen, bevor jemand von der Besatzung einen Fuß auf den Boden setzen durfte.

Wie recht Grand mit seiner Vermutung hatte, zeigte sich, als sie Welkor-Minor erreichten. Die dortige Leitstelle wies ihnen einen hohen Orbit, fast 40.000 Kilometer über dem Planeten zu und macht sie zugleich darauf aufmerksam, dass es mehrere Wochen dauern würde, bevor eines ihrer Shuttles eine Landegenehmigung erhalten würde. Eine

Landung mit der *Rhelina III* wurde kategorisch ausgeschlossen.

»Wir können hier nicht wochenlang herumhängen«, sagte Jalina zu Grand.

»Warum nicht?«, wollte Rigoran wissen. »Es ist ja nicht so, als ob wir nicht genügend Zeit hätten. Die erste Auswanderungswelle beginnt erst in vielen Jahren.«

»Jalina hat recht«, widersprach Grand. »Je länger wir hierbleiben, umso größer wird die Gefahr, dass jemand unangenehme Fragen stellt oder sich zu intensiv mit uns beschäftigt.«

»Ich dachte, Hakera habe die perfekte Tarnidentität für uns gefunden.« Wieder war der Zynismus in Rigorans Stimme nicht zu überhören.

Grand schluckte seine Verärgerung hinunter und bemühte sich, ruhig und sachlich zu antworten. »Hakera war nie in Fornax A. Alles, was wir hier erzählen, ist reine Fiktion, auch wenn sie auf historischen Quellen beruht. Was aber, wenn doch jemand vor nicht allzu langer Zeit dort war und genau über die jetzigen Verhältnisse in der Galaxie Bescheid weiß? Wir würden sofort als Lügner auffliegen!«

»Dann lasst euch was einfallen!« Rigoran drehte sich um und verließ die Zentrale. Jalina sah Grand hilflos an.

»Ich werde aus ihm nicht mehr schlau«, sagte sie. »Und er geht mir zunehmend auf die Nerven.«

Diesmal war es an Grand, mit den Schultern zu zucken. Es gab nichts zu sagen, was er nicht schon längst gesagt hätte. Rigoran wurde immer mehr zu einer Belastung für ihre Mission. Doch Jalina ließ nicht locker.

»Du weißt, dass ich dem wiedererweckten Rigoran gegenüber von Anfang an skeptisch war. Aber ich habe mir Mühe gegeben, ihm unvoreingenommen gegenüberzutreten. Eine Zeit lang sah es auch so aus, als würde der alte Rigoran wieder zum Vorschein kommen. Doch in letzter Zeit …« Sie ließ den Satz unvollendet.

Grand wusste, dass Jalina recht hatte. Ihr Begleiter wurde von Tag zu Tag unausstehlicher. Grand hatte die Episode auf Welkor-Minor nicht vergessen. Damals hatte er Rigorans eigenmächtiges Verhalten auf Übereifer, den Drang, etwas gutmachen zu müssen, oder falsch verstandene Selbstlosigkeit zurückgeführt, doch inzwischen zweifelte er nicht mehr daran, dass der Gerbaraner ein erhebliches psychisches Problem mit sich herumtrug. Manchmal beschlich ihn das Gefühl, bei der Rekonstitution von Rigorans Körper in der Exodus-Sphäre könne etwas komplett schiefgegangen sein – vor allem bei seinem Gehirn. Vielleicht hatte der mentale Einfluss des Devorators irreversible Schäden verursacht, die auch die scheinbar allmächtigen Bewohner des Megaversums nicht vollständig hatten beheben können.

Grand beschloss, Jalina von einer Idee zu erzählen, die er seit geraumer Zeit mit sich herumtrug.

»Ich habe mir etwas überlegt«, begann er vorsichtig. »Vielleicht wäre es am besten, Rigoran in Stasis zu versetzen. Wir können nicht länger riskieren, dass er im falschen Moment wieder einen Alleingang macht. Oder noch Schlimmeres!«

»Gegen seinen Willen?« Die Kolltanerin nickte bedächtig. »Das ist zwar moralisch zweifelhaft, aber ich muss zugeben, dass ich schon ähnliche Gedanken gehabt habe. Hakera, was meinst du dazu?«

»Ich halte mich da raus«, sagte die KI. »Ich bin nicht qualifiziert, über organische Wesen zu befinden. Rigoran ist oder war euer Freund. Es liegt einzig in eurer Verantwortung, wie ihr mit ihm umgeht. Ihr müsst eure Entscheidung ganz alleine treffen!«

Grand und Jalina sahen sich unschlüssig an.

»Das ist keine einfache Entscheidung«, sagte Grand schließlich.

»Die Frage ist nicht, ob wir es tun sollten, sondern ob wir es tun *dürfen*!«, antwortete Jalina. »Haben wir das moralische Recht dazu?«

»Nein, im Prinzip haben wir es nicht. Aber wir kämpfen darum, eine Katastrophe zu verhindern, die unzählige Unschuldige das Leben kosten kann. Oder bereits gekostet hat, je nachdem, aus welchem zeitlichen Blickwinkel man es betrachtet. Rigoran hat sich als Gefahr für unsere Mission erwiesen und sein Zustand verschlimmert sich eher noch. Also müssen wir abwägen, was schwerer wiegt – sein Recht auf Selbstbestimmung oder das Recht so vieler Wesen auf Leben!«

»Müssen wir uns persönlich schuldig machen, um Gutes zu tun? Heiligt der Zweck wirklich die Mittel?« Jalina schien skeptisch, obwohl sie es gewesen war, die stets Härte und Konsequenz vorgelebt hatte, wenn es um die großen Fragen gegangen war. Sie war niemals vor schweren

Entscheidungen zurückgeschreckt. Auch wenn er es ihr schon lange nicht mehr nachtrug, hatte Grand ihre Bereitschaft, ihn sterben zu lassen, um ihm die Unsterblichkeit aufzwingen zu können, nicht vergessen. Damals hatte sie sich zum Richter über sein Leben gemacht, weil sie davon überzeugt gewesen war, das Richtige zu tun. Er war überrascht, dass sie in diesem Fall bei ihrer Entscheidung zögerte.

»Wir müssen es nicht sofort entscheiden«, sagte er nach kurzem Bedenken.

»Aber früher oder später müssen wir eine Entscheidung treffen. Wenn sich sein Zustand noch weiter verschlechtert, wird er zu einem unkalkulierbaren Risiko.«

»Wir warten noch ein paar Tage ab«, entschied Grand. »Es wird sowieso noch dauern, bis man uns auf den Planeten lässt. Und wir benötigen diese Zeit, um einen Plan auszuarbeiten, wie wir die Datenbanken infiltrieren können. Wir müssen es nicht heute entscheiden!«

Jalina stimmte zu, doch beiden war klar, dass die Entscheidung damit nur aufgeschoben war. Grand war keinesfalls bereit, den psychisch labilen Gerbaraner mit in den Einsatz zu nehmen, was dieser mit Sicherheit als weiteren Affront auffassen würde. Andererseits gruselte es ihn bei dem Gedanken, Rigoran allein an Bord zurückzulassen. *Wieder einmal die Wahl zwischen Pest und Cholera*, dachte Grand.

24.

Zwei Wochen später hatten sie zwar einen Plan ausgearbeitet, wie sie weiter vorgehen würden, aber immer noch keine Genehmigung für eine Landung auf Welkor-Minor.

Die Systemadministration, die inzwischen bei den Dorianern so etwas wie die inoffizielle Schaltstelle der Macht darstellte, bot allen Interessierten eine Führung durch die geheimnisumwitterten Anlagen auf dem Planeten an. Da immer wieder Stimmen gegen die Politik der Geheimhaltung der Zielkoordinaten laut wurden, war man auf allen anderen Gebieten um maximale Transparenz bemüht, um diesen Stimmen die Schärfe zu nehmen. Die Administration machte keine Geheimnisse aus irgendeinem Teil des *Großen Aufbruchs*, nur die Zielparameter für die Branendrives blieben unter Verschluss. Man hatte jedoch keine Bedenken, jedem Besucher den Ort zu zeigen, wo sie hinterlegt waren. Das große Experimentallabor für Quanten- und Hyperphysik auf Welkor-Minor verfügte über einen abgesonderten Teil, zu dem nur zwei Personen, der Chefadministrator und der Chefwissenschaftler, Zutritt hatten. Hier befand sich der Quantencomputer, in dem die Daten gespeichert waren. Es musste sich um das am stärksten abgeschottete und gesicherte Objekt in der Geschichte der Dorianer handeln. All dies war bekannt, und der unterirdische Bunker war Bestandteil der Führung, auch wenn man ihn nur von außen bewundern durfte.

Grands und Jalinas Plan hatte mehrere Stufen. Zunächst wollten sie die Anlage besuchen, um sich einen Überblick zu verschaffen und herauszufinden, ob die Beschreibung in den Holonachrichten den tatsächlichen Gegebenheiten entsprach. Dann würden sie versuchen, so viel wie möglich über die Sicherheitsmaßnahmen in Erfahrung zu bringen. Der dritte Schritt beruhte auf einem einfachen Gedankengang. Die Dorianer wollten vermeiden, dass jemand die Daten aus dem Quantencomputer entwenden konnte, aber sie würden sicher nicht damit rechnen, dass jemand Daten *hineinschmuggeln* wollte! Niemand konnte ein Interesse daran haben, die Zielparameter zu löschen, zu überschreiben oder sonst wie zu verändern und auf diese Weise den *Großen Aufbruch* zu sabotieren. Alles war nur auf einen Datendiebstahl ausgelegt! Zumindest war dies Grands und Jalinas Hoffnung, und auch Hakeras Analysen wiesen dieser Vermutung eine hohe Wahrscheinlichkeit zu.

Rigoran hatte sich an den Diskussionen und Planungen so gut wie nicht beteiligt. Sein Desinteresse und seine Depression schienen sich mit jedem Tag nur noch zu verschlimmern. Er versank zusehends immer tiefer in seinem eigenen Schwarzen Loch.

Grand und Jalina waren gerade bei ihrer täglichen Schachpartie, als Hakera sie in die Zentrale bat. Die Landegenehmigung war endlich erteilt worden. Auch Rigoran war anwesend, um über das weitere Vorgehen zu beraten.

»Man hat mir die Koordinaten von drei Landeplätzen gegeben. Wir sollen uns für einen entscheiden, je nachdem, was wir anzusehen wünschen«, sagte Hakera und projizierte die Standorte auf eine virtuelle Karte des Planeten im Zentralholo. Nur einer kam infrage, wenn sie den Bunker besuchen wollten. Die beiden anderen lagen auf der gegenüberliegenden Seite von Welkor-Minor.

»Wir nehmen natürlich den großen Raumhafen von Welkoria«, sagte Grand. Dieser lag nicht nur dicht bei dem Experimentalkomplex, sondern bot als größter Raumhafen des Planeten einen zusätzlichen Vorteil. Je mehr Schiffe und Besucher sich rings um sie tummelten, umso leichter würde es ihnen fallen, in der Masse unterzutauchen. Grand und Jalina würden zwar wieder auf die Hilfe von Nanopartikeln und falschen Haarimplantaten zurückgreifen, um ihr Äußeres zu verändern, aber es konnte nicht gänzlich ausgeschlossen werden, dass auch nach solch langer Zeit noch Aufzeichnungen von ihrem letzten Besuch auf Welkor-Minor in den Sicherheitssystemen zu finden waren. Je anonymer sie blieben, umso besser!

Dann stellte Rigoran die Frage, vor der sich Grand gefürchtet hatte. »Welche Rolle werde ich bei der Mission übernehmen?«

Grand beschloss, nicht lange um den heißen Brei herumzureden. »Du wirst nicht dabei sein.«

Rigorans Kopffedern stellten sich auf und die schwarzen Knopfaugen funkelten empört. »Ich bemerke schon seit Längerem, dass ihr um mich herumschleicht, als hätte ich eine ansteckende Krankheit.« Sein Schnabel klapperte vor Wut. »Und jetzt schiebt ihr mich ganz aufs Abstellgleis!«

»Rigoran, du weißt selbst, dass du nicht in Topform bist«, versuchte Jalina, zu schlichten. »Du zweifelst an der Mission, du zweifelst an uns und, was noch schlimmer ist, du zweifelst an dir selbst. Hättest du während unserer Zeit in der Liga einen Kollegen bei einer Mission dabeihaben wollen, der nicht in bester Verfassung ist?«

Anstatt ihn zu beruhigen oder wenigstens zum Nachdenken zu bringen, machte Jalina alles nur noch schlimmer.

»Nicht in bester Verfassung? Sag doch ehrlich, was du denkst! Was du von mir hältst! Du hast mir doch von Anfang an nicht getraut. Meinst du, ich hätte nicht bemerkt, welche Blicke du mir seit unserer Rückkehr aus der Exodus-Sphäre heimlich zugeworfen hast. Einmal Verräter, immer Verräter, nicht wahr? Das ist es doch, was du denkst! 'Der arme, arme Rigoran. Der arme Sklave des Devorators. Er wird nie wieder derselbe sein.' Warum habt ihr mich nicht einfach sterben lassen? Das wäre für uns alle besser gewesen und ihr müsstet euch jetzt nicht mit mir herumplagen!« Die letzten Worte schrie der Gerbaraner förmlich heraus. Dann stürmte er aus der Zentrale.

»Das ging ja besser, als ich befürchtet hatte«, brummte Grand.

»Gibst du etwa mir die Schuld? Du warst nicht gerade der Superdiplomat und hast es ihm einfach an den Kopf geknallt.« Jalina funkelte ihren Lebensgefährten böse an.

Grand hob abwehrend eine Hand. »Hey! Wir sollten jetzt nicht anfangen, uns gegenseitig die Schuld zuzuschieben. Keiner von uns ist an der Situation schuld! Sie ist, wie sie ist, und es ist Rigoran, der ein Problem hat – und der ein Problem darstellt. Vielleicht sind wir beide nicht die geborenen Psychologen, aber wir tun, was wir können.«

»Wir können ihn nicht mitnehmen und wir können ihn nicht einfach an Bord der *Rhelina* zurücklassen. Wer weiß, was er anstellt.« Sie griff nach Grands Hand und hauchte ihm einen Kuss auf die Wange. »Ich bin nicht sauer auf dich. Ich bin einfach ratlos und frustriert.«

»Hakera wird auf ihn aufpassen, wenn wir ihn an Bord zurücklassen«, sagte Grand.

»Oh nein, Freunde!« Vor ihnen materialisierte der eiförmige Avatar der KI. Sie zog es offensichtlich vor, nicht nur als Stimme aus dem Hintergrund an dieser Diskussion teilzunehmen. »So einfach könnt ihr es euch nicht machen. Ihr wollt ihn hier zurücklassen, und ich soll dann aufpassen, dass er keinen Mist baut? Und ihn eventuell auch noch in Stasis versetzen, damit *ihr* diese Entscheidung nicht treffen müsst und ein reines Gewissen behalten könnt? Nein, da spiele ich nicht mit! Entweder nehmt ihr ihn mit oder ihr versetzt ihn selbst in Stasis. Oder ihr geht das Risiko ein, dass er wieder querschießt. Ich werde ihm in einem solchen Fall zwar gut zureden, aber ich werde *nicht* mit Gewalt gegen ihn vorgehen. Wie ihr mit Rigoran umgeht, liegt in eurer Verantwortung, ich bin nicht das Kindermädchen für euren Problemfall!«

Grand war überrascht, wie vehement die KI ihren Standpunkt vertrat. Doch dann wurde ihm klar, wie sehr sie es als Selbstverständlichkeit angesehen hatten, dass Hakera stets jede Anordnung widerspruchslos ausführte. Dabei war es durchaus *nicht* selbstverständlich. Sie hatten im Grunde vollkommen ausgeblendet, dass es sich bei der KI um ein denkendes, fühlendes und sich selbst bewusstes Lebewesen handelte, auch wenn es nicht aus Fleisch und Blut bestand. Sie hatten die KI zunehmend nur noch als Befehlsempfänger und intelligente Maschine angesehen, jedoch nicht mehr als eigenständige, selbstbestimmte Persönlichkeit. Und nun machte Hakera unmissverständlich klar, dass sie nicht gewillt war, ihre *eigenen* moralischen Grundsätze für die von Grand und Jalina zu opfern.

»Ich entschuldige mich«, sagte Grand deshalb. »Es ist tatsächlich nicht fair, dir die Entscheidung aufzubürden.«

»Auch mir tut es leid, Hakera« Jalina war zu der gleichen Erkenntnis gekommen wie Grand. »Wir werden das Problem selbst lösen.« Dann sah sie Grand fragend an.

Er nickte. »Wir dürfen kein Risiko eingehen. Weder auf dem Planeten noch auf dem Schiff.«

»Wann?«, fragte Jalina.

»Bringen wir es hinter uns, bevor wir es uns doch noch anders überlegen!«

Fünf Minuten später standen sie vor Rigorans Kabinentür. Der Vogelabkömmling hatte eine Kabine auf der entgegengesetzten Seite des Schiffes gewählt, weitab von der Unterkunft seiner beiden Gefährten, was auf dem nur sechzig Meter durchmessenden Schiff allerdings eher ein symbolischer Akt gewesen war.

Grand legte einen Finger auf den Türsensor. Er konnte hören, wie in der Kabine ein helles Zwitschern erklang.

»Was wollt ihr?«, fragte Rigoran durch die geschlossene Tür.

»Reden!«, antwortete Grand knapp.

Er dachte gerade, Rigoran würde sich weigern, die Tür zu öffnen, als sie mit leisem Zischen auf den pneumatischen Lagern aufglitt.

Rigoran lag in seinem Nest, das Hakera nach seinen Angaben geformt hatte. Die Materieprojektion entsprach exakt dem Vorbild einer Schlafstätte, wie sie auf Rigorans Heimatplaneten üblich war. Auch der Rest der Kabine war wie ein Bau eingerichtet, wie ihn die Gerbaraner gerne bewohnten.

Grand und Jalina traten ein. Rigoran machte sich nicht die Mühe, aufzustehen. Er drehte ihnen nur den Kopf zu. Seine gelben Kopffedern zuckten, was ein Zeichen dafür darstellte, wie aufgewühlt er war.

»Kommt ihr, um mir wieder Vorwürfe zu machen, oder wollt ihr mich noch ein bisschen demütigen?«

»Weder noch, Rigoran. Wir kommen, weil du uns leider keine andere Wahl lässt. Es tut uns leid!«

Noch während er den Satz beendete, zog Grand den Neurodisruptor, den er in den hinteren Hosenbund gesteckt hatte, und feuerte. Augenblicklich verkrampfte Rigoran am ganzen Körper, als die Neuronen und Nervenzellen die hemmenden Impulse des Paralysestrahls empfingen. Dann erschlaffte er und sank bewusstlos in sich zusammen.

Weitere fünf Minuten später lag der Gerbaraner in einer der sargähnlichen Stasiszellen in der MedBay. Das Nullzeitfeld würde ihn exakt in dem organischen Zustand bewahren, in dem er sich jetzt befand. So lange, bis Grand und Jalina wussten, wie sie ihrem Freund helfen konnten – denn als solchen betrachteten sie ihn immer noch.

25.

Grand fand es beinahe amüsant, nach mehr als 35.000 Jahren wieder in dem Raum zu stehen, aus dem sie damals knapp hatten entkommen können. Der Unterschied bestand allerdings darin, dass es sich damals um ein aktives Experimentallabor gehandelt hatte, in dem an der Entwicklung des Branendrives gearbeitet worden war, während es nun Teil eines Museums war, das ebendiese Geschichte erzählte. Besonders amüsierten ihn die Hologramme der Wissenschaftler, die in dieser Ausstellung scheinbar ihrer Arbeit nachgingen. Lerin Jak Jerinos war bei Weitem nicht so gut aussehend gewesen, wie man sie hier darstellte. Auch Dorianer neigten augenscheinlich dazu, ihre Helden der Geschichte zu idealisieren.

Sie befanden sich nun seit drei Tagen auf Welkor-Minor und waren noch keinen Schritt weitergekommen. Um unter den Hunderttausenden Besuchern des Planeten nicht aufzufallen, hatten sie an einem umfangreichen Programm teilgenommen, das über die geschichtliche Entwicklung, von der Entdeckung der bevorstehenden Branenkollision bis hin zur Planung des *Großen Aufbruchs* informierte. Heute, am dritten Tag, stand endlich die Besichtigung des Bunkers auf dem Programm, in dem sich die Branendrive-Daten für das Zieluniversum befanden.

Niemand hatte sich bisher für Grand und Jalina interessiert, und es hatte nach ihrer Landung mit dem Shuttle lediglich eine kurze Befragung gegeben. Grand hatte angegeben, ihre Heimatwelt, deren Bewohner sich nach wie vor ihrer Abstammung von den Dorianern bewusst seien, habe durch ein Handelsschiff von der bevorstehenden Branenkollision und dem Projekt des *Großen Aufbruchs* erfahren. Nun seien sie hierhergeschickt worden, um sich davon zu überzeugen, dass der Bericht der Wahrheit entsprach und sich gegebenenfalls der Übersiedlung anzuschließen. Ihr eigenes Schiff habe während der mehrwöchigen Reise in einer Galaxis am Rand des dorianischen Einflussgebiets einen irreparablen Schaden erlitten, woraufhin man ihnen ihr jetziges Schiff zum Kauf angeboten habe. Dies erklärte zumindest, warum die Abgesandten einer Zivilisation, die schon seit ewigen Zeiten keinen direkten Kontakt mehr mit ihren Ahnen gehabt hatte, in einem relativ modernen Schiff hier auftauchten. Die fadenscheinige Erklärung war, ohne mit der Wimper zu zucken, akzeptiert worden. Wahrscheinlich waren sie nicht die Einzigen, die mit geliehenen, gekauften oder sogar gestohlenen Schiffen hier ankamen. Man hatte ihnen eine Aufenthaltserlaubnis für fünf Tage erteilt und ihnen eine schöne Zeit auf Welkor-Minor gewünscht.

Zwei ContactBots führten die Gruppe von vielleicht dreißig Personen aus dem Raum. Dabei plapperten sie unermüdlich und priesen Lerin Jak Jerinos wieder und wieder als eines der größten Genies, die es in der langen Geschichte der Dorianer je gegeben hatte. Grand hatte den Verdacht, dass die schon lange verstorbene Wissenschaftlerin den Text vor ihrem Tod selbst geschrieben hatte. Draußen wartete bereits der nächste Schwung Besucher auf Einlass. Der ganze Planet schien nur noch eine Mischung aus Museum und Entertainment-Park zu sein.

Eine A-Gravbahn transportierte die Gruppe durch eine weitläufige Parklandschaft. In der Ferne zeichnete sich ein grauer Quader ab. Der oberirdische Teil des Bunkers, in dem der Quantencomputer mit den wertvollen Daten verborgen war.

»Dies ist der Höhepunkt unseres heutigen Programms«, sagte einer der Bots, nachdem alle ausgestiegen waren. »Unter unseren Füßen befindet sich, verborgen unter einer mehrere Meter dicken Decke aus Metallplast, eine Kammer, in der ein Quantencomputer mit nur einer einzigen Aufgabe betraut ist: das größte Geheimnis unserer Geschichte zu wahren. Erst zu Beginn des *Großen Aufbruchs* werden die Branendrives der Auswandererschiffe mit den notwendigen Parametern des Zieluniversums, unserer neuen Heimat programmiert. Alle Schiffe der ersten Welle werden sich in diesem System versammeln und erhalten von hier aus einen Upload. Da keine Gruppe einen Vorteil erlangen darf, wurde dieser Weg gewählt.«

Grand sah viele nickende Köpfe und hörte bestätigendes Gemurmel. Die verschiedenen Fraktionen und Zivilisationen dorianischer Abstammung waren nicht alle befreundet und betrachteten sich zum Teil sogar als Konkurrenten. Jeder hier befürchtete, dass *seine* Gruppe ins Hintertreffen geraten könnte.

»Nur zwei Personen haben Zutritt. Der Chefadministrator und der Chefwissenschaftler. Und sie können den Aktivierungscode für den Upload nur *gemeinsam* eingeben. Das Ganze wird von einer speziellen KI überwacht, die ebenfalls in dem Quantencomputer zu Hause ist. Es gibt keinen Zugang von außen. Dieser ist nur über einen Spontantransmitter möglich, der ebenfalls von dieser KI gesteuert wird. Wie ihr seht, gibt es keine Möglichkeit, den Upload verfrüht auszulösen oder die Daten gar zu stehlen.«

Damit war die Führung für heute beendet und die ContactBots trieben ihre Gruppe wieder in die A-Gravbahn.

Grand und Jalina beschlossen, von der Endstation direkt zu ihrem Shuttle zurückzukehren, um das weitere Vorgehen zu besprechen. Grand wusste, dass es für ihr Vorhaben nicht gut aussah. Der Quantencomputer war extrem gut gesichert, und er hatte keine Idee, wie sie an ihn herankommen konnten.

»Wir müssen uns mit Hakera beraten«, schlug Jalina vor, der es ähnlich ging. »Vielleicht hat sie eine Idee, wie wir in den Bunker reinkommen.«

»Es gibt keinen Zugang, Jalina!«

»Vielleicht kann Hakera uns mit unserem Spontantransmitter direkt hineinversetzen.«

»Glaubst du etwa, daran hat niemand gedacht? Es wird Sicherungen dagegen geben.«

»Willst du aufgeben?«

»Nein, natürlich nicht, aber ich muss zugeben, dass es mir im Moment an Fantasie mangelt. Einen anderen Weg kann ich mir nicht vorstellen.«

»Mir geht es genauso, Michael. Deshalb sollten wir Hakera mit ins Boot holen. Wenn es einen Weg gibt, wird sie ihn finden.«

Grand stimmte letztlich zu, da er nicht wusste, was sie ansonsten machen sollten. Sie informierten die Leitstelle, dass sie vorzeitig abreisen würden, was man fast begeistert zur Kenntnis nahm, wurde doch einer der begehrten Landeplätze schneller frei als gedacht. Eine Stunde später schleusten sie das Shuttle in die *Rhelina III* ein.

26.

Hakera hatte sich Grands Bericht schweigend angehört und sich die Holovids angesehen, die er mit seiner EyeCam gemacht hatte. Die kleine, in einer Kontaktlinse verborgene Kamera lieferte gestochen scharfe Bilder und hatte zudem alles aufgezeichnet, was in Grands Umgebung geredet worden war. Nichts davon lieferte einen entscheidenden Hinweis. Bis Hakera eine Kleinigkeit auffiel.

»Ein Quantencomputer und ein Spontantransmitter verschlingen eine enorme Menge Energie«, sagte sie. »Ich habe nichts gesehen oder gehört, was sich auf die Energieversorgung des Bunkers bezog. Habt ihr etwas darüber in Erfahrung gebracht, das nicht in den Aufzeichnungen enthalten ist?«

»Nein«, sagte Grand. »Die ContactBots haben sich nicht zu diesem Thema geäußert.«

»Und wir konnten nichts sehen, was darauf hinweisen könnte, wie der Bunker mit Energie versorgt wird.«

»Ich kann mit ziemlicher Sicherheit ausschließen, dass er eine interne Energieversorgung besitzt, denn dann müsste er wesentlich größer beschaffen sein. Selbst ein kleiner Antimaterie- oder Fusionsreaktor benötigt allein für seine Abschirmung mehr Fläche, als der gesamte Bunker einnimmt.«

»Wie bringt uns das weiter?«, fragte Jalina.

»Nun, es ist doch offensichtlich!«, sagte die KI, die wieder als Avatar vor dem zentralen Tisch schwebte, an dem Grand und Jalina Platz genommen hatten. »Es wird immer erzählt, der Bunker sei in sich geschlossen, er habe keine Öffnung und keinen äußeren Zugang, aber das kann nicht richtig sein. Es muss eine Stelle geben, wo von außen Energie ins Innere geleitet wird. Und sie kann nicht einmal besonders klein sein. Bei der Menge an benötigter Energie müssen die Feldleiter mindestens einen Meter dick sein. Also gibt es irgendwo in dem ansonsten massiven Metallplast-Mantel ein Loch von mindestens einem Meter Durchmesser. Das ist eine Schwachstelle!«

»Die komplett von der Energiezufuhr ausgefüllt ist«, warf Grand ein. »Wie soll uns das etwas nutzen?«

»Ich arbeite an einer Lösung. Gib mir etwas Zeit. Auch wenn ich eine hochintelligente KI bin, so kann ich doch nicht zaubern!«

Mit einem 'Plopp' der in das entstehende Vakuum strömenden Luft löste sich der Avatar auf.

»Ein typischer Hakera-Abgang«, beschwerte sich Jalina und lächelte dabei.

»Das habe ich gehört!«, erklang augenblicklich die Stimme der KI aus den Akustikfeldern der Zentrale.

Grand musste unwillkürlich lachen. Hakera besaß die Gabe, selbst in scheinbar aussichtslosen Momenten ihre Freunde zum Lachen zu bringen.

Grand und Jalina sahen zunächst nach Rigoran, der im StasisPod ruhte. Grand verspürte immer noch mehr als nur einen Anflug von schlechtem Gewissen, auch wenn er nach wie vor keine bessere Lösung für das Problem erkennen konnte. Es wäre zu riskant gewesen, Rigoran unbeobachtet auf der *Rhelina III* zurückzulassen. Er stellte eine Gefahr für sich und andere dar. Grand nahm sich vor, ihm die bestmögliche Hilfe zukommen zu lassen, sobald sich eine Gelegenheit hierfür bieten würde. Danach verbrachten Jalina und er einige Stunden in ihrer Kabine, bis Hakera sie bat, in die Zentrale zu kommen. Im Zentralholo drehte sich eine schematische Skizze des Bunkers.

»Ich habe in den vergangenen Stunden mit aller Vorsicht versucht, Informationen über den Bunker zu bekommen. Das planetenweite Datennetz ist zwar nicht besonders gesichert, aber die Daten, nach denen ich gesucht habe, liegen hinter mehreren Firewalls im Computer der Administration. Mich haben besonders die Baupläne interessiert. Da es zu riskant war, die Firewalls zu attackieren, habe ich nach einem Hinweis gesucht, wer die Bauaktivitäten vor mehreren Hundert Jahren geleitet hat. Ich hoffte, vielleicht dort die alten Pläne noch finden zu können, und tatsächlich lagen noch Kopien in einem Back-up-Speicher. Man hatte sie wohl einfach übersehen und versäumt, sie zu löschen. Dieses System war nur spärlich abgesichert und konnte meinem Zugriff nicht lange widerstehen. Jetzt habe ich einen Plan ausgearbeitet, wie wir den Bunker infiltrieren können. Das ist die gute Nachricht!«

»Ich wage es kaum, zu fragen. Was ist die Schlechte?«, erwiderte Grand.

»Es gibt keine Möglichkeit, die Daten von außerhalb zu verändern. Wenn wir den geplanten Upload der Branendrives beeinflussen wollen, muss es von innerhalb geschehen.«

»Das wussten wir bereits«, sagte Jalina.

»Das war ja auch nicht die schlechte Nachricht, die kommt erst noch! Es gibt tatsächlich eine Möglichkeit, wie ihr in den Bunker eindringen könnt. Wie schon vermutet, gibt es für die Energieversorgung einen Durchbruch in der Metallplastwand. Dies ist eine Schwachstelle, die wir ausnutzen können. Ich habe mir Folgendes überlegt …«

In der nächsten Stunde legte Hakera den beiden ihre Idee dar. Grand und Jalina hörten mit ungläubigen Gesichtern zu.

»Das ist die verrückteste Idee, die ich je gehört habe«, sagte Grand, als die KI geendet hatte.

»Das ist nicht nur verrückt, sondern auch noch lebensgefährlich«, fügte Jalina hinzu. »Wenn auch nur das Geringste schiefgeht, sind wir tot! Und selbst wenn technisch alles klappt, was ich mir kaum vorstellen kann, ist immer noch nicht sicher, dass wir den Einsatz überleben.«

»Wann hätte euch das je abgehalten?«, fragte Hakera. »Und ich muss darauf hinweisen, dass es keine andere Möglichkeit gibt.«

Grand sah Jalina an. Sie erwiderte seinen Blick und atmete tief durch.

»Was haben wir zu verlieren?«, fragte sie.

»Außer unserem Leben? Alles!«, antwortete Grand. »Wir sind weit gekommen, mein Liebling. Weiter, als wir uns je hätten vorstellen können.« Er lachte auf. »Wir waren in fremden Universen und haben es überlebt, wir haben uns in die Exodus-Sphäre gestürzt, ohne zu wissen, was uns dort erwartet, und haben auch das überlebt. Ich habe dich sterben sehen, und jetzt stehst du wieder neben mir. Unsere

Körper wurden im Megaversum in subatomare Teile zerlegt, und trotzdem sind wir hier. All das war unmöglich – und es ist trotzdem geschehen. Was ist dagegen schon das Risiko eines kleinen Einbruchs, wenn man bedenkt, was auf dem Spiel steht? Alles, was wir bisher getan haben, wäre sinnlos gewesen, wenn wir es jetzt nicht versuchen. Ja, wir können unser Leben dabei verlieren, aber wofür hätten wir es gelebt – und all das *überlebt*, wenn wir nun vor dem Risiko zurückschrecken würden? Dann wäre alles umsonst gewesen und alles wäre verloren. Nicht nur für uns, sondern auch für unzählige andere. Ich bin dafür, dass wir es versuchen, so verrückt es auch ist!«

»Außerdem sind wir Glückskinder!« Jalina lächelte Grand an.

»Das Glück kann zwar irgendwann einmal aufgebraucht sein, aber ich hoffe, dass dieser Moment nicht ausgerechnet jetzt gekommen ist.« Grand nahm Jalina in den Arm. »Wenn es funktioniert, wären wir endlich frei. Dann hätten wir unsere wichtigste Mission erfüllt und könnten einfach ein ganz normales Leben führen. Keine Liga mehr, kein Coniunctional, kein Devorator – nur noch wir! Dies könnte unser letzter Einsatz sein.«

Jalina drückte Grand eng an sich. »Wenn es nicht funktioniert, ist er es bestimmt«, flüsterte sie ihm ins Ohr.

27.

Sechs Wochen später waren sie wieder auf dem Planeten. Sie hatten einen neuen Antrag auf Landegenehmigung gestellt, diesmal jedoch länger warten müssen. Man hatte sich zwar verwundert darüber gezeigt, dass die beiden 'Hinterwäldler' aus der weit entfernten Galaxie ihren ersten Aufenthalt auf Welkor-Minor vorzeitig abgebrochen hatten und nun wieder zurückkehren wollten, aber schließlich dem Ersuchen stattgegeben. Allerdings waren sie ganz nach hinten auf die Warteliste gesetzt worden.

Sie hielten sich jetzt bereits seit zwei Monaten im Welkor-System auf und der Raumschiffverkehr im System hatte eher zu- als abgenommen. Fast schien es so, als würde die Aussicht, gemeinsam in ein anderes Universum überzusiedeln, für die Dorianer und ihre zahllosen Abkömmlinge nicht nur einen Neuanfang bedeuten, sondern die verschiedenen Gruppen auf eine Art zusammenschweißen, die es seit vielen Millionen Jahren nicht mehr gegeben hatte. Grand konnte selbst zwischen Fraktionen, die über lange Zeit verfeindet gewesen waren, plötzlich ein stetig wachsendes Gemeinschaftsgefühl feststellen.

Doch nun galt es, die erste Etappe ihres wahnwitzigen Plans in Angriff zu nehmen. Grand und Jalina meldeten sich für eine Führung an, die bei den meisten Besuchern nicht sonderlich hoch im Kurs stand – einen Besuch im Zentrum für Infrastruktur und Bewirtschaftung.

Hier wurde den Interessierten gezeigt, wie das System und die verschiedenen Planeten mit dem Ansturm von Besuchern fertig wurden, welche Maßnahmen hierfür notwendig waren und wie das Ganze technisch umgesetzt worden war. Man wollte beeindrucken und die Effizienz darstellen, mit der man all dies bewerkstelligte. Hakera hatte vermutet, dass der Hintergrund für diese Zurschaustellung wahrscheinlich psychologischer Natur war. Jedem, der hier ankam, wollte man zeigen, dass die für den *Großen Aufbruch* Verantwortlichen mit jeder Herausforderung spielend fertig werden konnten. Wer über viele Jahre Millionen von Schiffen und Milliarden Besucher logistisch bewältigen konnte, war sicher auch in der Lage, Millionen Schiffe geordnet in den *Großen Aufbruch* zu schicken. Die Effizienz und Leistungsfähigkeit, die hier gezeigt wurden, sollten helfen, etwaige Zweifler zu beruhigen.

Doch es waren nicht die Bewunderung der logistischen Effizienz oder der technologischen Leistungsfähigkeit, wegen denen Grand und Jalina an der Führung teilnahmen. Der Grund war wesentlich profaner – ein Abschnitt der Rundfahrt führte durch das Wartungszentrum. Hier wurde den Besuchern gezeigt, wie man für die gesamten technischen Einrichtungen auf Welkor-Minor einen störungsfreien Betrieb gewährleistete. Hier befand sich auch die automatisierte Wartungsstation – und hier waren die Wartungs- und Reparaturroboter stationiert. Darunter auch eine Handvoll, die für den Bunker verantwortlich waren. An einen von ihnen mussten Grand und Jalina herankommen.

Zwar hatten tatsächlich nur zwei Personen Zutritt zum Bunker, aber dies betraf lediglich *lebende* Personen. Die WartungsBots hingegen kamen regelmäßig in den streng abgeschirmten Raum, um die Einrichtung zu überprüfen, zu warten und am Laufen zu halten. Gerade die für den *Großen Aufbruch* wichtigste Installation musste in optimalem Zustand gehalten werden. Einer der WartungsBots würde bei seinem nächsten Einsatzzyklus ein winziges zusätzliches Teil mit sich führen, wenn es nach Hakeras Plan ging.

Ein ContactBot führte die kleine Gruppe, der außer Grand und Jalina nur noch vier weitere Besucher angehörten, durch die voll automatisierte Zentrale des Wartungszentrums, das von einer KI geleitet wurde. Man zeigte ihnen ein kurzes HoloVid, das die komplexen Abläufe und das komplizierte Netzwerk, das sich über den gesamten Planeten zog, in ein paar Minuten erklärte. Die KI forderte die Besucher auf, Fragen zu stellen, doch niemand meldete sich und der ContactBot führte die Gruppe hinaus. Es ging über eine Art Innenhof zurück zum Ausgang, als Grand den ContactBot ansprach.

»Ich müsste mich … äh … erleichtern.«

Der kugelförmige, auf einem Antigravkissen schwebende Roboter fuhr ein Stielauge aus und betrachtete Grand. Die Maschine besaß lediglich ein einfaches Positronengehirn, das keine KI beherbergte. Für eine solch simple Aufgabe benötigte man keine hoch entwickelte künstliche Intelligenz.

»Die nächste Gelegenheit für solche persönlichen Notwendigkeiten befindet sich in dem Gebäude zu deiner

Rechten. Wenn du durch den Eingang gehst, findest du die Vorrichtung hinter der zweiten Tür links.«

Natürlich war Grand dies bekannt. Hakera hatte in den vergangenen Wochen sämtliche Baupläne dieser Einrichtung analysiert, und so kannte er jeden Quadratzentimeter.

»Wie lange wirst du benötigen?«, wollte der ContactBot wissen.

»Ich … äh … muss etwas Falsches gegessen haben. Es rumort ganz ordentlich in meinem Bauch, ich denke aber, es sollte nicht länger als zehn Minuten dauern.«

»Wir werden hier auf dich warten«, entschied der Roboter. »Ich zeige euch inzwischen ein HoloVid über die Abfallentsorgung«, wandte er sich an den Rest der Gruppe.

Ein leises Stöhnen ging durch die Umstehenden, dennoch war das immer noch kurzweiliger, als hier einfach herumzustehen.

Grand ging zu dem bezeichneten Eingang und betrat das Gebäude. Es gab hier keine dauerhafte Präsenz dorianischen Personals und er musste nicht befürchten, jemandem zu begegnen. Die Örtlichkeit, die er aufsuchte, war nur für 'Notfälle' gedacht.

Grand betrat die Toilette, die einer irdischen erstaunlich ähnlich war. *Gleiche Bedürfnisse führen zu gleichen Lösungen*, dachte er. Grand rief sich den Lageplan des Gebäudes in Erinnerung und zog einen kleinen Gegenstand aus der Tasche, der äußerlich einem Kugelschreiber glich. Hakera hatte ihn während ihrer Wartezeit angefertigt.

Grand trat vor die Rückwand einer der Zellen und aktivierte den vermeintlichen Kugelschreiber. Aus der Spitze trat ein haarfeiner Laserstrahl. Grand schnitt ein Quadrat von etwa einem Meter Seitenlänge aus dem kunststoffähnlichen Material der Wand. Dahinter befand sich ein riesiger Raum, in dem mehrere Reihen von deaktivierten Wartungsrobotern standen, bereit für den nächsten Einsatz.

Es gab hier keine Sicherungsmaßnahmen. Die Dorianer waren nicht paranoid genug, um einen Toilettenraum oder eine schlichte Lagerhalle abzusichern.

Grand stieg durch die geschaffene Öffnung und sah sich um. Irgendwo unter den Hunderten von Maschinen befanden sich auch die fünf Spezialmaschinen, die für den Einsatz im Bunker vorgesehen waren. Hakera hatte ihre Kennung unbemerkt aus den Datenbanken von Welkor-Minor ziehen können und kannte ihre Parkposition. Sie standen etwas abgesondert von den vielen anderen nur wenige Meter von Grand entfernt in einer ordentlichen Reihe.

Grand ging zu den Maschinen und überlegte, mit welcher sein kleines Gerät wohl am schnellsten in den Bunker gelangen würde. Er wusste nicht, ob es eine bestimmte Reihenfolge gab, in der die Roboter eingesetzt wurden, oder ob dies rein zufällig ausgewählt wurde. Sie hatten nur eine Aufenthaltserlaubnis von vier Tagen und wenn er eine falsche Entscheidung traf, würde der Plan nicht aufgehen.

Grand entschied sich für die mittlere Maschine. Er öffnete einen Ring, den er an der linken Hand trug. In der kleinen Kammer unter einem geschmacklosen Schmuckstein befand sich etwas, das wie eine winzige Spinne aussah. Der nur vier Millimeter große Körper wies sechs kleine Beinchen auf, die sich nun entfalteten. Grand setzte die 'Spinne' auf den WartungsBot. Sie begann über den Körper der Maschine zu krabbeln und verschwand dann in der Spalte eines Drehgelenks, wo sie sich festklammerte und deaktivierte.

Grand drehte sich um, stieg zurück in die Toilettenzelle und setzte das herausgeschnittene Kunststoffteil wieder in die Wand ein. Er veränderte die Einstellung seines Laserschneiders und verschweißte das Loch. Die Naht war nur zu sehen, wenn man genau hinschaute. Sie würde sicherlich niemandem auffallen – wenn diese Einrichtung überhaupt jemals benutzt werden würde.

Acht Minuten nachdem Grand sich abgemeldet hatte, stand er wieder bei seiner Gruppe. Er entschuldigte sich bei den anderen für die Verzögerung und es ging weiter.

Eine Stunde später war die Führung beendet und Grand und Jalina befanden sich wieder in ihrem Shuttle. Die Wartezeit begann.

28.

#Ich konnte die veränderten temporalen Verwirbelungen analysieren und eingrenzen#, sandte das Coniunctional einen Gedanken aus.

#Was haben deine Berechnungen ergeben?#, erfolgte die Antwort.

#Die Zeitstruktur, in der wir die ersten Aktivitäten feststellen konnten, hat sich leicht geglättet. Doch nun ergeben sich neue temporale Schleifen, deren Schwerpunkt höher im objektiven Zeitpfeil unseres Ursprungsuniversums zu liegen scheint. Ich registriere eine weitere starke temporale Dislokation etliche Jahrzehntausende später als bisher.#

#Können wir dort eingreifen?#

#Nicht unmittelbar, aber wir könnten eine erneute Warnung aussenden.#

#Ich muss eingestehen, dass mein Hilfsvolk mir in diesem Zeitabschnitt nicht mehr zur Verfügung steht#, musste der Devorator zugeben. *#Diejenigen, die sich Synoki nannten und mit denen ich kommunizieren konnte, existieren zu diesem Zeitpunkt nicht mehr. Sie hatten sich gegen unsere Ahnen erhoben und ihre Zivilisation wurde vernichtet.#*

#Ich hingegen verfüge auch in diesem Zeitabschnitt noch über Kontakte#, sagte das Coniunctional. *#Ich werde sie nutzen!#*

Für einen Moment schwiegen die mentalen Stimmen.

#Die Bedrohung wurde nicht eliminiert, sie hat sich nur temporal verlagert. Die Gefahr für uns ist nicht geringer geworden.# Es war eine Feststellung, keine Frage, die der Devorator aussandte.

#Nein, das ist sie nicht!#

29.

Grand und Jalina warteten. Untätig herumzusitzen und abwarten zu müssen zehrte mehr an den Nerven als jeder noch so gefährliche Einsatz. Und es ließ die Zeit scheinbar noch langsamer verstreichen. Zu langsam. Langsam genug, um über unangenehme Fragen nachzudenken.

»Wir bewegen uns auf einem Gebiet schwieriger, vielleicht sogar zweifelhafter moralischer Entscheidungen.« Grand hatte lange nachgedacht. Er hielt es für seine Pflicht, mit Jalina über das zu reden, was ihn bewegte. Er vermutete, dass sich auch Jalina ihre Gedanken machte.

»Ich habe schon darauf gewartet, dass du mich darauf ansprichst«, bestätigte sie seine Vermutung. »Und es geht nicht nur um Rigoran, stimmt's?«

Grand lächelte. Jalina enttäuschte ihn nicht. Seiner Lebensgefährtin waren die Implikationen dessen, was sie vorhatten, ebenfalls klar.

»Spielen wir Gott?«, fragte er.

»Es wird Stimmen geben, die das behaupten.«

»Haben wir das Recht, unseren Plan auszuführen?«

»Man könnte argumentieren, dass wir sogar verpflichtet sind, das zu tun. Wenn wir Erfolg haben, retten wir unzählige Leben.«

»Und zerstören unzählige andere«, wandte Grand ein.

»Das sehe ich nicht so«, widersprach Jalina. »Wir verändern die Zeitlinie. Natürlich werden dadurch Ereignisse, die für uns geschehen sind, für alle anderen niemals geschehen. Aber die Leben, die in unserer Zeitlinie vernichtet wurden, wären gerettet. Stell dir vor, es hätte zum Beispiel den Krieg gegen die Ra´hul nie gegeben. Alle die Opfer wären noch am Leben.«

»Kinder, die geboren wurden, würden vielleicht nie geboren werden. Liebespaare würden sich vielleicht nie kennenlernen. Wichtige Erfindungen würden vielleicht nie gemacht. Wir verändern eine Zeitlinie, in der Gutes wie Böses geschehen ist, und wir zerstören sicherlich einen Teil des Guten zusammen mit dem Bösen.«

»Wir empfinden das so, weil wir eine, eben *unsere* Zukunft kennen, aber von jetzt und hier aus gesehen ist die Zukunft im Fluss und unbestimmt. Sie ist noch nicht geschehen. Die Kinder wurden noch nicht geboren, die Paare haben sich noch nicht getroffen und die Erfindungen wurden noch nicht gemacht. All dies existiert, von hier aus betrachtet, nur als ferne Möglichkeit. Aber wir wissen, dass die Kriege und ihre Opfer in der Zukunft Realität werden, wenn wir nichts tun. So wie ich es sehe, zerstören wir nichts, was es bereits gegeben hat, sondern beeinflussen lediglich die Möglichkeit, dass es geschehen könnte.«

Grand lachte, ohne es böse zu meinen. Es war eher ein zweifelndes, vielleicht sogar ein verzweifeltes Lachen. »Auf Englisch würde man sagen: *'You can´t have your cake and eat it'*! Du kannst deinen Kuchen nicht gleichzeitig behalten und essen wollen. Einerseits sagst du, wir würden den Krieg und die Opfer verhindern, andererseits sagst du jedoch, alles andere seien lediglich unbestimmte Möglichkeiten, die auf dem Zeitstrahl noch nicht festgeschrieben seien. Nein, Jalina, wir müssen uns für eine Wahrheit entscheiden und dürfen uns vor der Verantwortung nicht drücken. Wenn wir akzeptieren, dass es die Kriege und die Opfer gegeben hat oder, besser gesagt, geben wird, dann müssen wir auch alles andere, was wir aus der Zukunft kennen – *unserer* Zukunft – als real akzeptieren. Wenn wir mit unserem Handeln im Hier und Jetzt Erfolg haben sollten, verhindern wir nicht nur das Coniunctional und den Devorator, die Kriege mitsamt den Opfern, wir verhindern auch all das, was es an Gutem zu unserer Zeit gegeben hat. Mit unbekanntem Ergebnis! Wer sagt uns denn, dass es nicht sogar noch schlechter werden kann, als wir es kennen?«

Jalina stand auf und nahm Grand in den Arm. »So darfst du nicht denken, Liebling! Ja, es stimmt, wir kennen die Zukunft, wir wissen, wie sie sich entwickeln wird, wenn wir versagen. Mit allem, was dazu gehört. Aber es wird nicht geschehen, wenn wir es verhindern können. Nichts davon! Nicht die Babys, die vielleicht geboren werden, nicht die Paare, die sich finden werden, nicht die Erfindungen, die gemacht werden. Aber es wird eben auch die vielen, vielen Toten nicht geben! Die Babys könnten trotzdem geboren werden, die Paare sich trotzdem kennenlernen und die Erfindungen trotzdem gemacht werden – aber die Toten wird es mit *Sicherheit* nicht mehr geben, wenn wir erfolgreich sind. Das ist meine Rechtfertigung für unser Eingreifen, dafür, dass wir Gott spielen!«

Grand nickte zögerlich. Er verstand Jalinas Position, und sie war auch nachvollziehbar, trotzdem hatte er nach wie vor kein gutes Gefühl bei der Sache. Durfte ein Mensch über so viel Macht verfügen? Worin unterschied er sich dann von dem Coniunctional oder dem Devorator, die ebenfalls über Schicksale hinweggingen, als hätten sie keinerlei Bedeutung. Aber vielleicht gab es noch eine andere Rechtfertigung für ihr Handeln. Vielleicht war all dies in ihrem Lebensweg vorgezeichnet. Vielleicht musste es so kommen und alles war Bestandteil eines viel größeren Plans, den weder er noch Jalina kannten. Vielleicht war die Veränderung der Zeitlinie, die sie planten, Teil einer noch viel gewaltigeren Geschichte, an der sie mitschrieben, ohne es auch nur zu ahnen. Die Geschichte des Multiversums, das von Kräften regiert wurde, von denen sie bisher noch nichts wussten. Vielleicht waren sie nichts anderes als kleine Rädchen in einem unermesslichen, multidimensionalen Räderwerk, von dem sie weder Funktion noch Bestimmung oder gar den Sinn kannten. Grand fragte sich, wie viele ihrer Entscheidungen eigentlich tatsächlich auf freiem Willen beruhten und ob sie vielleicht doch nur nichts anderes waren als Bauern in einem kosmischen Schachspiel. Bauern, die jederzeit geopfert werden konnten, die sich aber auch in mächtige Figuren verwandeln konnten, wenn sie das Ziel, die andere Seite des Spielfeldes, erreichten. Doch wo lag ihr Ziel? Wo war die andere Seite des Spielfelds? Und wie lauteten überhaupt die Regeln des Spiels?

Grand brummte der Kopf. Er ließ Jalina los, strich ihr sanft über den kahlen Schädel und bewunderte wieder einmal, wie zart sich ihre babyblaue Haut anfühlte.

Gerade als er etwas sagen wollte, erscholl das leise Klingeln des Alarms. Die 'Spinne' hatte ihr Ziel erreicht.

30.

Der WartungsBot erhielt den routinemäßigen Einsatzbefehl und erwachte zum Leben. Die inneren Systeme wurden hochgefahren und eine schnelle Selbstdiagnose bestätigte die volle Betriebsbereitschaft. Der Bot fuhr seine vier Manipulatorarme aus. Das kleine Antigravtriebwerk im Sockel sprang an, der Bot erhob sich einige Zentimeter über den Boden und schwebte aus der Lagerhalle.

In einem Vorraum hielt er kurz an. Ein Seitenfach in der Wand öffnete sich und es wurden mehrere technische Geräte hinter der Verblendung sichtbar. Der Bot schwebte auf die Öffnung zu, entnahm einige der Gerätschaften und dockte sie an seinen Körper und die Manipulatorarme an.

Dann drehte er sich um, glitt zurück in die Mitte des Raumes und die Öffnung in der Wand schloss sich wieder hinter ihm. Das in die Decke integrierte System schickte einen Scanstrahl herunter, der den WartungsBot auf Spuren von organischer Materie hin überprüfte. Das Ergebnis war negativ. Das Sicherheitssystem schickte eine entsprechende Nachricht an die KI im Bunker.

Die KI fragte nochmals in der Sicherheitszentrale nach und vergewisserte sich, dass tatsächlich eine routinemäßige Wartungssequenz eingeleitet worden war. Nach nochmaliger Überprüfung der Kennung des Bots gaben ihre Systeme schließlich den Zugang frei. All diese Prüfmaßnahmen beanspruchten weniger als eine Zehntelsekunde. Die KI aktivierte den in ihren Bunker integrierten

Spontantransmitter und richtete ihn auf den Standort des WartungsBots aus.

Der Bot wurde von einem grünen Ring umgeben und verschwand, nur um fast im gleichen Moment etliche Tausend Kilometer entfernt, tief unter der Erde hinter massiven Metallplastwänden zu materialisieren.

Ein nochmaliger Scan und eine nochmalige Rückbestätigung durch die Sicherungszentrale bestätigten, dass es sich tatsächlich um den WartungsBot handelte, der für diesen Zyklus vorgesehen war. Die KI deaktivierte die vorsichtshalber hochgefahrenen Waffensysteme der Kammer.

In dem Bunker flackerte helles Licht auf. Es erschien der KI sinnvoller, die Kammer vollständig auszuleuchten, als den Bot mithilfe seiner wesentlich schwächeren Lampen oder IR-Sensoren den Weg finden zu lassen. Der Wartungsroboter nahm seine Arbeit auf.

In einem Gelenkspalt des Bots erwachte ein nur wenige Millimeter großes Meisterwerk der Technik zum Leben und nahm seinerseits seine Arbeit auf. Die kleine 'Spinne' war vom Impuls des Spontantransmitters aufgeweckt worden, ganz so, wie es Hakera geplant hatte. Ihr interner Quantenspeicher war viel zu klein, um die gesamten Daten zur Programmierung eines Branendrives in sich zu tragen. Zudem würde jeder Versuch, einen unautorisierten Zugriff auf die extrem gut gesicherten Speicherbereiche vorzunehmen, in denen die Parameter des Zieluniversums lagen, sofort bemerkt werden. Aber dies war auch nicht ihre Aufgabe. Es gab allerdings einen Bereich, der wesentlich weniger gut geschützt war und auf den der Bot während seiner Systemanalyse Zugriff hatte – der Bereich, in dem die Zugangsberechtigung für den Chefadministrator und den Chefwissenschaftler gespeichert waren.

Die 'Spinne' unternahm gar keinen Versuch, sich direkt mit dem Quantencomputer im Bunker zu verbinden. Sie fuhr einen haarfeinen Fühler aus, der ins Innere des Bots eindrang. Hakera entstammte der gleichen Technologie und es war ihr wohlbekannt, wie dorianische Computer aufgebaut waren. Wenn überhaupt, war sie sogar weiterentwickelt als alles, was im Bunker zu finden war. Es war deshalb für die 'Spinne' ein Leichtes, das Monofilament an einen Port anzuschließen und im korrekten Code anzufangen, die Programmierung des Bots zu überschreiben. Hakeras Programm war beinahe intelligent. Es konnte auf sich verändernde Herausforderungen selbstständig reagieren und sich jeder Codestruktur anpassen. Das Positronengehirn im Bot merkte nicht einmal, wie seine Programmierung verändert wurde.

Der Bot ging scheinbar seiner Aufgabe nach und die KI im Bunker konnte nichts Ungewöhnliches feststellen. Alles war wie immer. Such- und Analyseroutinen durchkämmten die Codes im Quantencomputer nach Störungen und Fehlern, die deren Funktionen gefährdet hätten. Wie immer fand sich nichts Auffälliges. Doch diesmal wurde zusammen mit den Wartungsroutinen ein Virus übertragen, der nun Änderungen im System vorzunehmen begann. In dem Bereich, der über die Zugangsberechtigung wachte. Die biometrischen Daten des Chefadministrators und des

Chefwissenschaftlers wurden überschrieben und durch die von Grand und Jalina ersetzt.

Als der Eingriff abgeschlossen war, ging die 'Spinne' zum zweiten Teil ihres Auftrags über. Sie verließ den Gelenkspalt und kroch über den Körper des Bots bis hinab zum Boden. Dort folgte sie einer kleinen Fuge zwischen den Computerbänken bis zu einer der Wände. Dann machte sie sich auf die Suche nach dem Durchbruch für die Energieversorgung. Es dauerte nur wenige Minuten, bis sie die Abschirmung aufspürte, hinter der sich die Feldleiter befanden. Wieder fuhr sie ein Monofilament aus und drang mit dem nur wenige Atomstärken dünnen, fast unsichtbaren Faden in die Abschirmung ein. Dann begann sie mit ihrer Messung. Diesmal benötigte sie nur wenige Sekunden, bis das Ergebnis feststand. Die 'Spinne' schickte einen ultrakurzen Impuls von nur wenigen Picosekunden Länge aus, der sämtliche ermittelten Daten enthielt, und erteilte einen Selbstvernichtungsbefehl. Ein schwaches Desintegrationsfeld verwandelte den kleinen Körper in Staub. Der nächste Wartungsroboter würde den kaum sichtbaren Schmutz bei der turnusmäßigen Reinigung entfernen.

Als der Bot fertig war und seine Manipulatorarme einzog, aktivierte die KI erneut ihren Spontantransmitter. Die Maschine verschwand und erschien augenblicklich wieder im Vorraum der Lagerhalle. Da man befürchtete, jemand könne versuchen, mittels eines solchen WartungsBots die kritischen Daten aus dem Bunker zu schmuggeln – auch wenn man sich nicht vorstellen konnte, wie dies gelingen sollte –, hatte man eine zusätzliche Sicherungsmaßnahme in den Abschluss des Wartungsvorgangs eingebaut. Aus der Decke strömte ein Löschbefehl, gefolgt von einem gerichteten EMP-Puls mit ganz spezieller Frequenz. Jegliche Software in dem Bot wurde gelöscht. Selbst wenn es jemandem gelungen wäre, die sensiblen Daten in dem Bot aus dem Bunker bis hierher zu bringen, wären sie spätestens jetzt unwiderruflich verloren gewesen. Allerdings hatte dieser Vorgang, wie von Hakera geplant, einen Nebeneffekt: Alle Spuren der Manipulation der Software des Wartungsroboters waren ebenso verschwunden.

Ein Datenfluss setzte ein und übertrug eine frische Software in die Speicher und das Positronengehirn des Bots. Er setzte sich in Bewegung und schwebte zurück auf seine Parkposition, wo er sich deaktivierte, um auf den nächsten Einsatz zu warten.

31.

»Der Rafferimpuls ist eingetroffen«, sagte Grand überflüssigerweise, kaum dass das Klingeln ertönte.

»Der kleine Helfer scheint wie geplant funktioniert zu haben.« Jalina war die Erleichterung anzusehen.

»Wir sollten nicht zu früh feiern, sondern noch ein paar Stunden abwarten und den Funkverkehr der Sicherheitsorgane überwachen«, warnte Grand. »Erst dann können wir sicher sein, dass die Manipulation nicht entdeckt worden ist.«

»Und wir müssen hoffen, dass der Administrator und der Wissenschaftler nicht planen, in nächster Zeit den Bunker aufzusuchen.«

Jalina hat recht, dachte Grand. Der ganze Plan wäre hinfällig, wenn die beiden ausgerechnet jetzt auf die Idee kämen, den Bunker zu betreten. Die KI würde ihnen den Zutritt verweigern, da ihre biometrischen Daten überschrieben worden waren. Natürlich würde dies für einigen Aufruhr sorgen und jeden Versuch von Grand und Jalina, ihrerseits den Bunker zu betreten, unmöglich machen. Allerdings war die Gefahr relativ gering. Der letzte Besuch lag erst einige Wochen zurück, und in der Vergangenheit waren stets mehrere Monate zwischen zwei Besuchen vergangen.

Grand und Jalina beschlossen, sich noch einige Stunden auszuruhen, bevor der entscheidende Teil der Mission beginnen würde. Die Bordpositronik des Shuttles überwachte inzwischen den Funkverkehr auf Welkor-Minor und achtete dabei auf bestimmte Schlüsselworte. Sollte es irgendwo einen Hinweis darauf geben, dass die Arbeit der kleinen 'Spinne' entdeckt worden war, würde es dem Computer nicht entgehen.

Sechs Stunden später waren sie sich sicher, dass nichts bemerkt worden war. Sie warteten noch bis zum Anbruch des nächsten Tages, an dem ihre Aufenthaltserlaubnis auslief. Sie erhielten die Startfreigabe und hoben ab.

Es wurde erwartet, dass ein Besucherschiff innerhalb weniger Stunden seinen Platz im Orbit räumte und einen anderen Planeten anflog oder das System verließ. Es gab immer noch einen nicht nachlassenden Strom von Besuchern, die auf frei werdende Plätze warteten. Grand und Jalina würde nicht viel Zeit bleiben, um den nächsten Schritt ihres Plans anzugehen.

Nachdem sie das Shuttle in die *Rhelina III* eingeschleust hatten, sahen sie zunächst nochmals nach Rigoran, was mehr dem eigenen schlechten Gewissen als einer tatsächlichen Notwendigkeit geschuldet war. Die Stasiskammer würde über Jahrtausende funktionieren, solange die Energieversorgung gewährleistet war. Selbst wenn diese ausfiel, konnte die interne Nuklearbatterie die Funktion für etliche Jahre aufrechterhalten.

Hakera bereitete inzwischen alles für den entscheidenden Teil des Einsatzes vor. Die KI hatte die von der 'Spinne' erbeuteten Messwerte der energetischen Feldleiter des Bunkers aus dem Speicher des Shuttles extrahiert und mit den Berechnungen begonnen, von denen Grands und Jalinas Leben abhängen würde.

Nach einer kurzen Mahlzeit und einer erfrischenden Dusche war es soweit. Hakera bat die beiden, sich bereitzuhalten. Sie legten ihre SkinField-Gürtel an und Grand griff nach dem DataCube, der die Parameter für ein Zieluniversum enthielt, das Hakera ausgesucht hatte. Es war in dieser Zeit noch nicht entdeckt worden. Eines der letzten Explorationsschiffe war dort eingedrungen, nachdem die Entscheidung für das Universum mit dem schnelleren Zeitablauf schon lange gefallen war. Kurz darauf war das Programm zur Erforschung anderer Universen endgültig eingestellt worden. Im unmittelbaren Vorfeld des *Großen Aufbruchs* hatte es andere Prioritäten gegeben.

»Ihr wisst, dass die Wahrscheinlichkeit für einen erfolgreichen Transfer nur bei knapp achtzig Prozent liegt«, rief Hakera ihnen das Risiko noch einmal in Erinnerung.

»In zwei von zehn Fällen gehen wir dabei drauf«, fasste Grand die Aussage in drastischere Worte. »Hoffen wir also, dass es bei diesem einen Mal klappt!«

Hakeras Aussage bezog sich auf den Einsatz ihres Spontantransmitters. Sie hatten lange nach einer alternativen Methode gesucht, in den Bunker eindringen zu können, doch es gab keine. Obwohl die lokale KI Grand und Jalina nun als autorisiert ansehen würde, war es trotzdem nicht möglich, sich von ihr in den Bunker versetzen zu lassen, da es nur einen zugelassenen Ausgangspunkt für den Transfer gab: das Büro des Chefadministrators. Die KI im Bunker würde den Transmissionsvorgang nur von dort aus einleiten. Es war eine der vielen Sicherheitsmaßnahmen, die das Eindringen anderer Personen verhindern sollten. Grand,

Jalina und Hakera hatten lange darüber nachgedacht, ob es möglich sein konnte, unbemerkt in den Raum zu gelangen und die KI von dort aus aufzufordern, sie in den Bunker zu bringen, doch es war ausgeschlossen. Grand und Jalina hätten niemals bis in das Büro vordringen können, ohne erwischt zu werden. Also musste die Transmission von Hakera durchgeführt werden. Es gab keine andere Möglichkeit. Doch auch dies schien unmöglich zu sein. Der Bunker war vollständig gegen Transmitterdurchgänge abgeschirmt. Zumindest hatte es so ausgesehen, bis Hakera die Energieversorgung von außerhalb genauer ins Auge gefasst hatte. Dort musste es eine Lücke in der ansonsten lückenlosen Abschirmung geben, da anderenfalls auch keine Energie hätte ins Innere gebracht werden können. Theoretisch war es möglich, einen eng gebündelten Transmissionsimpuls durch eine Abschirmlücke zu schicken, allerdings würde er in diesem Fall mit den energetischen Mustern und Störfeldern des Energiestroms interferieren und massiv gestört werden. In der Praxis hieß das, dass Grand und Jalina nur als formlose Gewebeklumpen rematerialisieren würden. Hakera hatte die Möglichkeit erwogen, diese Interferenzen herauszurechnen und den Transmissionsimpuls entsprechend zu modulieren. Um dies zu bewerkstelligen, musste die KI allerdings die exakten energetischen Spezifikationen des Energieflusses bis auf die letzte Dezimalstelle genau kennen. Diese zu messen und an Hakera zu übermitteln war der zweite Teil der Aufgabe der 'Spinne' gewesen. Trotzdem blieb ein nicht unerhebliches Restrisiko. Die geringste Schwankung im

Energiefluss, der geringste Messfehler der 'Spinne' oder der geringste Fehler bei der Justierung des Transmissionsimpulses würde Grand und Jalina unweigerlich umbringen. Ihre Chancen standen keinesfalls besser als achtzig Prozent, den Transmitterdurchgang zu überleben.

Grand und Jalina überprüften ein letztes Mal ihre Ausrüstung. Beide trugen einen eng anliegenden Overall, ihre SkinField-Gürtel und vorsichtshalber führte jeder einen identischen DataCube mit sich. An den linken Oberschenkel hatten sie einen Neurodisruptor, an den rechten einen Plasmastrahler geschnallt. Sollte einer von beiden den Transmitterdurchgang nicht überleben, konnte der andere die Mission hoffentlich erfolgreich zu Ende führen. Sie verzichteten auf eine Bewaffnung. Sollten sie in die Hände der Dorianer fallen, würde auch eine Handfeuerwaffe sie nicht retten können. Widerstand würde den sofortigen Tod nur wahrscheinlicher machen.

»Seid ihr bereit?«

»Moment, Hakera«, sagte Grand.

Er trat dicht an Jalina heran, umarmte sie und drückte sie fest an sich. Sie küssten sich, grinsten sich an und Jalina zwinkerte ihm zu, als sie sich voneinander lösten.

»Möge die Macht mit uns sein!«, sagte sie.

Grand musste unwillkürlich laut lachen. Sie hatten sich während der Wartezeit auf Welkor-Minor den fünfundzwanzigsten Teil der *Star-Wars-Saga* angesehen, um sich die Zeit zu vertreiben. Es war Jalinas erste Bekanntschaft mit der uralten Sci-Fi-Serie, die unter terranischen Retro-Anhängern Kultstatus genoss.

Grand konnte nicht widerstehen. Er erinnerte sich an eine andere Science-Fiction-Serie, die auf der Erde vor Jahrhunderten ähnlich beliebt gewesen war.

»Energie!«, sagte er.

Als sie sich in hyperenergetische Wirbel auflösten, glaubte er, noch Jalinas Lachen hören zu können.

32.

Das Lachen verging ihnen spätestens, als sie nach der Rematerialisation in die Abstrahlöffnungen von vier Energiewaffen schauten. Grand konnte nicht glauben, was sich vor seinen Augen abzeichnete. Er hielt noch immer Jalinas Hand und hörte, wie sie neben ihm scharf die Luft einsog, gefolgt von einem geflüsterten *'Fuck!'*.

Wir sind beide heil angekommen, war sein erster Gedanke, der ihm jedoch im selben Moment unpassend erschien. Sein zweiter Gedanke war der Situation deutlich angemessener. *Wie ist es möglich, dass man hier bereits auf uns gewartet hat?*

»Auf den Boden!«, herrschte sie eine der ihnen gegenüberstehenden Gestalten an. »Arme und Beine gespreizt!«

Es musste sich um Soldaten oder Angehörige einer Sicherheitstruppe handeln, den identischen Uniformen nach zu urteilen.

Wie konnte man von uns wissen, fragte sich Grand verwirrt, *und wieso können sie überhaupt im Bunker sein?* Nur zwei Personen hatten Zutritt und offensichtlich war keiner der vier der Chefadministrator oder der Chefwissenschaftler. *Ganz abgesehen davon, dass im Moment nur Jalina und ich auf dieser Liste stehen*, überlegte er weiter. *Was geht hier vor?*

Sie hatten bei der Planung des Einsatzes mehrere Notfallszenarien besprochen. Eines davon war eine frühzeitige Entdeckung gewesen. *Allerdings nicht so frühzeitig!* Grands Gedanken überschlugen sich. Sie waren nicht zu früh entdeckt worden, man musste von ihren Plänen gewusst haben. Es war unerklärlich!

Noch während Grand diese Gedanken durch den Kopf schossen, handelte er.

»Rot!«, rief er.

Jalina und er hatten schon vor langer Zeit eine Reihe von Farbcodes vereinbart, um im Einsatz schnell und übereinstimmend auf verschiedene Szenarien reagieren zu können. 'Rot' bedeutete den sofortigen Übergang von passiv-defensivem zu aktiv-aggressivem Verhalten.

Mit der linken Hand hieb Grand auf den Sensor seines SkinField-Gürtels, während er gleichzeitig mit der rechten Hand den Plasmastrahler zog. Der Neurodisruptor wäre nutzlos gewesen, da auch ihr Empfangskommando über Individualschutzschirme verfügte, wie an dem leichten Flimmern rings um ihre Körper zu erkennen war. Es schien sich jedoch nicht um moderne SkinFields zu handeln, da sie keine derartigen Gürtel trugen, sondern lediglich um schwache Abwehrschirme, die zwar gegen neurologische Stunner-Impulse und Projektilwaffen schützten, den hochenergetischen Impulsen eines Plasmastrahlers jedoch keinen nennenswerten Widerstand entgegensetzen konnten.

Jalina folgte Grands Beispiel unverzüglich. Auch sie riss den Plasmastrahler aus der magnetischen Halterung am rechten Oberschenkel und ihr SkinField leuchtete auf. Keine Sekunde zu früh. Im gleichen Moment prasselten Laserstrahlen und Plasmapulse auf sie ein.

Grand feuerte einen Schuss auf den am weitesten links stehenden Mann ab, der von der kinetischen Energie des auftreffenden Plasmapulses wie von einer gigantischen Faust getroffen nach hinten geschleudert wurde. Der Soldat wirbelte über den Boden, wobei er seine Waffe verlor, krachte gegen eine der Computerbänke und blieb halb betäubt liegen. Grand wusste jedoch, dass die momentane Benommenheit nicht lange anhalten würde. Gleichzeitig stürzte er nach vorne und warf sich auf den ihm direkt gegenüberstehenden Mann. Ihre beiden Schutzschirme flackerten hell leuchtend auf, als sie sich berührten. Der Abwehrschirm seines Gegners brach überlastet zusammen, worauf Grand gesetzt hatte. Er hieb dem Mann den Kolben seines Plasmastrahlers gegen die Schläfe. Der Soldat verdrehte die Augen und sackte bewusstlos in sich zusammen.

Inzwischen hatte Jalina ebenfalls einen ihrer Gegner mit einem Schuss zu Boden gestreckt, ohne ihn jedoch endgültig ausschalten zu können. Der Zweite war hinter eine Konsole gehechtet und befand sich außerhalb ihres Schussfeldes. Grand machte mit der Hand eine kreisende Bewegung. Jalina nickte verstehend. Sie trennten sich, um die Konsole in einer Zangenbewegung zu umgehen. Aus den Augenwinkeln sah Grand, dass sein Gegner sich bereits wieder aufrappelte und nach seiner Waffe tastete. Auch der Mann, den Jalina niedergestreckt hatte, bemühte sich, wieder auf die Beine zu kommen. Zwei schnelle Schüsse aus Grands Waffe warfen die beiden wieder zu Boden.

Dann war Grand links an der Konsole vorbei, während Jalina gleichzeitig von rechts kam. Der Soldat, hin- und hergerissen zwischen den beiden Gegnern, zögerte einen

Augenblick zu lange, auf wen er zuerst schießen sollte. Grand und Jalina feuerten im selben Moment. Zwei zeitgleich einschlagende Plasmapulse waren für den schwachen Schutzschirm des Soldaten zu viel. Er brach augenblicklich zusammen und die Restenergie der Schüsse traf den ungeschützten Körper. Die Haare des Soldaten gingen in Flammen auf, seine Haut warf sofort Blasen und verkohlte innerhalb von Sekundenbruchteilen. Er konnte noch einen gellenden Schrei ausstoßen, bevor er ohnmächtig zusammenbrach. Wenn er nicht sofort ärztliche Hilfe erhalten würde, wäre sein Schicksal besiegelt.

Ein paar Meter entfernt versuchten die beiden erneut zu Boden geschickten Männer abermals, auf die Beine zu kommen. Der dritte Soldat, den Grand niedergeschlagen hatte, lag nach wie vor bewusstlos mitten im Raum. Grand und Jalina streckten die beiden zum dritten Mal mit einem Schuss nieder. Grand kickte die am Boden liegenden Waffen der Männer außer Reichweite und baute sich vor ihnen auf. Sie lagen hilflos vor ihm. Neben Grand richtete auch Jalina ihren Plasmastrahler auf die Soldaten.

»Wenn ihr versucht, aufzustehen, ergeht es euch wie eurem sterbenden Freund«, sagte Grand und machte eine Kopfbewegung zu dem immer noch qualmenden, leblosen Körper. »Schaltet eure Schirme ab, oder wir tun das für euch!«

Die zwei Männer sahen sich an und griffen gleichzeitig an ihren linken Unterarm, wo sich das Sensorfeld für den Individualschirm befand. Das leichte Flirren um ihre Körper erlosch.

Hinter Grand stöhnte der Soldat, den er bewusstlos geschlagen hatte, auf und begann sich zu regen. Während Jalina die vor ihnen liegenden Männer in Schach hielt, drehte sich Grand um, zog seinen Neurodisruptor und schoss. Der Getroffene sackte wieder in sich zusammen. Er würde für die nächsten Stunden außer Gefecht sein, bevor er mit heftigen Nervenschmerzen erwachen würde. Grand wandte sich wieder den zwei Soldaten vor sich zu.

»Und nun zu euch«, sagte er. »Wer ist der Ranghöhere?«

Einer der beiden Soldaten hob zögerlich die Hand. Grand schoss sofort mit dem Neurodisruptor auf den anderen.

»Dann genügt es, wenn wir uns mit dir unterhalten«, sagte er.

Er wollte gerade die erste Frage stellen, als eine seelenlose Stimme erklang. »Primäre Notfallroutine eingeleitet!«

Über das Gesicht des letzten wachen Soldaten huschte ein spöttisches Grinsen. »Ihr kommt hier nicht lebend raus!«, sagte er. »Jetzt nicht mehr!«

»Wir müssen abbrechen«, sagte Jalina leise auf Englisch.

Grand überlegte kurz. »Du spielst die Daten ein. Ich kontaktiere Hakera. Sie soll uns in einer Minute hier rausholen.«

Jalina nickte und machte sich auf die Suche nach einem Port, an den sie ihren DataCube andocken konnte. Grand hob das rechte Handgelenk an den Mund. »Hol uns in einer Minute hier raus«, sagte er in das winzige, in den Ärmel eingearbeitete Hypercom. Doch anstatt einer Bestätigung hörte er nur Rauschen und Knacken. Dann kam Hakeras Stimme abgehackt zu ihm durch.

»… angegriffen …sweichmanöver …assiver Beschuss … muss …« Dann brach die Übertragung ab. Grand lief es kalt über den Rücken. Sie waren nicht nur hier erwartet worden, die Dorianer hatten zeitgleich ihr Schiff angegriffen.

»Wir haben ein Problem«, rief er Jalina zu, die immer noch nach einer Anschlussmöglichkeit für ihren DataCube suchte. »Die *Rhelina* liegt unter Beschuss!«

Er hatte kaum ausgesprochen, als sich hinter ihnen mehrere grün schimmernde Ringe in der Luft bildeten. Aus den Öffnungen von fünf Spontantransmittern stürzten insgesamt zehn Soldaten hervor.

»Waffen runter, Schutzschirme aus, auf den Bauch! Sofort!«, schrie einer von ihnen. Zehn flirrende Waffenmündungen waren auf sie gerichtet. »Du! Lass den Cube und deine Waffe fallen!«, blaffte er Jalina an und unterstrich seine Worte mit einem Plasmapuls vor ihre Füße.

Grand wusste, dass sie keine Chance mehr hatten. Nicht gegen zehn Mann. Jalina ließ den DataCube und ihren Strahler, den sie immer noch in der anderen Hand gehalten hatte, zu Boden fallen. Ihr Blick machte deutlich, dass es keine Hoffnung mehr gab. Ihr Einsatz war auf ganzer Linie gescheitert. Grand hätte zu gerne gewusst, wie es möglich sein konnte, dass die Dorianer bereits auf sie gewartet hatten.

Auch Grand ließ seine Waffe fallen. Sie deaktivierten ihre SkinFields und hoben die Arme. Noch bevor sie dem

Befehl, sich auf den Boden zu legen, Folge leisten konnten, prasselten aus mehreren Waffen gleichzeitig Betäubungsstrahlen auf sie ein. Den Aufprall auf dem harten Plastbeton bemerkten sie nicht mehr.

33.

Hakera kämpfte auf verlorenem Posten. Der Angriff war völlig überraschend gekommen. Unmittelbar neben der *Rhelina III* waren vier Kampfschiffe vom gleichen Typ wie die *Sonnenwind* aus dem Bulk gefallen und hatten die sofortige Kapitulation gefordert. Ihre hochgefahrenen Waffensysteme und ein Schuss vor den Bug hatten die Forderung unterstrichen.

»Bereitmachen, ein Enterkommando an Bord zu lassen«, hatte der kommandierende Offizier gefordert. »Jeder Widerstand wird mit sofortiger Vernichtung geahndet!«

Natürlich konnte Hakera sich nicht ergeben. Dies hätte Grand und Jalina ein für alle Mal jeder Fluchtmöglichkeit beraubt. Die KI musste davon ausgehen, dass die beiden auf dem Planeten in eine Falle gelaufen waren. Sie konnte sich zwar nicht erklären, wie es dazu gekommen sein konnte, aber die Wahrscheinlichkeit hierfür lag bei fast einhundert Prozent. Sie versuchte, Grand und Jalina mit ihrem Spontantransmitter sofort zurück an Bord zu holen, doch der Bunker war plötzlich von einem zusätzlichen Abwehrschirm umgeben, den sie nicht durchdringen konnte. Auch Funksignale drangen kaum durch, wie sie feststellen musste. Die KI wusste nicht, ob ein hastig abgesetzter Funkspruch ihre Freunde erreicht hatte. Ihr blieb nur eine Möglichkeit – die Flucht!

Kämpfen wäre aussichtslos gewesen. Die *Rhelina III* war trotz ihres Namens nicht mit der ursprünglichen *Rhelina* zu vergleichen. Weder ihre Waffensysteme noch ihre

Defensivbewaffnung waren auch nur annähernd auf dem Niveau des an der Exodus-Sphäre verloren gegangenen Schiffes. Sich zur Wehr zu setzen wäre einem Selbstmord gleichgekommen und hätte für Grand und Jalina jede spätere Chance, von Welkor-Minor zu entkommen, zunichtegemacht. Hakera war sich sicher, dass die beiden früher oder später einen Weg finden würden, aus der Gefangenschaft zu entkommen. Ihre Freunde waren außerordentlich einfallsreich und zäh, wie sie mit heimlichem Stolz schon oft festgestellt hat. Sie fühlte nicht nur wie eine Freundin für die ehemals Unsterblichen, sondern beinahe wie eine Mutter, etwas, das sie den beiden gegenüber nie zugeben würde.

Außerdem befand sich der in Stasis versetzte Rigoran noch an Bord, dem sie zwar nicht die gleichen Gefühle entgegenbrachte, für den sie dessen ungeachtet jedoch eine Verantwortung verspürte.

All diese Analysen und Gedanken beanspruchten nur wenige Hundertstelsekunden. Dann traf die KI ihre Entscheidung. Aufzugeben war keine Option!

Sie fuhr die Schutzschirme hoch und riss ihren Schiffskörper gleichzeitig mit einem brutalen Manöver aus dem Orbit. Da keine biologische Besatzung an Bord war – Rigoran lag gut geschützt in seiner Stasiszelle, was die Angreifer nicht wissen konnten –, musste sie auf deren Verletzlichkeit keine Rücksicht nehmen. Durchbrechende Beschleunigungskräfte, die ein organisches Wesen sofort umgebracht hätten, musste sie nicht vermeiden. Somit waren Manöver möglich, mit denen die Dorianer nicht rechnen würden.

Tatsächlich reagierten die vier Schiffe viel zu langsam. Selbst die von KIs gesteuerten Waffenleitsysteme konnten den abrupten Kurswechseln der *Rhelina III* nicht folgen. Nur ein paar Plasmastrahlen streiften harmlos die Schutzschirme, als Hakera wieder und wieder mit Manövern, die die Triebwerke über ihre Leistungsgrenze hinaus belasteten und die Schiffszelle beinahe zum Zerbersten brachten, die Flucht aus dem Welkor-System antrat.

Vier weitere Kampfraumer, die man wohl in Reserve gehalten hatte, versuchten, ihr den Weg zu verlegen, doch auch diese Aktion kam zu spät. Die vielen anderen Raumschiffe in unmittelbarer Umgebung des Planeten oder in den An- und Abflugkorridoren stoben auseinander, um nicht in das Schussfeld zu geraten. Das entstehende Chaos kam Hakera gerade recht. Es bot zusätzliche Möglichkeiten, die sie taktisch nutzen konnte. Die Dorianer mussten bemüht sein, Opfer unter den anderen Besuchern zu vermeiden.

Hakera benutzte etliche der nun ungeordnet vor der Auseinandersetzung durch den Raum flüchtenden Schiffe als Deckung, was ihr genügend Zeit verschaffte, die notwendige Geschwindigkeit für den Eintritt in den Bulk zu erreichen.

Als die *Rhelina III* im Bulk verschwand, stieß der kommandierende Offizier der Abwehrflotte einen dorianischen Fluch aus. Es dauerte mehrere Stunden, bis das Chaos im System beseitigt war und jedes Schiff wieder seinen zugewiesenen Platz eingenommen hatte.

34.

Dorianische Stunner mussten auf der gleichen Basis funktionieren wie terranische Neurodisruptoren. Die heftigen Nerven- und Muskelschmerzen beim Erwachen ließen keinen Zweifel zu. Grand hörte Jalina, die ebenfalls gerade wieder zu sich kam, neben sich stöhnen.

Der Tritt in die Rippen war im Vergleich zu der Agonie, die das Abklingen der Betäubung mit sich brachte, hingegen kaum von Bedeutung.

Grand öffnete mühsam die Augen. Das einfallende Licht brannte auf der Netzhaut wie eine heiße Flamme. Oder wie grobes Sandpapier. Oder wie ein Schneidbrenner. Grand konnte sich nicht entscheiden, welcher Vergleich passender war.

»Willkommen zurück!« Der höhnische Unterton war unüberhörbar und der Gruß wurde von einem weiteren Tritt in die Rippen begleitet. Dann griffen mehrere Hände nach Grand und zogen ihn hoch. Unscharf erkannte er mehrere Gestalten, die ihn auf einen Stuhl zwängten. Er blinzelte mehrmals, um den Blick zu klären.

Neben ihm erfuhr Jalina die gleiche Behandlung. Nachdem man die beiden auf das unbequeme metallene Möbelstück gepresst hatte, wurden sie von energetischen Fesselfeldern, die ihre Fuß- und Handgelenke sowie ihre Oberkörper umschlossen, dort fixiert.

Grand musste wieder blinzeln, um klar sehen zu können. Noch immer brannten seine Augen wie Feuer und seine Arm- und Beinmuskeln fühlten sich an, als hätte er zu lange im Fitnessraum trainiert und gleichzeitig den schlimmsten Sonnenbrand seines Lebens am gesamten Körper erlitten. Sein einziger Trost war das Wissen, dass diese Symptome eines Stunnertreffers normalerweise wenige Minuten nach dem Erwachen abklangen.

Ein älterer Dorianer schob sich in sein Blickfeld. Er trug zivile, offensichtlich sehr teure Kleidung und war kein Angehöriger der kämpfenden Truppe. Hinter ihm standen vier bis an die Zähne bewaffnete Soldaten. Grand sah sich um. Sie befanden sich in einem völlig leeren Raum, der den Anwesenden gerade genügend Platz bot. Die beiden Fesselstühle bildeten das einzige Inventar, und es gab auch sonst keinerlei Hinweise, wo sie sich befanden. Der Raum konnte ebenso gut in der Nähe des Bunkers liegen wie auf einem Raumschiff oder gar auf einem anderen Planeten.

»Wer seid ihr? Woher kommt ihr? Was wollt ihr hier?«

Grand versuchte zu antworten, doch aus seiner Kehle drang nur ein heiseres Gestammel. Die Stimmbänder spielten noch nicht wieder richtig mit. Der Mann nickte jemandem neben sich zu, worauf man ihm ein Gefäß mit Wasser an den Mund setzte und es kippte. Das meiste Wasser floss über Grands Kinn und rann ihm in den Schoß, doch er konnte noch ausreichend Wasser schlucken, um seine ausgedörrte Kehle einigermaßen anzufeuchten. Selbst das Schlucken bereitete ihm Schmerzen.

»Wer seid ihr? Woher kommt ihr? Was wollt ihr hier?«, versuchte es der Dorianer erneut.

»Wir sind nicht eure Feinde«, sagte Grand mit einer Stimme, die er fast nicht als die seine erkannte. Sie klang eher wie das Krächzen eines erkälteten Papageis.

»Nicht unsere Feinde? Ist es dort, wo ihr herkommt, üblich, bei seinen Freunden einzubrechen, um ihre Geheimnisse zu stehlen?«

»Ich habe nicht gesagt, dass wir Freunde sind«, konnte sich Grand eine schnodderige Antwort nicht verkneifen, was ihm eine schallende Ohrfeige einbrachte.

»Und du, meine glatzköpfige Schönheit«, wandte sich der Dorianer an Jalina. »Bist du ebenfalls nicht unsere Feindin? Seid ihr vielleicht nichts weiter als gemeine Diebe?«

Auch Jalinas Stimme hatte ihren Liebreiz vollends verloren und klang in Grands Ohren eher wie die einer krächzenden Hexe. »Wer sagt denn, dass wir etwas stehlen wollten?«

Auch diese Antwort hatte eine Ohrfeige zur Folge. Grand schwor sich in diesem Moment, den Mann die Handgreiflichkeit gegenüber Jalina schmerzhaft büßen zu lassen.

»Mir ist bekannt, wer ihr seid! Ich weiß auch, warum ihr in den Bunker eingebrochen seid.«

Grand lachte kurz auf. Der Mann mochte eine Vermutung hegen, doch der Wahrheit würde er nicht einmal in seinen kühnsten Träumen auf die Spur kommen. Zu Grands Überraschung wandte sich der Dorianer an die bewaffneten Wächter, die hinter ihm standen.

»Lasst mich mit den beiden alleine«, befahl er. »Sie sind gefesselt! Glaubt ihr, sie könnten zaubern?«, fügte er spöttisch hinzu, als die Soldaten zögerten.

Der Dorianer wartete, bis der letzte Soldat den Raum verlassen hatte. Seine nächsten Worte versetzten Grand einen Schock.

»Hallo, Michael Cordwainer Grand und Jalina Kelranar! Willkommen auf Welkor-Minor, eurer Endstation!« Er lächelte Grand fast freundlich an. Jalina stieß einen überraschten Ruf aus und auch Grand entschlüpfte ein knappes *'Wie zum Teufel …!'*.

Der Dorianer genoss ihre Überraschung sichtlich. »Ich sagte doch, dass ich weiß, wer ihr seid!« Er lachte erfreut und rieb die Hände gegeneinander. »Ich soll euch einen schönen Gruß von einem alten Bekannten überbringen.« In Grand begann eine Ahnung emporzusteigen. »Vielleicht sollte ich mich zunächst vorstellen. Mein Name ist Hakar Del Montar. Ich bin der Chefexekutiv des größten Wirtschaftsimperiums in dieser Galaxie. Und ich bin Vorsitzender des Exekutivrates, der den *Großen Aufbruch* organisiert. Damit bin ich der mächtigste Mann in *Geschrok Rakul*, vielleicht sogar im gesamten dorianischen Reich – oder dem, was noch davon übrig ist. Meine Familie füllt diese Positionen seit langer Zeit aus, angefangen mit meinem entfernten Vorfahren Boran Del Montar. Wir nehmen unsere Verpflichtungen gegenüber unserer Spezies sehr ernst, überaus ernst! Denn wir wissen seit Kurzem um unsere großartige Zukunft, die es zu bewahren gilt, auch wenn man uns nicht über alle Details in Kenntnis gesetzt hat. Meine Familie hat den Aufstieg an die Spitze der Dorianer unter anderem einem gemeinsamen Freund zu verdanken. Ihr kennt ihn unter dem Namen 'Tiberius', wie er mir verraten hat, für uns war er immer der 'Bote'. Angefangen bei Boran Del Montar bis hin zu mir hat er meine Familie über Jahrtausende beraten und unterstützt. Und den unaufhaltsamen Aufstieg der Del Montar ermöglicht. Zunächst hielten wir den Boten für den Abgesandten einer Geistesmacht, die über das Multiversum wacht. Das war schon großartig genug, doch stellt euch meine Überraschung vor, als er mir kürzlich eröffnet hat, wer diese Geistesmacht in Wahrheit ist: Wir, die Dorianer! Zukünftige Dorianer allerdings, die dieses Ziel erst noch erreichen müssen. Und nun stellt euch meine Besorgnis, nein, meinen Zorn vor, als der Bote mir sagte, dass ihr beide, Michael Cordwainer Grand und Jalina Kelraner, aus der Zukunft hierhergekommen seid, um diese Folge von Ereignissen zu stören. Um zu verhindern, dass die Dorianer ihren rechtmäßigen Platz als Herrscher über das Multiversum einnehmen. Glaubt ihr etwa, ich würde das zulassen?« Hakar Del Montar schüttelte theatralisch den Kopf. »Der Bote, euer 'Tiberius', hat mich vor euch gewarnt und prophezeit, dass ihr hier auftauchen würdet. Und wie immer in unserer langen gemeinsamen Geschichte hat er recht behalten. Hier seid ihr, und nun habe ich euch unschädlich gemacht. Alles ist wieder so, wie es sein soll!«

Es kostete Grand seine gesamte Willenskraft, den Schock zu verdrängen, den ihm Del Montars Eröffnung versetzt hatte. Weder er noch Jalina hatten damit gerechnet, dass die

Finger des Coniunctional bis mitten ins Herz des dorianischen Herrschaftsgebietes, bis in die Spitze ihrer Führung reichen würden.

»Tiberius hat dir nicht die ganze Geschichte erzählt«, sagte er. Vielleicht konnte es ihnen gelingen, Del Montars Vertrauen in das Coniunctional zu erschüttern. Vielleicht konnten sie ihm die Gefahr verdeutlichen, die in der Zukunft lauerte – die Trennung der vergeistigten Dorianer in zwei sich bekämpfende Entitäten, die das gesamte Multiversum in seiner Existenz bedrohten.

»Ah, Michael, der Bote hat mich schon gewarnt, dass ihr zwei die Meister der Lügen seid. Nichts, was ihr mir erzählt, wird einen Einfluss auf meine Entscheidung haben, wie mit euch zu verfahren ist. Ich weiß nur eines: Ihr seid Verräter! Oder stimmt es etwa nicht, dass ihr ebenfalls über lange Zeit für den Boten gearbeitet habt?«

»Es sollte dir zu denken geben, dass wir uns von ihm abgewandt haben«, schaltete sich Jalina in das Gespräch ein.

»Eure Motivation für den Verrat interessiert mich nicht. Was mich hingegen interessiert, ist der Verbleib zweier weiterer Verräter, mit denen ihr zusammengearbeitet habt. Ein Vogelwesen und ein Insektoider. Wo sind sie geblieben?«

»Sie sind tot«, behauptete Grand. Aus Del Montars Frage schloss er, dass Tiberius ihm nichts vom Devorator erzählt hatte. Es wäre schwierig gewesen, Del Montar eine glaubwürdige Begründung für eine zweite Geistesmacht im Multiversum zu liefern. Tiberius hätte entweder den Bruderkampf erklären müssen, oder die einzigartige Stellung der Dorianer wäre infrage gestellt worden. Er hatte Rigoran und Silvar wohl ebenfalls als ehemalige Agenten des Coniunctional ausgegeben. »Sie waren nicht unsere Freunde, sondern unsere Gegner. Wenn du uns nicht glaubst, frag deinen Boten, wenn du ihn das nächste Mal triffst.«

»Es spielt keine Rolle«, sagte Del Montar. »Der Bote hat mich gewarnt, dass ihr versuchen könntet, den *Großen Aufbruch* zu sabotieren, um unseren Aufstieg unmöglich zu machen. Doch nun habe ich genau das vereitelt. Es wird keine zweite Chance für euch geben!«

»Wie habt ihr uns überhaupt gefunden?« Die Beantwortung dieser Frage ließ Grand keine Ruhe. Warum hatte man nicht bereits zugeschlagen, als sie ein paar Wochen zuvor auf Welkor-Minor gewesen waren.

»Ihr wärt uns tatsächlich beinahe entwischt«, gab Hakar Del Montar zu. Grand wunderte sich, dass der Dorianer überhaupt antwortete, doch Del Montar wollte offensichtlich mit seinem Erfolg prahlen. »Aber ich hatte den Befehl erteilt, nach Auffälligkeiten Ausschau zu halten, und siehe da – es gab zwei Gestalten, die angeblich aus einer sehr weit entfernten Galaxie kamen, zu der wir seit langer Zeit keine Beziehungen mehr unterhalten. Sie hatten ihren ersten Aufenthalt auf Welkor-Minor vorzeitig abgebrochen und baten nur kurze Zeit später erneut um Landeerlaubnis. Das alleine hätte noch keinen Alarm ausgelöst. Doch als wir eure biometrischen Messwerte durch unsere Datenbänke gejagt hatten, gab es eine Übereinstimmung mit zwei anderen Personen, die vor ungefähr 35.000 Jahren schon einmal auf Welkor-Minor gewesen waren. Dies wiederum ließ alle Alarmsirenen aufheulen!

Wir haben dann überprüft, wo ihr auf Welkor-Minor gewesen seid, und jeden eurer Schritte nachvollzogen. Wir fanden den Besuch im Wartungszentrum, entdeckten die herausgetrennte Toilettenwand und von dort aus war es nicht schwer, auf die WartungsBots zu stoßen, die Zugang zum Bunker haben. Jeder Wartungszyklus wurde daraufhin genauestens überwacht. Wir konnten schließlich nicht wissen, was ihr mit den Bots angestellt hattet. Wir hatten sie zwar überprüft, aber nichts gefunden. Dann entdeckten wir nach einem Wartungszyklus ein seltsames Pulver, eine Art Staub im Bunker, der dort nicht hingehört. Es konnte sich nur um die Überreste eines NanoBots handeln, den ihr mithilfe eines der Wartungsroboter hineingeschmuggelt hattet. Glückwunsch, das war uns bei der Untersuchung der WartungsBots entgangen. Danach war es lediglich eine Frage der Überwachung. Wir haben uns nicht mehr ausschließlich auf die lokale KI verlassen, sondern zusätzliche Maßnahmen ergriffen. So haben wir vier Soldaten dort für den Fall stationiert, dass ihr auftauchen solltet, und hielten eine Eingreifreserve in Bereitschaft. Es war also eigentlich ganz einfach. Wenn ich auch zugeben muss, dass eure Idee, die Lücke der Energieversorgung auszunützen, wirklich sehr gut war. Wir haben diese Lücke inzwischen natürlich geschlossen.«

»Und jetzt werdet ihr was tun?«, fragte Grand. »Uns den Prozess machen? Uns verurteilen und hinrichten?«

»Ein Prozess würde zu viele Fragen aufwerfen. Vor allem die Frage, woher ich die Informationen hatte. Die langjährige … äh … Zusammenarbeit meiner Familie mit dem Boten behalte ich lieber für mich. Er hat mich auch davor gewarnt, meinem Volk etwas von seiner zukünftigen Entwicklung zu verraten. Das könnte zu einer Art Zeitparadoxon führen. Nein, meine Lieben, der Bote hat sich für euch etwas ganz Besonderes ausgedacht!« Hakar Del Montar legte eine Kunstpause ein und grinste Grand und Jalina freudestrahlend an. »Wie ich zu meiner Überraschung erfahren habe, gehört ihr zu einer kleinen Gruppe von Unsterblichen. Nun, ich werde diese Unsterblichkeit in einen Fluch für euch verwandeln. Ihr werdet im Anschluss an unser kleines Gespräch in Stasis versetzt. Dort bleibt ihr, bis der letzte Dorianer aus diesem Universum verschwunden sein wird – und dann noch eine weitere Million eurer Jahre. Danach werdet ihr aufwachen. Weit in der Zukunft und ohne jede Möglichkeit, nochmals in das Schicksal der Dorianer einzugreifen. Ihr werdet den Rest eures unsterblichen Lebens damit verbringen, über euer Versagen nachzudenken.«

Grand spürte eine unbändige Wut in sich aufsteigen. Tiberius wollte nicht ihren Tod, er wollte sie aufhalten und anschließend leiden sehen! Natürlich wusste er nicht, dass Grand und Jalina ihre Unsterblichkeit in der Exodus-Sphäre verloren hatten, aber wie man ihnen versichert hatte, waren sie trotzdem sehr langlebig. Abgesehen davon, dass Grand keinen Weg mehr sah, die Entstehung des Coniunctional und des Devorators zu verhindern, machte ihm die

Vorstellung Angst, den Rest seines Lebens mit dem Schicksal zu hadern. Auch mit Jalina an seiner Seite war diese Aussicht erschreckend. Ihre letzte Hoffnung war Hakera. Sollte sie entkommen sein, würde sie zur Rettung kommen können. Allerdings erst, nachdem die Dorianer verschwunden sein würden, und somit gab es auch dann keine Möglichkeit mehr, ihre Mission zu erfüllen.

»Noch etwas, bevor ich euch schlafen schicke«, machte Hakar Del Montar Grand auch ihre letzte Hoffnung zunichte. »Falls ihr auf euer Schiff hofft, das tatsächlich entkommen konnte, so muss ich euch diese Hoffnung rauben. Wir werden nach unserem Abzug von Welkor-Minor zwanzig von einer KI gesteuerte Kampfschiffe hier zurücklassen. Sollte sich euer Schiff vor Ablauf von einer Million Jahre dem Planeten nähern, wird es sofort vernichtet werden! Danach ist es mir egal!«

Ohne ein weiteres Wort drehte sich Hakar Del Montar um und verließ den Raum.

»Wir sind am Arsch!«, sagte Jalina.

»Wir können nur auf Hakera hoffen«, sagte Grand, ohne wirklich Hoffnung zu haben.

Die vier Soldaten betraten wieder den Raum. Einer von ihnen zog seinen Neurodisruptor.

»Ich liebe dich«, konnte Grand noch zu Jalina sagen, bevor ihn der Strahl traf.

35.

#Die temporalen Störungen klingen ab!#, sagte das Coniunctional. Fast hätte man den Triumph aus der mentalen Schwingung heraushören können.

#Deine Agenten scheinen Erfolg gehabt zu haben#, sagte der Devorator.

#Sie haben über Jahrtausende von mir profitiert. Es für sie war an der Zeit, einen Nutzen zu zeigen.#

#Dem Wechsel unserer Ahnen in das andere Universum steht somit nichts mehr entgegen. Der vorgezeichnete Weg wird eingehalten.#

#Es wird geschehen, was bereits geschah.# Das Coniunctional fühlte Erleichterung, falls man den Empfindungen eines multidimensionalen Geisteswesens überhaupt ein solches Gefühl zuweisen konnte.

#Unserer Geburt steht damit ebenfalls nichts mehr im Weg!« Auch der Devorator klang zufrieden.

#Meiner Geburt!# Das Coniunctional beharrte auf seiner Auffassung, der einzig rechtmäßige Nachfahre der Dorianer zu sein. *#Du bist lediglich aus mir hervorgegangen.#*

#Wir sind beide aus den aufgestiegenen Dorianern hervorgegangen. Keiner von uns ist vor dem anderen ausgezeichnet#, widersprach der Devorator.

#Unsere Wege sollten sich wieder trennen. Dies war nur eine vorübergehende Allianz.#

Ohne zu antworten, verblasste die Präsenz des Devorators. Der Kampf der beiden mächtigen Entitäten hatte nur eine Pause erfahren, geboren aus der gemeinsamen Bedrohung. Nun würde der Kampf um die Vorherrschaft aufs Neue entbrennen. Darüber war sich das Coniunctional im Klaren.

Das Geisteswesen streckte seine mentalen Fühler aus und lauschte den Harmonien der Strings, die das Multiversum erfüllten, wie es dies seit Urzeiten getan hatte. Das Multiversum schwang in vollendeter Balance, so wie es sein sollte. Mit dem Problem der seltsamen Sphäre, des Durchgangs zu einer noch höheren Ebene *außerhalb* des Multiversums musste man sich zu einem anderen Zeitpunkt beschäftigen. Mit den dort existierenden Entitäten ebenfalls. Die knappen Berichte, die dem Coniunctional zugetragen worden waren, ließen vermuten, dass sie zu einem Problem werden konnten. Vorerst aber ließ sich das Coniunctional fast euphorisch von den nie enden wollenden Harmonien einhüllen.

Doch plötzlich entdeckte/verspürte/hörte das Coniunctional einen Misston, der es mit neuem Schrecken erfüllte.

36.

Hakera flüchtete sich in einen dichten Gasnebel, mehrere Zehntausend Lichtjahre vom Welkor-System entfernt, der die *Rhelina III* vor einer Entdeckung schützen sollte. Die KI war erschüttert und benötigte Zeit, um nachzudenken. Grand und Jalina befanden sich in den Händen der Dorianer und ihnen drohte der Tod. Sie musste einen Weg finden, die beiden zu retten, wenn es hierfür nicht bereits zu spät war. Eine schnelle Berechnung ergab, dass die Wahrscheinlichkeit für ein Überleben ihrer Freunde schon jetzt weniger als fünfzig Prozent betrug und mit jeder verstrichenen Stunde geringer wurde.

Die KI überlegte kurz, ob sie Rigoran aus der Stasis wecken sollte, um zusätzlichen Input zu erhalten. Manchmal konnten die irrationalen Eingebungen eines organischen Wesens durchaus von Wert sein. Doch dann entschied sie sich dagegen. Rigoran war mehr als nur irrational. Er litt unter einer psychischen Störung und würde zudem vermutlich sehr verärgert sein, wenn er aus der Stasis erwachte. Ohne sein Einverständnis außer Gefecht gesetzt worden zu sein, musste den labilen Gerbaraner zusätzlich traumatisieren. Rigoran würde ihnen keine Hilfe sein.

Hakera legte sich einen groben Plan zurecht. Die Zeit drängte und sie war sich der Unzulänglichkeit ihres Planes wohl bewusst, doch die KI sah keine Alternative. Ein Überraschungsangriff, bei dem sie direkt vor dem Planeten aus dem Bulk fallen würde, ein planetenweiter Scan nach den biometrischen Signalen von Grand und Jalina und der

Versuch, sie mit dem Spontantransmitter an Bord zu holen. Dabei würde sie sich der Verteidigungskräfte erwehren müssen, die man sicherlich zusätzlich rings um Welkor-Minor stationiert hatte, indem sie versuchen musste, die Tausende von Raumschiffen, die Welkor-Minor ständig umkreisten, als Deckung zu nutzen. Hakera rechnete mit bestenfalls fünf Minuten, die ihr für diesen Verzweiflungsplan zur Verfügung stehen würden – eher weniger –, und ging von einer Erfolgswahrscheinlichkeit von unter fünfzig Prozent aus. Doch wenn sie nichts unternahm, waren Grand und Jalina mit Sicherheit verloren.

Die *Rhelina III* beschleunigte und ging in den Bulk.

Hakera beschloss unterwegs, ein kurzes Orientierungsmanöver am Systemrand einzulegen, um sich einen Überblick zu verschaffen. Sie würde hierfür nur wenige Sekunden benötigen. Genug Zeit, um das Welkor-System zu scannen und ihren Angriffsvektor anhand der ermittelten Schiffspositionen zu optimieren, für die Dorianer jedoch zu wenig, um sich ihr noch in den Weg legen zu können, falls man sie überhaupt orten würde.

Als sie aus dem Bulk fiel, wurde ihr augenblicklich klar, dass ihr kümmerlicher Plan bereits im Ansatz gescheitert war. Man hatte nicht nur zwanzig riesige Kampfschiffe rings um Welkor-Minor stationiert, sondern das Umfeld des Planeten völlig von anderen Schiffen geräumt. Die Besucher wurden nun nach Welkor-Prime umgeleitet und von dort aus mit Transmittern nach Welkor-Minor gebracht, wie die Energiesignaturen zeigten. Ohne die Deckung durch andere Schiffe würde die *Rhelina III* niemals an den Planeten herankommen, geschweige denn sich dort länger als ein paar Sekunden behaupten können. Diese Zeit war viel zu kurz, um Grand und Jalina ausfindig zu machen. Gerade als Hakera das Schiff wieder in den Bulk bringen wollte, um sich zurückzuziehen und einen neuen Plan auszuarbeiten, empfing sie einen Rafferspruch, der systemweit ausgesandt wurde.

Sie entzerrte den nur wenige Tausendstel Sekunden langen Funkspruch im Normalband. Er war nicht verschlüsselt und sollte offenbar von jedem gehört und verstanden werden können.

'Der Exekutivrat konnte zwei Eindringlinge stellen, die den Großen Aufbruch sabotieren wollten. Sie wurden zur Abschreckung dazu verurteilt, eine Million Planetenumläufe in Stasis zu verbringen. Während dieser Zeit wird Welkor-Minor streng bewacht, um jeden Befreiungsversuch zu unterbinden. Danach werden sie auf einem völlig leeren Planeten in einer völlig leeren Galaxie erwachen. Einsam, verlassen, in der Zukunft gestrandet und ohne jede Chance, den Planeten wieder zu verlassen. Dies zur Warnung an alle, die sich uns in den Weg stellen wollen!'

Grand und Jalina lebten also noch, das war die gute Nachricht. Und die Dorianer rechneten, wie es schien, nicht damit, dass ihr Schiff sie nach so langer Zeit noch von Welkor-Minor würde retten können. Sie gingen wohl von einer Besatzung aus biologischen Wesen aus, die kaum eine Million Jahre würde überstehen können, und wussten nichts von einer KI als Schiffsführung. Hakera empfand eine gewisse Befriedigung darüber, dass man sie wieder einmal unterschätzte.

Doch die Wachflotte, die man zurücklassen wollte, würde es der KI unmöglich machen, ihre Freunde vorzeitig aus der Stasis zu befreien. Trotzdem nahm sich Hakera vor, nichts unversucht zu lassen.

Die KI wendete die *Rhelina III* und suchte ihr Versteck im Gasnebel auf.

37.

Eintausend Jahre später, der *Große Aufbruch* war fast abgeschlossen, kehrte Hakera zurück. Noch immer wurden das System und Welkor-Minor streng bewacht und noch immer gab es für die *Rhelina III* keine Möglichkeit, zu Grand und Jalina vorzudringen. Hakera erwog kurz, die *Sonnenwind* zur Rettung ihrer Freunde einzusetzen, doch selbst das große Kampfschiff hätte gegen zwanzig gleichartige Kampfschiffe keine Chance gehabt.

Nach zehntausend Jahren lag das System leer und verlassen vor ihr. Doch noch immer umkreisten die zwanzig Wachschiffe mit aktivierten Waffensystemen und aufmerksam das System scannend den Planeten.

Auch zwanzigtausend und dreißigtausend Jahre später bot sich das gleiche Bild. Hakera verbrachte die meiste Zeit in einer selbst auferlegten Teilabschaltung, um nicht den Verstand zu verlieren. Auch eine künstliche Intelligenz hatte ihre Grenzen.

Sie machte es sich zur Gewohnheit, alle zehntausend Jahre aus dem Halbschlaf zu erwachen, sich selbst und die *Rhelina III* zu aktivieren und das Welkor-System aufzusuchen. Jedes Mal musste sie unverrichteter Dinge in den Gasnebel zurückkehren. Die zwanzig Schiffe ließen in ihrer Aufmerksamkeit nicht nach.

Als sie das Welkor-System zum einhundertsten Mal anflog, waren die Wachschiffe verschwunden.

Teil 3

38.

Schmerzen! Beinahe unerträgliche Schmerzen! Seine Haut prickelte, als ob Millionen Nadeln immer wieder zustechen würden. Er hatte Muskelkrämpfe an Stellen, wo er keine Muskeln vermutet hätte, und sein Körper bäumte sich unkontrolliert auf. Ein heiseres Röcheln drang aus seiner Kehle, die mit Sandpapier ausgekleidet zu sein schien.

Er öffnete mühsam die Augen, an deren Lidern schwere Gewichte zu hängen schienen. Es war ihm unmöglich, den Blick zu fokussieren, und über ihm war alles verschwommen und grau. Die Muskelkrämpfe ließen allmählich nach. Dann ertönte ein zischendes Geräusch und das Grau verschwand. Der ehemals transparente und mit der Zeit trüb gewordene Deckel des Stasispods hob sich und klappte zur Seite. Mehrere Meter über sich sah er nun eine helle Decke – nichts weiter. Er fühlte sich zu schwach, auch nur einen Arm zu heben.

Warum war er hier? Wo war 'hier' überhaupt? Seine Gedanken waren wie feuchte Watte. Ein Klumpen unentwirrbarer, verklebter, winziger Teile. Die Augen fielen ihm wieder zu. Das Brennen, die Stiche, die *Qual* reduzierte sich und wich schließlich einem dauerhaften Wärmegefühl, das nun sogar fast angenehm war. Er schlief ein.

Als er wieder erwachte, hätte er nicht sagen können, wie viel Zeit verstrichen war. Die Erinnerung an sein erstes Erwachen kam ihm beinahe wie ein Traum vor. War er wirklich schon einmal wach gewesen?

Diesmal verspürte er keine Schmerzen, sondern nur eine unglaubliche Schwäche. Er hörte jemanden stöhnen. Er glaubte, die Stimme zu kennen, doch so sehr er sich auch das Gehirn zermarterte, ihm wollte kein dazu passender Name einfallen. Doch es schien wichtig zu sein. Es war … es war …

Wieder übermannte ihn die Müdigkeit und er schlief ein.

Jemand rüttelte ihn an der Schulter, Grand riss die Augen auf.

Über ihm schwebte ein Gesicht, das ihm bekannt vorkam. Hellblaue Haut, große Augen, haarlos und … schön. Eine Hand strich ihm zärtlich über die Wange.

Das Gesicht sagte etwas, doch die Worte dröhnten unverständlich in seinen Ohren. Das Licht blendete ihn und er schloss erneut die Augen. Die Hand auf seiner Wange fühlte sich gut an, und er glaubte, sie schon einmal gespürt zu haben.

»Nicht wieder einschlafen, Michael!«

Michael! Das war er! Er erinnerte sich an seinen Namen, auch wenn er eine seltsame Distanz dazu verspürte. Michael Cordwainer Grand! Und das Gesicht gehört … Jalina!

Die Erinnerung durchzuckte ihn wie ein Stromschlag. Alles kam zurück. Der gescheiterte Versuch, sich bei den Dorianern einzuschleichen und ihre Entscheidungen zu beeinflussen, indem man ihnen die Technologie des Branendrives zugänglich machte. Danach der Versuch, sie in ein anderes Universum zu lotsen, der ebenfalls gescheitert war, und jetzt das! Eine Million Jahre! Eine Million *verlorene* Jahre! *Alles* war verloren! Über Grands Wangen rannen

Tränen. Er konnte nicht sagen, ob sie von dem hellen Licht der Deckenbeleuchtung ausgelöst wurden oder von seiner Scham. Oder seinem Zorn!

»Jalina!« Es war eine Mischung aus Krächzen und Flüstern, doch die Kolltanerin verstand ihn trotzdem. Auch ihr rannen Tränen die Wangen hinab.

»Wie lange …?«, fragte er.

»Ich weiß es nicht«, sagte sie. »Ich bin kurz vor dir erwacht, aber ich kann nicht sagen, wie viel Zeit wir in Stasis verbracht haben.«

»Wo sind wir?«

»In dem Bunker. Man hat ihn als unsere Gruft hergerichtet.«

Mühsam richtete sich Grand auf und blickte sich um. Der Großteil der Terminals, Computerbänke und Datenspeicher, die bei ihrem gewaltsamen Eindringen hier noch gestanden hatten, waren verschwunden. Doch es handelte sich unverkennbar um den Bunker, in dem die Dorianer das Geheimnis ihres Zieluniversums verwahrt hatten. In dem nun fast leeren Raum standen lediglich die beiden Stasispods und ein einzelnes Computerarray. Grand fragte sich, welche Aufgabe es erfüllen mochte. Wahrscheinlich hatte es dazu gediente, die Funktion ihrer Stasispods über eine solch lange Zeit zu gewährleisten. Eine beinahe unvorstellbar lange Zeit.

Grand schwang die Beine über den Rand des sargähnlichen Gebildes, das in einer leichten Schräge auf einem Podest stand. Er kam mühsam auf die Beine und musste sich an Jalina abstützen.

»Langsam, Liebling! Ich musste auch erst meine Balance wiederfinden. Die Desorientierung wird aber nach wenigen Minuten abklingen.«

»Wenn dies der Bunker ist, wie kommen wir dann hier raus?«, fragte Grand.

»Ich weiß es nicht«, antwortete Jalina. »Aber es würde keinen Sinn machen, uns über eine Million Jahre am Leben zu erhalten, nur um uns dann hier verhungern und verdursten zu lassen.«

»Wir können nicht sicher sein, dass tatsächlich eine Million Jahre vergangen sind. Vielleicht sind wir sehr viel früher aufgewacht.«

»Oder sehr viel später! Genau wissen wir es wahrscheinlich erst, wenn wir hier raus sind.«

Jalina hatte kaum ausgesprochen, als eine Stimme ertönte.

»Eure Strafzeit ist abgelaufen. Eine Million Planetenumläufe sind beendet.« Es musste sich um die gleiche KI handeln, die schon damals über den Bunker gewacht hatte. Nun verstand Grand auch, wozu das Computerarray noch diente. Die Dorianer hatten die KI ebenfalls hier zurückgelassen.

»In zehn Sekunden werde ich euch mit meinem Spontantransmitter auf die Oberfläche des Planeten versetzen. Danach wird diese Anlage durch einen Selbstzerstörungsmechanismus vernichtet.«

Grand blieb gerade noch Zeit, Jalina zu umarmen, bevor sich um sie der bekannte grünliche Ring bildete. Als sie aus dem Transferbereich stolperten, waren sie von einem dichten Dschungel umgeben. Sie standen auf einer kleinen

Lichtung und über ihnen wölbte sich ein beinahe undurchdringliches Blätterdach, durch das kaum Licht drang. Nichts mehr erinnerte an die gepflegte Parklandschaft von Welkor-Minor. Die Natur hatte den gesamten Planeten zurückerobert.

»Die KI hat nicht gelogen. Wenn selbst die Bauwerke und Installationen der Dorianer spurlos verschwunden sind, muss tatsächlich eine sehr lange Zeit vergangen sein«, sagte Grand. »Ich befürchte, wir haben unsere volle Strafe abgesessen.«

Unter ihren Füßen spürten sie eine heftige Vibration, als plötzlich ein Stück neben ihnen der Waldboden um einige Meter einsackte. Es bildete sich eine vielleicht zwanzig Meter durchmessende Senke, an deren Rand sich zwei Bäume gefährlich zur Seite neigten. Der Bunker war wie angekündigt zerstört worden und der entstandene Hohlraum war in sich zusammengebrochen.

»Was jetzt?«, fragte Grand. Er drehte sich einmal um sich selbst. Es sah überall gleich aus. Gleich dicht, gleich undurchdringlich, gleich hoffnungslos.

»Es muss hier irgendwo Wasser geben«, sagte Jalina. »Wenn wir überleben wollen, ist Wasser das Erste, was wir brauchen.«

Zum Glück war der Dschungel nicht so dicht, dass ein Durchkommen unmöglich gewesen wäre. Zwar mussten sie über Wurzelwerk steigen und sich zwischen Büschen hindurchzwängen, doch sie kamen voran. Es war warm, schwül und die Overalls, die man ihnen gelassen hatten, klebten ihnen bald am Körper.

Grand und Jalina hatten sich für die Richtung entschieden, in der die Sonne untergehen würde. Es war eine willkürliche Entscheidung gewesen, ohne eine wirkliche Begründung. Eine Richtung war so gut wie die andere.

Es war nicht vollkommen still. Der leise Wind rauschte in dem sich sanft bewegenden Blätterdach über ihnen, und rings um sie herum erklang das Zwitschern von Vögeln oder vogelähnlichen Lebewesen, das ab und zu von den Stimmen größerer Tiere übertönt wurde.

Sie hatten noch nichts von der hiesigen Fauna gesehen, und Grand hoffte, dass sich in der Zeit ihrer Stasis keine gefährlichen Tiere entwickelt hatten. Sie besaßen nicht einmal ein Messer, um sich notfalls zur Wehr setzen zu können. Sie besaßen nichts außer ihrer Bekleidung.

Die technischen Systeme ihrer Overalls waren außer Betrieb gesetzt worden und natürlich hatten man ihnen auch die SkinField-Gürtel abgenommen. Zum Glück war das Gewebe so gut wie unzerstörbar, und selbst die teilweise dornigen Gewächse konnten ihnen nichts anhaben. Sie kämpften sich mehrere Stunden lang durch das unwegsame Gelände.

Grand spürte, wie er schwächer wurde. Die lange Zeit in Stasis hatte an seinen Reserven gezehrt, obwohl die Stasispods ihre Körper mit einem Mindestmaß an Nährstoffen versorgt haben mussten. Stasis bedeutete nicht absolute Zeitlosigkeit, sondern nur eine extreme Verlangsamung der körperlichen Funktionen. Ein Jahr, zehn Jahre, selbst einhundert oder eintausend Jahre würden kaum Spuren hinterlassen, doch eine *Million* Jahre waren ein unerhört langer Zeitraum, der nicht ohne Folgen bleiben konnte.

Dann lichtete sich der Dschungel langsam und schließlich erreichten sie seinen Rand. Oder zumindest eine größere Lichtung, wie Grand schnell feststellen konnte. Vor ihnen breitete sich ein Talkessel aus, der vielleicht einen Kilometer durchmessen mochte und ringsum von dem Dschungel umgeben war. Es gab keinen Anhaltspunkt, wie weit sich die grüne Hölle darüber hinaus erstrecken mochte. Vielleicht bedeckte das Dickicht sogar den gesamten Kontinent. Der größte Teil des Talkessels wurde von einem mehrere Hundert Meter durchmessenden See ausgefüllt. An dem meisten Stellen reichte der Dschungel bis ans Ufer heran, doch unmittelbar vor ihnen gab es eine kleine Bucht mit einem flach verlaufenden Uferabschnitt, der von Kies und kleinen Steinen bedeckt war.

»Ich hoffe, es ist Süßwasser«, sagte Grand.

Sie besaßen nichts, um das Wasser auf Keime, Krankheitserreger oder Schadstoffe testen zu können, doch das spielte keine Rolle. Falls sie es nicht würden trinken können, wären sie so oder so zum Tode verurteilt. *Lieber schnell und sofort als langsam und qualvoll*, dachte Grand.

Sie schöpften das Wasser mit den Händen. Es schmeckte frisch und war erstaunlich kühl. Grand vermutete, dass der See aus einer kalten, unterirdischen Quelle gespeist wurde, da er nirgendwo einen Zufluss sehen konnte.

»Es macht keinen Sinn, aufs Geratewohl weiterzulaufen«, sagte Jalina. »Hier haben wir alles, was wir brauchen.«

Wozu brauchen?, fragte sich Grand, doch er sprach seine Gedanken nicht laut aus. *Um einfach nur zu überleben? Wozu? Wir haben vielleicht noch Hunderte von Jahren vor uns. Wollen wir die wirklich wie Robinson und Freitag hier an diesem verdammten See verbringen?*

Doch er nickte nur zustimmend. Er wusste, dass keiner von ihnen der Typ war, der schnell aufgab. So lange sie lebten, würden sie hoffen. Auf was auch immer.

»Dann lass uns hier ein Lager errichten«, sagte er.

39.

Drei Monate später wussten sie, dass sie überleben konnten. Mehr jedoch nicht. Sie hatten aus Steinen primitive Werkzeuge gefertigt – Grand war nachträglich seiner alten Lehrerin dankbar, die ein ausführliches Seminar über die Zivilisation der Neandertaler abgehalten hatte –, sie hatten aus Ästen und Blättern eine kleine Hütte am Ufer des Sees gebaut und sich Wurfspeere sowie Pfeil und Bogen gefertigt.

Schon frühzeitig hatten Grand und Jalina festgestellt, dass es Fische im See gab, auch wenn sie völlig anders aussahen als irdische Wasserbewohner, und dass einige kleine Tiere im Dschungel lebten. Beides war für Terraner und Kolltaner genießbar. Bis auf eine schwere Magenverstimmung bei der Suche nach verträglichen Früchten und Pflanzen hatte es keine Zwischenfälle gegeben. Sie hatten ein Dach über dem Kopf und genügend Wasser und Nahrungsmittel. Sie waren gesund und ihre neuen, im Megaversum optimierten und wiederhergestellten Körper waren immun gegen fast alle Krankheiten. Sie konnten hier Hunderte Jahre alt werden, wie man es ihnen in Aussicht gestellt hatte. Doch es gab keine Hoffnung, jemals von Welkor-Minor wegzukommen. Die Aussicht auf ein solch langes Leben am Ufer des Sees war grauenhaft.

Grand und Jalina hatten den Dschungel in alle Richtungen erkundet. Sie waren schätzungsweise fünfzig Kilometer vorgedrungen, doch es sah in allen Himmelsrichtungen gleich aus. Endlose Wildnis, so weit das

Auge reichte. Glücklicherweise schien es keine gefährlichen Tiere in diesem Teil des Urwalds zu geben.

Grand hatte inzwischen einen Vollbart und schulterlange Haare. Er hatte ein paar Kilogramm abgenommen und war in der besten Form seines Lebens. Er hätte es als ausgedehnten Urlaub ansehen können, wenn es Hoffnung gegeben hätte, hier jemals wegzukommen. So jedoch verdüsterte sich seine Stimmung zusehends.

Er lag in seiner Hängematte aus dünnen Wasserlianen und biss herzhaft in eine Frucht, die entfernt einem Apfel ähnelte, auch wenn sie eher wie eine Banane schmeckte. Über ihm erstreckte sich der strahlend blaue Himmel und die Sonne brannte herunter. Jalina war unterwegs, um nach den neu gebauten Fallen zu sehen, in denen sie die kleinen Nagetiere fingen, von denen sie sich hauptsächlich ernährten. Grand wollte gerade erneut zubeißen, als ihm der Mund offen stehen blieb. Am Himmel über ihm zog ein kleiner Punkt durch das Blau.

Er sprang aus der Hängematte und rannte zum Waldrand, wo ein kleiner Trampelpfad im Dickicht verschwand.

»Jalina!«, schrie er. »Komm zurück! Ein Raumschiff!«

Sekunden später knackte es im Gebüsch und die Kolltanerin kam angerannt. In einer Hand hielt sie eines der kaninchenähnlichen Nagetiere an den Ohren. Der kleine Kerl hing stocksteif herunter und rollte aufgeregt mit den Augen. Grand deutete wortlos auf das in der Nachmittagssonne silbrig schimmernde Objekt, das sich anschickte, hinter den Baumwipfeln zu verschwinden.

»Wir haben keine Möglichkeit, uns bemerkbar zu machen«, stellte Jalina lakonisch fest.

»Das wäre vielleicht auch nicht sonderlich schlau. Wir wissen nicht, wer das ist.«

»Egal, wer das ist, es ist unsere einzige Chance, von diesem verdammten Planeten wegzukommen!«

Hilflos waren sie in jedem Fall. Wer auch immer das Schiff steuerte, ob Freund oder Feind, würde über ihr Schicksal entscheiden. Grand fühlte sich wie ein Schiffbrüchiger, der ein Segelschiff am Horizont verschwinden sieht und keine Chance hat, sich bemerkbar zu machen. Er wusste nur, dass ein verzweifeltes Winken und Herumspringen von dem Raumschiff aus kaum zu sehen sein würde, es sei dann, man hielte gezielt nach ihnen Ausschau.

Doch genau dies schien der Fall zu sein. Der Punkt am Himmel kam zum Stillstand, verharrte kurz und bewegte sich in die entgegengesetzte Richtung – genau auf sie zu.

»Wir verstecken uns besser im Wald, bis wir wissen, wer da kommt«, schlug Grand vor.

»Ich denke, das wird nicht notwendig sein!« Jalina lächelte ihren bärtigen Freund an. »Sieh mal genau hin. Das ist ein dorianisches Sechzig-Meter-Schiff.«

Nun erkannte Grand es auch. Der Schiffstyp war ihnen nur zu gut bekannt. *Kann es wirklich die Rhelina III sein?*, fragte er sich.

Sie hatten anfangs häufig die Frage diskutiert, ob Hakera die lange Zeit überstanden haben könnte und zu ihrer Rettung eilen würde. Allerdings mussten sie davon ausgehen, dass die KI gar nichts von ihrem Schicksal wusste, und es war zudem ungewiss, ob sie den Dorianern hatte entkommen können. Inzwischen hatten sie diese Hoffnung aufgegeben, es war einfach zu unwahrscheinlich.

Das Schiff schwebte schließlich über der Lichtung und sank auf den See herunter. Kurz über dem Wasserspiegel hielten es die Antigravtriebwerke bewegungslos in der Schwebe. Grand sah Jalina fragend an.

»Ganz egal, wer es ist, wenn wir je von hier wegwollen, sollten wir uns zeigen«, sagte Jalina.

Grand nickte, sie traten gemeinsam aus den Büschen hervor und gingen die wenigen Meter zum Strand.

»Ich hätte dich beinahe nicht erkannt, Michael«, sagte eine laute Stimme über die Außenlautsprecher. »Ich dachte schon, Jalina hätte sich einen neuen Liebhaber gesucht!«

Es war unverkennbar Hakeras Stimme. Die beiden brachen in lauten Jubel aus und fielen sich in die Arme. Grand sah, dass in Jalinas Augen Tränen schimmerten, und auch er spürte, wie seine Augen feucht wurden.

»Hol uns endlich an Bord, du verdammter Roboter«, rief Jalina zwischen Lachen und Weinen. »Du hättest uns schon längst ins Schiff transferieren können.«

»Ein bisschen Dankbarkeit wäre ja ganz nett«, maulte die KI im Spaß. »Auch nach einer Million Jahren bin ich immer noch beleidigt, wenn man mich einen Roboter nennt.«

Um Grand und Jalina formte sich der Transportring des Spontantransmitters und sie lösten sich auf. Jalina hielt immer noch das gefangene Tier in der Hand.

40.

Sie materialisierten in der Zentrale der *Rhelina III* und fielen sich erneut in die Arme. Jalina ließ das jetzt ängstlich fiepende Nagetier einfach zu Boden fallen, woraufhin es irritiert in eine Ecke huschte. Hakera erledigte das Problem stillschweigend mit ihrem Spontantransmitter und versetzte das verängstigte Tier zurück in den Dschungel, wo es sich einmal kurz schüttelte und zwischen den Bäumen verschwand.

»Wir waren uns nicht sicher, ob es dich überhaupt noch gibt«, sagte Grand zu der KI. »Wir wussten nicht, ob du entkommen konntest und ob du über unser Schicksal Bescheid wusstest.«

»Die Dorianer haben kein Geheimnis daraus gemacht«, antwortete Hakera. »Euer Fall sollte zur Abschreckung dienen, und tatsächlich gab es nie wieder einen Versuch, in den Bunker einzudringen. Ich habe mich in einen Stand-by-Modus versetzt, aus dem ich alle zehntausend Jahre aufgewacht bin, um hierherzufliegen. Die Dorianer haben Welkor-Minor eine Million Jahre lang mit zwanzig Schiffen bewacht. Ich hatte keine Chance, etwas für euch zu tun. Jetzt sind sie endlich abgezogen und ich habe den Planeten sofort nach euren biometrischen Daten gescannt. Ihr könnt euch nicht vorstellen, wie froh ich war, euch tatsächlich aufgespürt zu haben. Wie lange seid ihr schon wach?«

»Drei Monate«, sagte Grand knapp.

»Wir haben also wirklich eine Million Jahre in Stasis verbracht?«, wollte Jalina wissen.

»Ja! Ihr und Rigoran!«

Grand hatte vor lauter Freude über ihre Rettung nicht mehr an den Gerbaraner gedacht, wie er zugeben musste, und ein Blick zu Jalina zeigte ihm, dass es ihr genauso gegangen war.

»Wir können ihn nicht noch länger in Stasis lassen«, sagte er leise. »Das wäre unverantwortlich. Alles hat sich verändert.«

Sie hatten am eigenen Leib erfahren, was es bedeutete, wenn man gewaltsam in Stasis gezwungen wurde. Im Prinzip hatten Grand und Jalina mit Rigoran nichts anderes gemacht als Hakar Del Montar mit ihnen. Sie waren ebenso eines Verbrechens schuldig, wie es der Dorianer war. Grand schämte sich. Er wusste, dass sie es sich mit dem Gerbaraner zu leicht gemacht hatten. Anstatt zu versuchen, Rigorans psychische Probleme gemeinsam mit ihm anzugehen und sie zu bewältigen, hatten sie den bequemen Weg gewählt und ihn einfach kaltgestellt. Ihr Verhalten war aus taktischen Gründen vielleicht nachvollziehbar gewesen, aber moralisch war es nicht zu rechtfertigen.

Wir haben uns zugleich zum Ankläger, Richter und Vollstrecker gemacht, musste sich Grand eingestehen. *Als ob Rigoran ein Verbrecher wäre und nicht einfach nur ein kranker Freund.*

»Wir konnten nicht wissen, dass eine solch lange Zeit vergehen würde«, brachte Jalina eine Entschuldigung vor. »Wir dachten, es ginge nur um wenige Wochen, schlimmstenfalls einige Monate, bis wir Hilfe für ihn finden würden.«

Grand schüttelte den Kopf. »Es war so oder so falsch. Das ist mir jetzt klar. Wir hatten kein Recht, einfach über ihn zu bestimmen. Wir müssen ihn rausholen und uns den Konsequenzen stellen.«

Jalina nickte zustimmend. »Hakera, wecke ihn auf und sage uns Bescheid, wenn es so weit ist.«

»Ich leite den Prozess umgehend ein«, bestätigte die KI.

Drei Stunden später war für die beiden der Moment gekommen, Rigoran gegenüberzutreten. Grand und Jalina hatten sich in der Zwischenzeit frisch gemacht und sich umgezogen, und Grand hatte seinen Bart endlich abrasieren können. Nun standen sie vor dem Stasispod, während sich der Deckel hob. Der Pod wies große Ähnlichkeit mit denjenigen auf, in denen sie selbst eine Million Jahre verbracht hatten. Es machte die Situation allerdings nicht leichter, sondern eher noch schwieriger. Sie wussten nun aus eigener Erfahrung nur zu gut, wie sich Rigoran nach dem Aufwachen fühlen musste.

Der Gerbaraner schlug die Augen auf und stöhnte. »Was … was habt ihr mit mir gemacht?«

Wie auch bei Grand und Jalina war Rigorans Stimme nach der langen Zeit in Stasis kaum verständlich. Jalina reichte ihm eine Wasserflasche. Gierig trank er ein paar Schlucke. Er gab Jalina die Flasche zurück und quälte sich mühsam aus dem Stasispod. Als er den Boden unter seinen Füßen spürte, hielt er sich leicht schwankend am Rand des Gerätes fest und sah sich um. Dann wandte er den Blick fragend zu Grand.

»Was habt ihr mir zu sagen?«

»Wir haben einen Fehler gemacht, Rigoran«, sagte Grand.

»Einen Fehler?« Das Vogelwesen sah Grand durchdringend an. Dann hieb Rigoran zornig auf das Gerät, an dem er sich immer noch festhielt. »Ein Stasispod! Ich war in einem verdammten Stasispod! Ihr habt mich einfach außer Gefecht gesetzt. Das ist mehr als nur ein Fehler. Ihr habt über mich bestimmt wie über einen Gegenstand, der euch gehört. Ich war unbequem und musste weg. So war es doch, nicht wahr?«

»Es tut uns leid!«, sagte Jalina leise und blickte verschämt zu Boden. »Es tut uns wirklich leid!«

»Wie lange war ich hier drin? Ein paar Tage? Wochen? Oder gar Monate? Was habt ihr inzwischen bei den Dorianern erreicht?«

Jalina und Grand sahen sich betreten an und schwiegen. Sie wussten beide nicht, was sie nun sagen sollten. Rigoran blickte verwirrt von einem zum anderen.

»Seid ihr gescheitert? Braucht ihr vielleicht plötzlich meine Hilfe und habt mich deshalb geweckt? Wie lange war ich weg?«

Als keiner der beiden sofort antwortete, kniff Rigoran die Augen misstrauisch zusammen. Er schien etwas zu ahnen.

»Wie lange war ich in Stasis?« Seine Stimme klang mit einem Mal hart und kraftvoll. »Wie lange?«

»Eine Million Jahre«, sagte Jalina kaum hörbar.

Rigoran starrte sie ungläubig an. Dann begann er, hysterisch zu lachen.

»Das ist ein Scherz, nicht wahr? Ein Scherz!« Grand konnte sehen, wie sich Rigorans Hände um den Rand des

Stasispods verkrampften. »Eine Million Jahre! Selbst der große, unfehlbare Michael Cordwainer Grand könnte das nicht überleben, nachdem wir unsere Unsterblichkeit verloren haben. Nein, nein, nein! Ihr hättet mich da fast drangekriegt. Also, wie lange war ich wirklich weg?«

Rigoran zitterte am ganzen Körper und seine schwarzen Knopfaugen schienen Michael regelrecht durchbohren zu wollen. Er kicherte weiter vor sich hin.

»Wir wurden geschnappt«, sagte Grand. Er bemühte sich, jegliche Emotion aus seiner Stimme herauszuhalten. »Man hat uns ebenfalls in Stasispods verfrachtet und wir sind selbst erst vor Kurzem aufgewacht. Es sind tatsächlich eine Million Jahre vergangen und die Dorianer sind schon lange verschwunden. Hakera konnte nichts tun. Sie hat die ganze Zeit gewartet, bis Welkor-Minor nicht mehr bewacht wurde, und uns erst jetzt von dem Planeten abholen können. Es tut uns leid!«

Rigorans Kichern erstarb. Mit einem lauten Aufschrei stürzte er sich auf Grand. Das kleine Vogelwesen war körperlich keine Bedrohung für den hochgewachsenen Terraner, und so ließ Grand den Ausbruch einfach über sich ergehen. Rigoran schlug mit seinen winzigen Fäusten auf ihn ein und stieß dabei ununterbrochen Schreie und Flüche aus. Schließlich zog Jalina den Gerbaraner von Grand weg. Rigoran wehrte sich nicht, sondern brach in ein mitleiderregendes Schluchzen aus. Noch nie in seinem Leben hatte sich Grand so sehr geschämt.

»Vielleicht solltest du dich erst einmal ausruhen«, schlug Jalina vor. »Wir können später über alles reden.«

»Ihr habt mich ebenso versklavt, mir ebenso euren Willen aufgezwungen, wie es der Devorator getan hat. Ihr seid nicht besser als er. Was gibt es da noch zu reden?« Rigorans Worte trafen Grand bis ins Mark. Der Gerbaraner wirkte nun völlig apathisch. Er stand reglos und mit hängenden Schultern vor den beiden. Dann drehte er sich um und verließ die MedBay.

41.

»Wir sind auf ganzer Linie gescheitert«, fasste Jalina ihre missliche Situation noch einmal zusammen. »Die Dorianer befinden sich seit einer Million Jahre unserer Zeit in einem Universum, in dem die Zeit Einhundertmal schneller verläuft. Für sie sind inzwischen etwa einhundert Millionen Jahre vergangen und sie müssen kurz vor dem Aufstieg stehen, wenn er nicht bereits stattgefunden hat. Es hat sich also nichts geändert. Der Devorator wird entstehen, die Ra´hul werden in unser Universum einfallen und letztlich werden das Coniunctional und sein Gegenspieler bei ihrem Kampf um die Vorherrschaft nicht nur unzählige Universen vernichten, sondern sogar das Megaversum bedrohen. Und damit steht weiterhin die Existenz der gesamten Schöpfung auf dem Spiel! Wir haben versagt!«

Sie hatten Rigoran gebeten, ebenfalls an der Besprechung teilzunehmen, doch der Gerbaraner wollte nichts mehr mit ihnen oder ihrem Auftrag zu tun haben. Er hatte sich in seiner Kabine eingeschlossen und antwortete nicht mehr auf Anrufe über das Interkom.

»Wir könnten nochmals in das Black Hole eintauchen und versuchen, in unsere Zeit zurückzukehren«, schlug Grand vor.

»Das ist leider unmöglich«, sagte Hakera. »Beim ersten Mal haben wir fast ein Jahr dort verbracht, um 35.000 Jahre zu überbrücken. Um *300.000.000* Jahre zu überwinden, müssten wir ungefähr 8.500 Jahre auf dem Planeten bleiben. Das Schiff würde so eine lange Zeit unter der dortigen

Strahlenbelastung nicht überstehen. Ich verfüge nicht über genügend Energie, um die Schutzschirme so lange mit voller Leistung betreiben zu können.«

»Eine Rückkehr in unsere Zeit ist also unmöglich«, stellte Jalina fest.

»Vielleicht nicht«, sagte Grand, dem eine Idee gekommen war. »Es muss noch andere Universen geben, in denen die Zeit schneller als hier verläuft. Vielleicht ist die *Sonnenwind* ebenfalls noch intakt. Sie verfügt über einen Branendrive. Wir müssen nur ein Universum finden, in dem die Zeit sehr, sehr viel schneller als hier vergeht, und dorthin reisen. Wenn wir unseren Aufenthalt dort genau berechnen, könnten wir kurz nach unserer Abreise zur Exodus-Sphäre wieder in unser Universum zurückkehren.«

»Was dann?«, fragte Jalina. »Was wäre damit gewonnen?«

»Nun, wir könnten wenigstens …« Grand unterbrach sich, da ihn ein Gedanke durchzuckte. »Jalina!«, rief er aus. »Es muss noch nicht alles vorbei sein. Vielleicht haben wir noch eine Chance!«

»Eine Chance? Eine Chance worauf?«

»Eine Chance, die Zukunft doch noch zu beeinflussen und die Entstehung des Devorators zu verhindern!«

»Aber … ich verstehe nicht … wie könnte das möglich …?« Dann hielt auch sie inne und grinste Grand an. Sie wusste, worauf er hinauswollte. »Natürlich! Die *Sonnenwind*! Das wäre ein Ding!«

»Wir können nur hoffen, dass es noch nicht zu spät ist«, mahnte Grand vor zu großem Optimismus. »Hakera, wieso bist du als superschlaue KI noch nicht auf diese Idee gekommen?«

»Ich hatte es bereits durchgerechnet, bevor du auch nur einen Gedanken daran verschwendet hast, aber die Erfolgsaussicht erschien mir viel zu gering, um es vorzuschlagen«, antwortete Hakera.

»Gering oder nicht, es ist die letzte, die *einzige* Chance, die wir noch haben!«

»Lass mich deine verrückte Idee einmal zusammenfassen: Du willst mit der *Sonnenwind* den Dorianern hinterherfliegen, falls das Schiff überhaupt noch existiert und funktionsfähig ist, darauf hoffen, dass der Aufstieg der Dorianer noch nicht stattgefunden hat, und schließlich irgendwie eine Möglichkeit finden, wenn nicht den Aufstieg, dann doch wenigstens die Aufspaltung in zwei feindliche Entitäten zu verhindern. Ein noch weiter in der Zukunft liegendes Ereignis, das euch die Dorianer erst einmal glauben müssen. Die Wahrscheinlichkeit, dass euch all dies gelingt, ist so gering, dass ich sie nicht einmal seriös berechnen kann.«

»Sie ist größer als Null!«, beharrte Grand. »Wenn wir uns allerdings geschlagen geben und es nicht wenigstens versuchen, dann *ist* sie Null!«

»Das ist der verrückteste Plan, von dem ich je gehört habe. Aber wann hätte euch das je von irgendetwas abgehalten«, entgegnete die KI resignierend.

»Er ist besser, als uns in dieser Zeit irgendwo zu verkriechen und den Rest unseres Lebens hier zu fristen«, sagte Jalina.

»Wir müssen hören, was Rigoran dazu sagt«, brachte Grand den nächsten Stolperstein ins Gespräch.

Wie sich schnell herausstellte, sagte der Gerbaraner überhaupt nichts dazu. Es benötigte mehrere Anläufe, bis er den Anruf in seiner Kabine endlich entgegennahm und Grand ihm seine Idee schildern konnte.

»Was fragt ihr mich? Ihr macht doch sowieso, was ihr wollt!« Damit beendete Rigoran den Anruf und ließ sich auch durch wiederholte Versuche nicht dazu bewegen, noch einmal zu antworten. Schließlich gaben Grand und Jalina auf.

»Wir müssen eine Entscheidung treffen, und wenigstens hat er nicht lautstark protestiert. Ich werte das als Zustimmung«, entschied Grand.

Ein paar Tage später konnten sie den ersten Erfolg verbuchen. Die *Sonnenwind* kreiste auch nach der unglaublich langen Zeit immer noch im Ortungsschutz der Sonne, wo sie das Schiff versteckt hatten. Die automatischen Systeme hatten den Orbit über all die Jahre stabil gehalten, und die unmittelbare Nähe der Sonne hatte die Energieversorgung sichergestellt. Das Schiff war jedoch ansonsten in einem erbärmlichen Zustand. Viele Systeme waren ausgefallen und reparaturbedürftig. Es war pures Glück, dass die wichtigsten Aggregate vom allgemeinen Verfall nicht betroffen waren.

»Meine Bots werden einige Wochen brauchen, um das Schiff fernflugtauglich zu machen«, kündigte Hakera an.

»Darauf kommt es nach einer Million Jahre auch nicht mehr an«, sagte Jalina.

Rigoran weigerte sich, die *Rhelina III* zu verlassen und blieb in dem Beiboot, auch nachdem es wieder in seinem Hangar stand. Grand und Jalina nahmen es achselzuckend zur Kenntnis. Ab und an versuchten sie, mit dem ehemaligen Freund – und als solchen mussten sie ihn nun wohl betrachten – ins Gespräch zu kommen, doch alle Anrufe blieben unbeantwortet. Außerdem deaktivierte Rigoran sämtliche Möglichkeiten von Hakera, in seine Kabine Einblick zu nehmen. Es war beinahe so, als wäre er nicht an Bord.

Es dauerte fast vier Wochen, bis Hakera ihr Okay gab.

»Alle Systeme sind wieder voll einsatzfähig«, meldete sie endlich. »Wenn ihr immer noch auf eurem verrückten Plan besteht, können wir losfliegen.«

Eine Stunde später löste sich die *Sonnenwind* aus dem Orbit, auf dem sie eine Million Jahre lang den Stern umkreist hatte. Hakera beschleunigte aus dem Sonnensystem und ging in den Bulk. Für einen Moment befürchtete Grand, Tiberius könne sie eventuell aufspüren, doch seine Sorge war unbegründet. Zudem wäre der Splitter des Coniunctional kaum in der Lage gewesen, sie zu stoppen. Seine Fähigkeiten innerhalb eines Universums waren begrenzt und sie hatten auch in der Vergangenheit gerade dazu ausgereicht, bei ihnen zu erscheinen und mit ihnen zu kommunizieren.

Hakera aktivierte den Branendrive. Die KI verfügte immer noch über die Zielparameter des Universums, in das sie ihren allerersten Branenwechsel vollzogen hatten und in dem sie zum ersten Mal auf Tiberius getroffen waren.

Seitdem waren viele Jahre vergangen und sie hatten unglaubliche Abenteuer erlebt. Ihnen waren Einblicke in kosmische Zusammenhänge gewährt worden, die Wesen ihrer Art normalerweise verschlossen blieben. Sie hatten ihre Unsterblichkeit und all ihre Freunde verloren, und aus einem mächtigen Verbündeten war ein gefährlicher Feind geworden. Und nun kehrten sie an den Ort zurück, an dem alles seinen Anfang genommen hatte.

42.

Beim letzten Mal waren sie in völliger Leere gelandet. Nicht nur in der Abwesenheit jeglicher Materie, sondern in der Abwesenheit von *allem*! Damals waren sie in einem Proto-Universum nach dem *Big Rip* erschienen. Übermäßig vorhandene Dunkle Energie hatte die Ausdehnung dieses Universums immer weiter beschleunigt, bis zu dem Punkt, an dem nichts mehr dieser Inflation standhalten konnte und alles regelrecht zerrissen wurde. Das Raum-Zeit-Kontinuum selbst war verschwunden und das Universum hatte aufhört zu existieren.

Doch jetzt waren sie sehr viel früher hier. Nun funkelten und strahlten Milliarden von Galaxien und Billiarden von Sternen in der Schwärze des Alls. Der *Big Rip* würde erst in ferner Zukunft stattfinden – bezogen auf die Eigenzeit dieses Universums.

»Haben wir überhaupt einen Plan, was wir den Dorianern erzählen wollen?«, fragte Jalina.

»Wie wäre es diesmal mit der Wahrheit?«, schlug Grand vor. »Wenn sie noch hier sind! Wir können nur hoffen, dass der Aufstieg noch nicht stattgefunden hat. Und wir müssen sie erst einmal finden!«

»Meine Sensoren empfangen seltsame Energieemissionen aus einer Galaxie in einem der hiesigen Cluster«, meldete Hakera. »Dort toben sich gewaltige Energiemengen aus.«

»Schwarze Löcher? Pulsare? Quasare?«, fragte Grand.

»Nein, eindeutig nicht! Ich kann es keiner bekannten natürlichen Quelle zuordnen.«

»Da wir kein eindeutiges Ziel haben und jeder Spur nachgehen müssen, schlage ich vor, wir sehen uns diese Galaxie genauer an«, sagte Jalina. »Wie weit ist sie entfernt?«

»Rund neunzehn Millionen Lichtjahre«, antwortete Hakera. »Also ungefähr acht Flugtage bei voller Geschwindigkeit.«

»Wir sollten Rigoran in unsere Pläne einweihen«, schlug Grand vor, den immer noch ein schlechtes Gewissen plagte. »Auch wenn er kein Interesse mehr daran zeigt, mit uns zusammenzuarbeiten, so sollten wir ihn zumindest auf dem Laufenden halten. Was immer wir vorhaben, betrifft ihn ja schließlich auch.«

»Du hast recht, das sind wir ihm schuldig«, stimmte Jalina zu. »Hakera, stelle eine Verbindung zu seiner Kabine auf dem Beiboot her. Wenn er sich nicht meldet, dann überspiele ihm auf sein Terminal eine Zusammenfassung dessen, was du festgestellt hast und was wir vorhaben. Wenn er etwas dazu zu sagen hat, kann er sich ja melden.«

»Ausgeführt«, bestätigte die KI nach einigen Sekunden. »Keine Rückmeldung von Rigoran.«

»Gib ihm etwas Zeit«, sagte Grand zu Jalina.

Vor ihnen lagen mehrere beschäftigungslose Tage, die Grand und Jalina dazu nutzten, sich wieder in das Leben an Bord eines Raumschiffes einzugewöhnen. Grand musste sich eingestehen, dass ihm das Leben auf der Oberfläche des Planeten fehlte. Die drei Monate an dem See auf der Dschungellichtung waren, bei aller Härte, doch auch eine Zeit in und mit der Natur gewesen, abseits der technologischen und teilweise sogar kalten Atmosphäre eines Raumschiffes. Er und Jalina hatten sich dort eingerichtet, gebaut und gejagt, einander geliebt und jeden Tag auf seine eigene Art genossen. Die Vorstellung, eventuell nie wieder von dort wegzukommen, war einerseits frustrierend, ja, beängstigend gewesen, andererseits hatte sie aber auch Gefühle in ihnen geweckt, von denen sie nicht einmal gewusst hatten, dass sie unter der Oberfläche schlummerten. Gefühle von Freiheit und Unbeschwertheit. Sie hatten das Leben genossen, und das ohne die ständige Ungewissheit, welche kosmischen Aufgaben auf sie warteten, ohne die Furcht, den Anforderungen nicht gewachsen zu sein, und ohne die Verantwortung für unzählige Leben tragen zu müssen. Und vor allem ohne jemanden, der sie in lebensgefährliche Abenteuer schickte. Sie waren nur für sich selbst verantwortlich gewesen und hatten ihre Tage frei gestalten können. Vielleicht – nein, sicherlich – wäre es irgendwann langweilig geworden, darüber war sich Grand im Klaren, doch die drei Monate hatten ihm auch eine innere Ruhe beschert, wie er sie lange nicht verspürt hatte. Das Leben im Einklang mit der Natur war ihm, trotz all der kleinen alltäglichen Herausforderungen, fast wie ein langer Abenteuerurlaub vorgekommen.

Vielleicht verkläre ich es in meiner Erinnerung auch nur, mutmaßte er, *doch es war wirklich keine schlechte Zeit!*

Am letzten Tag des Fluges meldete sich Rigoran.

»Ich werde nicht mitkommen«, sagte er ohne weitere Einleitung, nachdem sich das Holo aufgebaut hatte.

»Wie? Was meinst du damit?« Jalina hatte das Gespräch angenommen. Sie war verwirrt.

»Ich erwarte, dass ihr mir das Beiboot zur Verfügung stellt und mich gehen lasst.«

»Gehen? Wohin gehen?«, fragte Grand, der in diesem Moment dazukam.

»Weg von euch! Was interessiert euch schon, wohin?«

»Rigoran, wir sind in einem fremden Universum, in einer fremden Galaxie, zwischen fremden Zivilisationen. Wohin willst du hier?«, versuchte Grand zu argumentieren.

»Ich will mit eurem ganzen verrückten *Wir-retten-das-Multiversum-Mist* nichts mehr zu tun haben. Ich habe bereits mein Opfer gebracht, mehr als eines, und jetzt will ich nur noch meine Ruhe. Das steht mir zu und das seid ihr mir schuldig!«

»Das … das kommt sehr überraschend«, sagte Jalina. »Du musst uns etwas Zeit geben, darüber zu reden.«

»Warum? Seid ihr meine Vormunde? Bin ich euer Gefangener? Habe ich kein Anrecht darauf, meinen eigenen Weg zu gehen?«

»Bitte, Rigoran, sei vernünftig«, bettelte Jalina. »Wir kennen uns schon so lange, und du weißt genau …«

»Ich weiß genau, dass du mich im Zweifelsfall in einen Stasispod steckst, wenn ich unbequem oder nicht fügsam genug bin. Ihr seid nicht meine Freunde!«, unterbrach Rigoran sie und lachte verbittert auf. Dann starrte er Jalina fast boshaft an. »Ihr habt eine Stunde. Danach erwarte ich, dass ich ausschleusen kann. Ach ja, noch was, ich will eine KI, die das Schiff steuert. Alleine ist mir das nicht möglich.«

»Hakera wird niemals zustimmen, dir eine Kopie ihrer selbst mitzugeben«, sagte Grand.

»Lasst euch etwas einfallen!« Das Holo wurde dunkel. Rigoran hatte abgeschaltet.

»Wow! Er hat sich schnell von der Rolle als Täter in die des Opfers begeben«, sagte Grand.

»Er ist beides, und das zerreißt ihn«, stellte Jalina fest, und Grand wusste, dass sie recht hatte.

»Wir können ihn nicht einfach gehen lassen!«, sagte er.

»Warum nicht, Michael? Er ist uns keine Hilfe – im Gegenteil – und das Beiboot benötigen wir nicht dringend. Es gibt noch zwei weitere Schiffe dieses Typs in der *Sonnenwind*, falls wir eines brauchen.«

»Wohin will er sich hier wenden? Er kennt hier nichts und niemanden.«

»Vielleicht will er nur das tun, was wir in den vergangenen drei Monaten getan haben. Auf einem ruhigen Planeten mit sich ins Reine kommen und Ruhe finden. Vielleicht ist er innerlich so zerrissen, dass er nur noch diese Möglichkeit für sich sieht.«

»Du willst ihn wirklich gehen lassen?«

»Was wäre die Alternative? Ihn wieder mit Gewalt in Stasis zu versetzen?«

Grand schüttelte den Kopf. Er wusste, dass sie dies kein zweites Mal tun konnten, ohne jeglichen Respekt vor sich selbst zu verlieren.

»Also gut, wir haben wohl keine andere Wahl, als seiner Forderung nachzugeben. Auch wenn es mir widerstrebt.«

»Ich bin ebenfalls nicht glücklich darüber.«

»Hakera, hast du zugehört?«

»Ja, Michael!«

»Deine Meinung?«

»Zu Rigoran gebe ich keine Meinung ab. Er ist euer Problem!«

»Was sagst du zu seiner Forderung nach einer eigenständigen KI für das Beiboot?«

»Das ist mit Einschränkungen machbar. Ich benötige allerdings etwas Zeit. Ich kann die Grundprogrammierung aus mir selbst extrahieren, jedoch ohne den Ego-Anteil. Das Ergebnis wäre allerdings keine vollwertige KI und schon gar keine Kopie von mir, sondern lediglich ein hochkomplexes System, das eine KI simulieren kann, jedoch ohne Ich-Bewusstsein.«

»Das muss ihm genügen«, stellte Grand fest.

Es genügte Rigoran, wie sie nach einer Stunde feststellten. »Ich brauche kein Kindermädchen, sondern nur einen Ersatz für eine vollwertige Besatzung«, sagte er. »Ich werde ausschleusen, sobald ihr vor der Zielgalaxie angekommen seid.«

Wieder unterbrach er das Gespräch, ohne eine Antwort abzuwarten. Fast schien es Grand, als hätte Rigoran Angst, er könne von seinem Plan noch abgebracht werden, wenn er mit ihnen darüber diskutierte.

Am nächsten Tag fielen sie nur wenige Zehntausend Kilometer von ihrem Ziel entfernt aus dem Bulk. Sie erkannten sofort, wo die seltsamen Energieemissionen herrührten. Die gesamte Galaxie war von einem Energieschirm umgeben.

»Unglaublich!«, sagte Grand, als der golden schimmernde Energievorhang auf dem Außenholo sichtbar wurde. Nur schwach durchdrangen die Sonnen der Galaxie den goldenen Schleier mit ihrem Licht.

»Woher stammt wohl die unfassbare Energiemenge, die für den Schirm benötigt wird?«, wunderte sich Jalina.

Grand zuckte mit den Schultern. »Keine Ahnung! Aber das macht Rigoran einen Strich durch die Rechnung«, sagte er. »Er hat keine Chance, in die Galaxie einzufliegen.«

Doch Grand hatte sich getäuscht. Rigoran wollte das Beiboot, dem er im Andenken an einen alten, gemeinsamen Freund den Namen *Poggy* gegeben hatte, sofort ausschleusen.

»Wohin willst du dich wenden?«, wollte Jalina wissen. »Hier geht es für dich nicht weiter!«

»Lasst das meine Sorge sein«, kam die knappe Antwort. »Die Semi-KI kann mich notfalls in eine andere Galaxie bringen. Es gibt eine große Auswahl an möglichen Zielen in diesem Universum.« Wieder legte er sofort auf.

Grand seufzte resignierend. »Hakera, öffne die Schleuse!«

Zwei Minuten später beschleunigte die *Poggy* von der *Sonnenwind* weg. Rigorans Schiff verschwand ohne ein weiteres Wort ihres ehemaligen Freundes im Bulk.

43.

»Meine Hypertaster empfangen die Echos mehrerer anfliegender Raumschiffe«, meldete Hakera. »Die Emissionen ihrer Hyperdrives entsprechen allerdings nicht denen dorianischer Triebwerke.«

Sie waren mehrere Stunden mit Unterlichtgeschwindigkeit an dem goldenen Energieschirm entlanggeflogen. Er schien überall undurchdringlich zu sein, jedenfalls waren ausgesandte Drohnen stets an ihm zerschellt. Auch der Versuch, eine FTL-taugliche Drohne einzusetzen, war gescheitert. Hakera konnte einen Energieausbruch im Bulk anmessen, der darauf hinwies, dass die Drohne zerstört worden war. Und jetzt schien jemand ihre Aktivitäten an dem Energiewall entdeckt zu haben.

»Wann werden sie hier eintreffen?«, fragte Jalina.

»Sie bewegen sich mit etwa zweitausendfacher Lichtgeschwindigkeit durch den Bulk und sollten in zwei Minuten hier sein.«

»Vielleicht liegt unsere Position nur zufällig auf ihrer Route und sie fliegen einfach vorbei«, vermutete Grand.

»Willst du dich wirklich darauf verlassen, dass sie nicht in unserer Nähe in den Normalraum zurückkehren?«, wollte Hakera wissen. »Ich denke, es wäre ein großer Zufall, wenn kurz nach unserem Erscheinen an dem seltsamen Energiewall mehrere Schiffe ausgerechnet hier unseren Kurs kreuzen.«

Grand seufzte. »Natürlich können wir uns nicht darauf verlassen. Also: Schirme hoch, Waffensysteme aktivieren und Gefechtsbereitschaft. Wie viele Schiffe sind es?«

»Genau kann ich es nicht sagen, aber die Energieechos lassen auf mehr als zwei und weniger als zehn schließen«, sagte die KI.

»Wir könnten auch einfach abhauen«, schlug Jalina vor.

»Nein«, sagte Grand entschlossen. »Wir sind hier, um die Dorianer zu finden, und dafür brauchen wir in erster Linie Informationen. Egal, wer da kommt, er könnte Informationen für uns haben.«

Dann fielen die unbekannten Schiffe unweit der *Sonnenwind* aus dem Bulk. Es waren fünf Schiffe einer Bauart, wie Grand sie noch nie gesehen hatte. Sie ähnelten entfernt fünfzackigen japanischen Wurfsternen und sahen genauso tödlich aus. Ausgehend von einem ungefähr einen Kilometer durchmessenden und etwa fünfhundert Meter hohen, diskusförmigen Zentralbereich erstreckten sich fünf 'Zacken' von nochmals einem Kilometer Länge. Sie waren in der Mitte leicht tailliert und endeten in lang ausgezogenen Spitzen, an denen deutlich erkennbar mehrere Waffenbatterien saßen. Mit ihrer mattschwarzen Oberfläche wirkten die fünf Raumschiffe äußerst bedrohlich. Sie eröffneten sofort das Feuer auf die *Sonnenwind*.

»Ausweichmanöver! Gegenmaßnahmen!« Grand gab diese Anweisungen, obwohl er im gleichen Moment wusste, dass alles, was er sagen konnte, keine Rolle spielen würde. Eine KI war jedem biologischen Wesen im Hinblick auf eine Gefechtsführung um mehrere Größenordnungen überlegen. Hakera war in der Lage, eine Situation schneller zu analysieren und geeignete Taktiken daraus abzuleiten, als Grand auch nur die eintreffenden Informationen verarbeiten konnte.

Noch bevor er ausgesprochen hatte, schoss die *Sonnenwind* aus dem Stand mit maximaler Beschleunigung davon.

Hakera materialisierte zwei Kontursessel in der Zentrale. »Ihr solltet euch lieber hinsetzen«, warnte sie.

Grand wusste aus Erfahrung, dass selbst die besten Andruckabsorber bei abrupten Kurswechseln Probleme damit haben konnten, die auftretenden Beschleunigungskräfte zu neutralisieren. Wenn auch nur 3 oder 4 G durchschlugen, würde es ihn und Jalina quer durch die Zentrale schleudern.

Sie warfen sich in die Sessel, die sofort Gurte ausfuhren und energetische Rückhaltefelder aktivierten. Grand spürte, wie sich das Polster in seinem Rücken verformte und wie es sich genau seiner Körperform anpasste. Es fühlte sich fast an, als würde man von einer warmen Hand liebevoll umfangen. Doch die Situation war nicht dazu angetan, genüsslich die Augen zu schließen und zu entspannen.

Die *Sonnenwind* wurde einmal kräftig durchgeschüttelt, bevor Grand das Grollen der eigenen Plasmawerfer vernahm.

»Treffer in Sektor 38/10«, meldete Hakera. »Schirme bei achtundachtzig Prozent und steigend, vollständige strukturelle Integrität, Gegenangriff eingeleitet.«

Grand wusste, dass die KI die Meldungen nur machte, um ihn und Jalina zu beruhigen. In den Kampf eingreifen konnten sie so oder so nicht.

Im Taktikholo konnten sie erkennen, dass die fünf Angreifer versuchten, die *Sonnenwind* einzukesseln, während Hakera alles unternahm, genau dies zu verhindern. Selbst die starken Schutzschirme ihres Schiffes konnten auf Dauer einem konzentrischen Beschuss durch mehrere Gegner nicht widerstehen.

»Öffne einen Kanal auf allen Frequenzen und übersetze simultan ins Dorianische«, forderte Grand, der einen Verdacht hatte.

»Steht!«, kam sofort die Antwort.

»Hier spricht Michael Cordwainer Grand. Wir sind keine Dorianer! Ich wiederhole: Wir sind keine Dorianer! Auch wenn wir ein dorianisches Schiff fliegen, sind wir mit ihnen weder verbündet, noch stehen wir mit ihnen in Verbindung. Wir sind nicht hier, um zu kämpfen! Hakera«, wandte er sich an die KI. »Nur noch Ausweichmanöver und defensives Verhalten. Keine aktiven Gegenmaßnahmen mehr, bis ich es anders anordne.«

Die KI bestätigte den Befehl und stellte das eigene Feuer ein. Es trommelten noch ein paar Schüsse auf die Schutzschirme der *Sonnenwind* ein, ohne sie jedoch durchschlagen zu können, und das Schiff musste noch ein paar jähe Ausweichmanöver fliegen, doch dann erfolgten keine weiteren Angriffe mehr.

»Lass sie uns ruhig umringen«, sagte Grand zu der KI.

»Das ist ein riskantes Manöver«, warnte Hakera.

»Ich bin sicher, wenn es eng wird, kannst du uns rausbringen.«

»Dein Vertrauen in meine Fähigkeiten ehrt mich, auch wenn ich in diesem Fall nicht sicher bin, ob ich es notfalls rechtfertigen könnte. Die fünf Schiffe sind gefährliche Gegner, deren Kampfkraft der unseren in nichts nachsteht.«

»Ich bin sicher, du schaffst es.«

Grand pokerte hoch, doch es zeigte sich sofort, dass er mit seiner Ahnung richtig gelegen hatte.

»Wir werden angefunkt«, gab Hakera bekannt.

»In das Hauptholo«, sagte Grand.

Vor ihnen erschien die Gestalt eines Wesens, das keine Ähnlichkeit mit irgendeiner Spezies aufwies, der Grand bisher begegnet war – und das waren nicht wenige gewesen! Normalerweise konnte man Spezies nach ihrem Aussehen und ihrer Abstammung kategorisieren. Doch die Gestalt, die nun vor Grand und Jalina als Hologramm erschien, passte in keine der üblichen Kategorien.

Es besaß sowohl insektoide als auch aquatische Merkmale, aber auch aviane und humanoide Aspekte waren bei genauer Betrachtung festzustellen. Einige der körperlichen Eigenschaften wiesen sogar auf einen Anteil pflanzlicher Herkunft hin. Ganz zu schweigen von den vielen kybernetischen Ergänzungen und Erweiterungen, die den seltsamen Körper bedeckten. Wenn Grand das Wesen hätte beschreiben müssen, wäre der Vergleich mit einer von metallischen Geräten bedeckten Kreuzung aus Languste und Baum, Vogel und Krokodil passend gewesen.

Es stand auf zwei durchaus menschlich anmutenden Beinen, auf denen der taillierte Körper einer überdimensionalen Biene thronte. Seine vier Arme endeten in zweifingrigen Zangen, die denen einer Languste glichen. Der Kopf besaß eine Schnauze wie ein Krokodil, über der zwei Facettenaugen in allen Farben des Regenbogens glitzerten, und oben schauten zwei lange Fühler aus einem Büschel blattähnlicher Haare heraus. Auf dem Rücken des Wesens ragten zwei zusammengefaltete, angelegte Flügel mit knöchernen Spitzen wie bei einer Fledermaus weit über den Kopf hinaus. Überall auf und in dem Körper waren verschiedene Gerätschaften angebracht, deren Funktion nicht zu erkennen war. Insgesamt wirkte die Gestalt, als hätte jemand nicht zusammengehörende Körperteile miteinander verbunden.

»Ihr habt zehn Sekunden Zeit, mir zu erklären, was ihr in einem altertümlichen dorianischen Raumschiff hier zu suchen habt«, sagte das Wesen, dessen schrille Stimme von Hakeras Simultanübersetzung, bei der sie die Zeitangabe in terranische Standardeinheiten konvertierte, nicht gänzlich übertönt wurde. »Ihr seht verdächtig wie Dorianer aus«, fügte es hinzu.

»Die Dorianer sind tatsächlich unsere entfernten Verwandten.« Grand überlegte fieberhaft, wie er die Worte des Fremden zu seinem Vorteil nutzen konnte. Er hatte die *Sonnenwind* als 'altertümlich' bezeichnet. »Wie ihr anhand unseres Schiffes erkennen könnt, haben wir jedoch schon lange keinen Kontakt mehr zu ihnen. Wer seid ihr?«

»Ich bin Elainon vom Volk der Frilur. Was wollt ihr hier?«

Eine komplizierte Frage, dachte Grand. *Welche Antwort bringt uns nicht in noch größere Schwierigkeiten?*

»Wir sind keine Freunde der Dorianer«, antwortete er ausweichend. »Wir wollten Informationen sammeln. Uns wurden Gerüchte zugetragen.«

»Welche Gerüchte? Woher kommt ihr überhaupt?«

Grand fragte sich, was der Frilur über die Dorianer und deren Geschichte wissen konnte. Wusste er, dass sie aus einem anderen Universum stammten?

»Wir stammen aus der Heimat der Dorianer, haben jedoch über viele Millionen Jahre keinen Kontakt mehr zu ihnen gehabt. Unser Verhältnis war … angespannt. Dann waren sie plötzlich verschwunden.« Grand formulierte bewusst vage, um sich nicht auf Details festlegen zu müssen. Er konnte nicht wissen, welche Erklärungen sie in Schwierigkeiten bringen konnten. »Als wir kürzlich erfahren haben, dass sie hier zu finden sein sollen, wollten wir überprüfen, ob dies den Tatsachen entspricht. Eurer Reaktion nach zu urteilen, scheint das Gerücht zu stimmen.«

»Die Dorianer verbergen sich tatsächlich seit vielen zehntausend Jahren hinter dem Energiewall, und ihr seid anscheinend nicht die Einzigen, die nach ihnen suchen«, entgegnete Elainon zu Grands Überraschung. »Vor kurzer Zeit konnten wir ein kleines dorianisches Schiff, ebenso alt wie das eure, dabei beobachten, wie es die galaxisumspannende Abschirmung überwand, bevor wir es erreichen konnten. Wir wissen nicht, wie das möglich war.«

Rigoran!, dachte Grand und versuchte, sich seinen Schock nicht anmerken zu lassen. Was konnte der Gerbaraner vorhaben? Hatten die Frilur bemerkt, dass das kleine Schiff kurz zuvor aus der *Sonnenwind* ausgeschleust worden war? Grand setzte darauf, dass dies nicht der Fall war.

»Wir haben mehr als nur ein Schiff ausgesandt«, sagte er stattdessen. »Eines davon muss unmittelbar vor uns hier eingetroffen sein.«

»Ihr könnt also den Energiewall durchdringen?« Selbst in der Simultanübersetzung war der misstrauische Unterton nicht zu überhören.

»Alle unsere Versuche sind bisher gescheitert«, musste Grand wahrheitsgemäß zugeben. »Ich habe keine Ahnung, wie dies dem anderen Schiff gelungen ist.« Auch dies entsprach der Wahrheit. Rigoran musste etwas entdeckt haben, was ihnen entgangen war. »Seid ihr die Wächter der Dorianer?«

Elainon stieß ein rhythmisches Zischen aus, was wohl einem Lachen entsprach. »Ganz und gar nicht! Wir gehören zu den Völkern, die von den Dorianern aus dieser Galaxie vertrieben wurden. Mehrere Hundert Zivilisationen haben ihre Heimat verloren, weil die Dorianer die gesamte Galaxie für sich beanspruchen. Keiner hatte ihrer technologischen Überlegenheit etwas entgegenzusetzen. Nachdem die ersten Spezies, die sich weigerten, der Aufforderung nachzukommen und zu verschwinden, erbarmungslos vernichtet wurden, gab es keinen weiteren Widerstand. Seitdem ist unsere ehemalige Heimat hermetisch abgeriegelt.«

»Warum habt ihr uns angegriffen?«

»Wir patrouillieren rings um den Wall, und wenn wir auf einzelne dorianische Schiffe stoßen, greifen wir sie sofort an. Euer Schiff ist eindeutig dorianischer Herkunft, auch wenn dieser Typ schon seit vielen Millionen Jahren nicht mehr gesichtet wurde. Wir hielten euch für Nachzügler, die zu ihrem Volk vorstoßen wollten. Und ich bin immer noch nicht sicher, ob es sich nicht genauso verhält. Woher weiß ich, dass ihr die Wahrheit sagt? Vielleicht sollten wir euch besser vernichten, anstatt ein Risiko einzugehen.«

»Elainon«, sagte Grand eindringlich, und er konnte nur hoffen, dass seine Ernsthaftigkeit auch in der Übersetzung zu spüren war. »Wir sind keine Freunde der Dorianer. Ich weiß nicht, wie ich das beweisen kann, aber unser Schiff stellt sicher keine Gefahr für euch dar. Unsere Vernichtung wäre nichts weiter als eine billige Rache an Unschuldigen für euer erlittenes Unrecht. Ihr wärt damit nicht besser als die Dorianer! Ich kann euch jedoch eines versprechen: Sollte es uns gelingen, den Wall zu überwinden, werden wir versuchen, weiteres Unrecht zu verhindern. Uns zu töten bringt euch keinen Gewinn, uns am Leben zu lassen kann für euch hingegen von Vorteil sein.«

Der Frilur dachte ein paar Sekunden nach. »Es wäre tatsächlich unehrenhaft, ein solch altes Schiff im Kampf zu besiegen. Es würde zudem die Waagschale im Kampf gegen die Dorianer nicht zu unseren Gunsten neigen. Aber vielleicht stimmt es ja, was du sagst, und ihr könnt etwas erreichen, was uns verwehrt war. Versucht nur weiterhin, den Wall zu durchbrechen. Es sei euch erlaubt. Aber enttäuscht mich nicht in meiner Großmut!«

»Ich danke dir, Elainon! Ich verspreche dir, dass du deine Entscheidung nicht bereuen wirst.«

Das Hologramm erlosch und die Sternschiffe lösten die Umzingelung der *Sonnenwind* auf. Sie beschleunigten und verschwanden im Bulk.

»Das waren ganz vernünftige Kerle«, sagte Jalina.

»Ja! Man hat ihnen übel mitgespielt und trotzdem vertrauen sie uns. Das hätte auch anders laufen können.«

»Was machen wir jetzt?«

»Wenn es Rigoran gelungen ist, den Energiewall zu durchstoßen, dann muss es auch für uns möglich sein. Wir müssen nur rauskriegen, wie er es gemacht hat.«

»Und warum er in die Galaxie wollte! Was kann er vorhaben?«

»Sicher nichts Gutes«, vermutete Grand düster.

44.

Sie waren mehrere Zehntausend Lichtjahre an der Energiebarriere entlanggeflogen, immer wieder von Zwischenstopps im Normalraum unterbrochen. Hakera hatte alle ihre Sensoren und Scanner eingesetzt, um das Geheimnis des goldenen Walls zu lüften, jedoch auch nach nunmehr fast zwei Tagen immer noch ohne Erfolg. Die KI hatte mehrere Drohnen ausgeschickt, die jedoch alle an der Barriere gescheitert waren. Sowohl im Normalraum als auch beim Flug durch den Bulk wurden sie exakt 0,314 Sekunden, nachdem sie in den Wall eingedrungen waren, zerstört. Er schien aus einer Kombination fünf- und sechsdimensionaler Felder zu bestehen, die sowohl einen Durchflug im Normalraum, als auch im Bulk verhinderten, indem sie lokale Stringverzerrungen erzeugten, die das Raum-Zeit-Gefüge denaturierten. Vereinfacht ausgedrückt konnte man sagen, dass innerhalb des Bereichs, den das goldene Feld abdeckte, die Struktur des Universums so verändert worden war, dass die Existenz von Materie unmöglich wurde. Außerdem gab es noch eine Feldkomponente, die Hakera nicht identifizieren konnte.

»Irgendwie muss Rigoran es geschafft haben, diesen Effekt aufzuheben«, sagte Jalina. »Das ist umso erstaunlicher, da er an Bord des Beibootes über weniger technische Möglichkeiten verfügt, als es auf der *Sonnenwind* der Fall ist.«

»Es kann sich demzufolge nicht um eine technische Lösung handeln«, vermutete Grand.

»Oder um eine, auf die wir noch nicht gekommen sind!«

»Michael hat recht«, mischte sich Hakera in das Gespräch ein. »Ich habe alle möglichen technologischen und hyperphysikalischen Möglichkeiten, die mir zur Verfügung stehen, entweder ausprobiert oder durchgerechnet. Auf diese Weise ist der Wall nicht zu durchdringen. In aller Bescheidenheit muss ich anfügen, dass Rigoran keine KI mit meinen überlegenen intellektuellen Fähigkeiten an seiner Seite hat. Es ist also auszuschließen, dass er eine technische Möglichkeit gefunden hat. Es muss etwas anderes, einfacheres sein.«

»Hakera«, sagte Grand, dem eine Idee gekommen war. »Waren die Drohnen, die wir ausgeschickt haben, als dorianische Drohnen identifizierbar?«

»Sie waren zwar hier an Bord speziell gefertigt worden, entsprachen aber nur einem Standarddesign, das von jeder beliebigen Spezies stammen könnte. Ein interessanter Gedanke! Ich werde von den Bots umgehend eine Drohne anfertigen lassen, die permanent eine dorianische Kennung aussendet. Ich denke jedoch nicht, dass es tatsächlich so einfach ist.«

Ein paar Minuten später schleuste die KI eine kleine Drohne aus, die sich als dorianisches Objekt zu erkennen gab. Sie explodierte, ebenso wie alle anderen zuvor, kurz nachdem sie in die Barriere eingedrungen war.

»So einfach konnte es ja nicht sein«, sagte Jalina enttäuscht. »Wenn es das wäre, hätten die anderen Spezies rund um den Wall mit dieser Methode schon längst Erfolg gehabt. Es kann ja nicht schwer sein, eine dorianische Kennung zu fälschen.«

»Moment!«, sagte Hakera. »Wir könnten auf dem richtigen Weg sein. Diese Drohne ist ein paar Hundertstelsekunden später vernichtet worden, als die Vorherigen. Das könnte von Bedeutung sein. Lasst mich das überprüfen.«

Hakera schickte eine weitere Drohne aus, die das gleiche Schicksal erlitt.

»Sie wurde ebenso vernichtet wie alle Drohnen zuvor. Allerdings erst nach 0,455 Sekunden«, berichtete die KI. »Die dorianische Kennung verzögert die Zerstörung um genau 0,141 Sekunden. Es sieht so aus, als ob jedes einfliegende Objekt einem mehrstufigen Test unterzogen würde und wir eine weitere Stufe überstanden hätten. Es muss jedoch mindestens einen weiteren Test geben, an dem meine Drohnen scheitern.«

»Einen Test, den Rigoran bestanden haben muss«, sagte Grand.

»Vielleicht ist es kein Test, sondern etwas sehr viel Einfacheres!« Grand kannte Jalina gut genug, um an ihrem Gesichtsausdruck erkennen zu können, dass sie Witterung aufgenommen hatte. »Was unterscheidet eine Drohne von Rigorans Schiff? Es befindet sich kein Lebewesen an Bord!«

»Denkst du nicht, die Frilur oder andere Spezies, die versucht haben, den Wall zu durchbrechen, hätten nicht bereits versucht, ein bemanntes Schiff mit dorianischer Kennung zu benutzen?«

»Natürlich, doch es darf nicht irgendein beliebiges Lebewesen an Bord sein. Es funktioniert nur dann, wenn auch das Lebewesen Spuren dorianischer Abstammung aufweist!«

»Die Gerbaraner stammen aber nicht von den Dorianern ab.« Grand wusste nicht, worauf Jalina hinauswollte.

»Aber Rigorans DNA wurde über die Jahrtausende seiner Unsterblichkeit von dorianischen Nanoassemblern umgebaut. Das muss nachweisbare Spuren hinterlassen haben.«

»Die Nanoassembler wurden entfernt, als man in der Exodus-Sphäre unsere Körper rekonstituiert hat«, erinnerte sie Grand.

»Aber die Spuren ihres Wirkens sind immer noch nachweisbar, auch in unseren neuen Körpern. Unsere DNA wurde mithilfe dorianischer Technik stark modifiziert. Wir erhielten eine ungewöhnlich hohe Immunität gegen Krankheiten, unsere Telomere wurden nach dorianischem Muster komplett umgebaut und erneuert und einiges mehr. Du und ich, wir tragen sowieso genetische Reste unserer fernen dorianischen Ahnen in uns, aber auch Rigoran trägt nun solche Spuren im Körper, nachdem sie seiner DNA künstlich aufgepfropft wurden. Hakera hat festgestellt, dass es eine uns unbekannte Feldstruktur in dem Energiewall gibt. Was, wenn diese nur Lebewesen durchlässt, bei denen eine dorianische Komponente nachweisbar ist?«

»Hm …«, Grand war skeptisch. »Hakera, was meinst du dazu?«

»Jalinas Hypothese entbehrt nicht einer gewissen Logik. Vielleicht wollten die Dorianer tatsächlich sicherstellen, dass 'Nachzügler', wie Elainon sie genannt hat, die Absperrung durchdringen können.«

»Wie konnte Rigoran davon wissen?«, wunderte sich Grand.

»Das werden wir wohl nur herausfinden, wenn wir ihm folgen und ihn fragen«, sagte Jalina.

45.

Grand hatte ein ungutes Gefühl bei der Sache. Sie gingen ein hohes Risiko ein, wenn sie sich auf Jalinas Theorie verließen. Hakera hatte zwar eine Wahrscheinlichkeit von knapp achtzig Prozent berechnet, dass unter Abwägung aller bekannten Faktoren der Durchflug klappen sollte, aber das bedeutete ebenso eine Wahrscheinlichkeit von zwanzig Prozent für ihr Scheitern, was gleichbedeutend mit ihrem Tod sein würde.

»Rigoran ist durchgekommen und das ist die einzig logische Erklärung für seinen Erfolg.« Jalina sah ihrem Lebensgefährten an, dass er von der Idee nicht begeistert war. »Es ist unsere letzte Chance, wenn wir die Katastrophe noch verhindern wollen.«

»Bist du bereit, dafür dein Leben einzusetzen?«

»Es wäre nicht das erste Mal, oder?« Sie zwinkerte ihm zu. »Was wäre die Alternative? Uns hier irgendwo einen netten Planeten zu suchen und dort den Rest unseres Lebens zu verbringen?«

»Eigentlich war es auf Welkor-Minor gar nicht so schlecht«, erwiderte Grand lächelnd.

»Drei Monate, Michael! Das war fast wie ein Urlaub. Außerdem hatten wir gar keine andere Wahl. Und wie ich dich kenne, wärst du nach ein paar Jahren dort verrückt geworden.«

Grand wusste, dass Jalina recht hatte – wieder einmal! Früher oder später wäre er an seiner Hilflosigkeit verzweifelt. Sie hatten bereits zweimal versagt und konnten jetzt nicht einfach aufgeben, nur weil es riskant werden konnte. Zu viel stand auf dem Spiel. Das Schicksal zukünftiger Generationen unzähliger Spezies lag in ihren Händen. Auch wenn er diesen Gedanken einerseits unvorstellbar und beinahe übertrieben pathetisch fand, so entsprach er andererseits jedoch den Tatsachen. Die Mächte des Megaversums hatten ihre Hoffnung in sie gesetzt und Grand wusste tief im Innern, dass sie dieser Verantwortung nicht ausweichen durften. Sie hatten bereits mehr als einmal ihr Leben riskiert, und das bei deutlich geringeren Erfolgsaussichten, zudem war der Anlass diesmal gewichtiger als jemals zuvor.

»Vielleicht habe ich weniger Angst vor dem Tod als davor, erneut zu scheitern«, gab er zu.

»Wenn wir es nicht versuchen, dann *sind* wir bereits gescheitert!«

Grand bewunderte Jalinas Stärke. Sie würde selbst angesichts scheinbar unüberwindlicher Schwierigkeiten niemals aufgeben, wenn es darum ging, ein Ziel zu erreichen. Es war eine der vielen Eigenschaften, die er an ihr liebte.

»Es übersteigt meine Vorstellungskraft, dass von dem, was wir tun oder nicht tun, die Existenz des gesamten Multiversums abhängen könnte«, sagte er. »Es lähmt mich und es überfordert mich. Es ist einfach nicht *richtig*!«

»Gab es bei euch Terranern nicht einmal die Analogie des Schmetterlings, dessen Flügelschlag einen Wirbelsturm auf der anderen Seite des Planeten auslösen könnte?«

Grand musste unwillkürlich lachen. Natürlich kannte Jalina das Prinzip der nicht-linearen Dynamik eines deterministischen Systems. Auch die Kolltaner beherrschten schließlich die Chaostheorie. Aber sie verstand es sehr gut, komplexe Sachverhalte einfach auszudrücken und dabei gleichzeitig einen Scherz zu machen, um die Situation zu entspannen. Es stimmte natürlich, dass sich beliebig kleine Änderungen der Anfangsbedingungen eines Systems langfristig auf die Entwicklung dieses Systems auswirkten. Vielleicht waren er und Jalina tatsächlich die Schmetterlinge, die einen Orkan auslösen konnten – oder ihn in diesem Fall zu verhindern vermochten.

»Also gut, mein kleiner Schmetterling«, sagte er und grinste. »Dann wollen wir mal kräftig mit unseren Flügeln schlagen!«

»Biologische Geschöpfe! So irrational«, stöhnte Hakera abfällig. Sie hatte die Diskussion bis jetzt kommentarlos verfolgt. Die KI konnte ihren scheinbaren Missmut über die emotionalen Schwächen organischer Lebewesen überzeugend zum Ausdruck bringen, auch wenn sie es in Wahrheit nicht ernst meinte. »Kann ich nun endlich mit dem Anflug auf den Energiewall beginnen oder soll ich einen Avatar schicken, der dir das Händchen hält, Michael?«

»Manchmal wünschte ich, es gäbe einen Schalter, der dir einfach den Saft abdreht«, sagte Grand scherzhaft.

»Das wäre unklug, wenn ihr überleben wollt«, gab Hakera schnippisch zurück. »Ohne mich wärt ihr schon lange zwei sehr tote Schmetterlinge!«

Grand wusste, dass ein weiterer Wortwechsel mit der KI nur auf eine Art enden konnte: Er würde ihn verlieren. Außerdem hatte Hakera natürlich recht. Sie hatte ihnen mehr als einmal das Leben gerettet. »Dann leg los!«, sagte er deshalb nur.

Sie hatten beschlossen, den Durchbruch im Normalraum zu versuchen. Soweit Hakera hatte feststellen können, schien der goldene Energieschleier nur wenige Lichtminuten dick zu sein. Die KI aktivierte die Freund-Feind-Kennung der *Sonnenwind* und sendete gleichzeitig auf allen Frequenzen die Nachricht, dass sich zwei Angehörige einer dorianischen Sub-Spezies an Bord befanden. Zusätzlich deaktivierte sie sämtliche Schutzschirme außer denen zur Abwehr von Mikrometeoriten, fuhr alle Waffensysteme komplett herunter und beschleunigte auf ein Drittel der Lichtgeschwindigkeit.

»Wir werden in zehn Sekunden auf das äußere Energiefeld des Walls treffen«, sagte sie.

Grand und Jalina setzten sich in ihre Kontursessel. Energetische Rückhaltefelder zogen sie tief in die Polster.

»Drei Sekunden!«

Grand schloss die Augen und griff nach Jalinas Hand.

»Kontakt!«, sagte die KI.

Zunächst änderte sich nichts. *Die 0,4 Sekunden müssen schon längst vorüber sein*, dachte Grand. *Wir leben noch!* Dann durchlief ein leichtes Zittern die Schiffszelle und Grand hatte das Gefühl, zarte Finger würden seinen Geist berühren.

»Spürst du das?«, fragte er Jalina.

»Ja! Es fühlt sich an, als ob jemand meine Gedanken streichelt«, sagte sie leise.

Das Gefühl war nicht unangenehm, sondern nur seltsam. Dann hörte es allmählich auf. Auch das Zittern der Schiffszelle ließ langsam nach.

»Wir leben noch«, sagte Jalina und es klang beinahe erstaunt.

»Wir haben etwa die Hälfte des Energiewalls überwunden«, gab Hakera bekannt. »Erfolgswahrscheinlichkeit jetzt bei nahezu einhundert Prozent.«

Auf dem Hauptholo konnte Grand sehen, wie der sie umgebende Raum in ein goldenes Licht getaucht wurde. Die Konturen der vor ihnen liegenden Sterne traten allmählich schärfer hervor. Dann lag der Energiewall hinter ihnen.

»Durchbruch erfolgt«, sagte Hakera überflüssigerweise.

Grand wollte gerade antworten, als ohne Vorwarnung drei Objekte vor ihnen aus dem Nichts erschienen. Wenn es Raumschiffe waren, dann ähnelten sie nichts, was er in seinem langen Leben je zu Gesicht bekommen hatte. Was oder wer auch immer diese Objekte erschaffen hatte, konnte mit den Dorianern, die Grand kennengelernt hatte, nichts zu tun haben.

46.

»Was zum Teufel ist das?«, entfuhr es Grand. Auf dem Hauptholo zeichneten sich drei Gebilde ab, die mit der vertrauten Vorstellung eines Raumschiffes nichts zu tun hatten. Sie besaßen keine feste Form und das Auge konnte sich an nichts festhalten. Die drei Objekte glichen eher sich ständig verändernden Energiewolken, die wie Seifenblasen in allen Farben schillerten. Sie drehten und verformten sich, zogen sich zusammen und dehnten sich wieder aus, sie krümmten sich und waren in sich verwirbelt. Allein der Anblick bescherte Grand ein flaues Gefühl im Magen und einen leichten Schwindel.

»Meine Sensoren messen seltsame Energiestrukturen, die fast … nein … unmöglich! … Das wäre … gebt mir noch etwas Zeit, ich muss das nochmals überprüfen!«

Grand hatte es selten erlebt, dass die KI nicht nur verblüfft, sondern geradezu sprachlos war. Eigentlich hatte er es noch nie erlebt.

Die Rückhaltefelder lösten sich. Grand konnte sich wieder frei bewegen und auch Jalina streckte sich neben ihm.

»Müssen die so eng sein?«, murmelte sie vor sich hin. Dann stand sie auf und stellte sich dicht vor das Hauptholo, in dem sich die drei Objekte drehten und wanden. Jalina musterte die drei Gebilde nachdenklich. »Sie sind einfach hier aufgetaucht, ohne Vorwarnung durch die Hypertaster und Bulkscanner. Ihr Antrieb muss völlig anders funktionieren als unser Hyperdrive. Hakera, bestehen sie überhaupt aus Materie oder nur aus reiner Energie?«

»Das ist … schwer zu sagen.« Die KI klang immer noch verwirrt. »Keine der Energieformen ist mir bekannt, auch wenn ich eindeutige Muster und Strukturen erkennen kann. Es ist fast, als ob … lacht mich bitte nicht aus … als ob dort draußen die Manifestation reinen Geistes vor uns steht. Die Strukturen entsprechen verblüffend denen eines Intellekts, ähnlich meiner Ego-Matrix und meines Emotio-Kerns. Aber gleichzeitig wirken sie auch wieder anders, fremdartiger, *organischer*. Ich weiß, das klingt unsinnig, denn dort schwebt nichts Organisches im All, aber die Systemarchitektur ähnelt der eines denkenden Gehirns, nur eben als rein energetische Struktur aus nicht fassbaren Energieformen. Ich kann es leider nicht besser beschreiben.«

»Es sind die Dorianer in der Endstufe ihrer Existenz auf dieser Ebene!«, rief Grand aus. Er war sich sicher, dass es so sein musste. »Sie haben sich bereits von der Materie gelöst und existieren nur noch als reine Energie. Sie stehen kurz davor, das Universum endgültig zu verlassen und ins Multiversum überzuwechseln!«

#*Du liegst beinahe richtig!*# Die Stimme dröhnte in seinem Kopf, und an Jalinas schmerzverzerrtem Gesicht konnte Grand erkennen, dass auch sie die mentale Stimme vernommen hatte. Grand presste unwillkürlich die Hände gegen die Schläfen und stöhnte auf. Es fühlte sich an, als würde die Stimme seinen Kopf zum Platzen bringen.

»Hör auf!«, schrie er. »Du bringst uns um!«

#Ist es so besser?#

Jetzt war die Stimme nur ein leises Säuseln in seinen Gedanken. Grand empfand es immer noch als unangenehm, so als würden fremde Finger in sein Gehirn eindringen, doch es war erträglich.

»Kannst du meine Gedanken lesen?«, fragte er.

#Nein. Ich kann sie nur interpretieren, wenn du sie bewusst und gezielt ausformulierst. Alles Unbewusste und Vage bleibt mir verschlossen. Wenn du nur denkst, anstatt zu sprechen, empfinde ich deine Gedanken wie verschwommene Lichter in dichtem Nebel. Ich sehe, dass dort etwas ist, kann es jedoch nicht erkennen. Wenn du mit mir kommunizieren willst, musst du deine Gedanken so klar und eindeutig formulieren, als würdest du sie aussprechen wollen.#

»Wer seid ihr?«

#Wer seid ihr?#, kam die Gegenfrage.

»Suchende! Wir bringen Fragen und suchen Antworten.«

#Was erwartet ihr von uns?#

»Wir wollen mit euch reden. Ihr seid Dorianer!«, stellte Grand fest.

#Das waren wir, doch nun sind wir etwas anderes.#

»Was seid ihr jetzt?«

#Mentale Konstrukte, die noch teilweise an Materie gebunden sind. Was ihr vor euch seht, sind drei dieser Konstrukte, die hierhergesandt wurden, um zu überprüfen, ob ihr würdig seid.#

»Würdig? Würdig wozu?«

#Teilzuhaben an dem, was vor uns liegt!#

»Der Aufstieg ins Multiversum«, stellte Grand fest.

#Ihr kennt unseren Plan? Vielleicht seid ihr tatsächlich würdig. Zumindest habt ihr den ersten Test bestanden und die Barriere

überwunden. In euch schlummert demnach unser Erbe. Ob dies ausreicht, muss jedoch noch genauer überprüft werden.#

»Was ist, wenn wir daran kein Interesse haben?«

#Kein Interesse?# Die Stimme klang nun verwirrt. *#Warum solltet ihr an der Erfüllung des größten Zieles, das ein Intelligenzwesen haben kann, kein Interesse zeigen? Was wollt ihr dann hier?#*

»Wir verfügen über Informationen, die für euren Plan von großer Wichtigkeit sind.«

#Welche Informationen?#

»Bist du befugt, für alle … äh … Konstrukte zu sprechen?«

Die Stimme schwieg einen Moment. *#Ich … wir drei … sind untergeordnete Elemente des Ganzen. Noch sind wir nicht vollständig zu einer Einheit verschmolzen. Es gibt noch … Unterschiede zwischen uns. Eine Individualität einzelner Elemente.#*

»Gibt es auch unterschiedliche Meinungen? Gibt es Streit?«

#Wieso fragst du das?#

»Wer spricht für euch alle?«, entgegnete Grand, ohne auf die Frage einzugehen.

Wieder zögerte die Stimme. *#Niemand!#*, sagte sie schließlich.

»Spricht jemand für eine Mehrheit?«

#Ja! Es existiert eine solche Instanz.#

»Wir müssen mit dieser Instanz reden.«

#Ihr werdet hier warten. Wir werden uns beraten und zurückkehren. Bis dahin ist es euch verboten, weiter in die Galaxie einzudringen. Nicht alle, auf die ihr dort treffen könntet, dürften euch wohlgesonnen sein.#

Ohne ein weiteres Wort lösten sich die drei Energiestrukturen, die drei *Konstrukte*, einfach auf. Die *Sonnenwind* trieb wieder allein im All.

»Wir sind wohl gerade noch rechtzeitig gekommen! Wenn das tatsächlich die Dorianer waren, dann sind sie diesem Universum schon größtenteils entrückt. Ihr Aufstieg muss kurz bevorstehen«, stellte Jalina fest, nachdem die drei Energieblasen, oder was immer es auch gewesen sein mochte, verschwunden waren.

»Es sieht tatsächlich so aus, als ob die Dorianer ihre körperliche Existenz bereits hinter sich gelassen hätten. Aber sie sind immer noch an dieses Universum gebunden«, sagte Grand.

»Mir scheint etwas anderes viel interessanter zu sein.« Hakera erschien als eiförmiger Avatar in der Zentrale. »Ich habe die wenigen konkreten Aussagen analysiert und einige Schlussfolgerungen ziehen können. Es sieht so aus, als gäbe es mehrere Fraktionen unter den bereits vergeistigten, aber noch nicht aufgestiegenen Dorianern. Und sie stehen einander nicht alle freundlich gegenüber. Das ist nicht weiter verwunderlich, da meine Erbauer schon lange in viele Untergruppen zerfallen waren. Nur das gemeinsame Ziel der Flucht aus ihrem Heimatuniversum hat sie angesichts der vermeintlichen Bedrohung noch einmal zusammengeschweißt. Nun scheinen jedoch die Konflikte wieder aufgebrochen zu sein. Sie haben zwar erneut ein gemeinsames Ziel – den Aufstieg –, doch das übertüncht auch jetzt nur die inneren Widersprüche der verschiedenen Gruppen und Fraktionen.«

Grand wusste, was das bedeutete. »Hier wird bereits der Keim für die spätere Aufspaltung in das Coniunctional und den Devorator gelegt«, rief er aus.

»So sehe ich das ebenfalls«, bestätigte Hakera. »Es ist den Dorianern offensichtlich nie mehr gelungen, wirklich zu einer Einheit zu werden. Sie bilden auch jetzt wieder nur eine Zweckgemeinschaft ohne stringente Identität oder gar eine für alle verbindliche Moral. Früher oder später musste dieses fragile Bündnis zerbrechen. Das Unglück besteht darin, dass dies zu einem Zeitpunkt geschah – oder von hier aus betrachtet, geschehen wird –, zu dem sie über unvorstellbare Macht verfügen. Genügend Macht, um das gesamte Multiversum ins Unglück zu stürzen.«

»Dann ist es umso wichtiger, dass wir mit denen reden, die hier und jetzt über Macht verfügen. Wir müssen ihnen die Wahrheit sagen und darauf hoffen, dass sie die richtigen Schlussfolgerungen daraus ziehen. Wenn wir sie über die Gefahr informieren, die von ihren inneren Gegensätzen in der Zukunft ausgehen wird, können sie das drohende Schisma, die Aufspaltung in zwei sich bekämpfende Entitäten vielleicht vermeiden. Keine der heute noch existierenden Fraktionen kann ein Interesse daran haben, in eine ewig währende Auseinandersetzung zu geraten, die das Multiversum zerstören könnte.«

Grand verspürte zum ersten Mal wieder so etwas wie Hoffnung. Die Dorianer waren eine hoch entwickelte Spezies, die seine Argumente nicht ignorieren würde. Vielleicht konnte es ihnen doch noch gelingen, das Multiversum zu retten!

47.

Sie mussten nicht lange warten. Nur eine halbe Stunde später erschien eines der Energiekonstrukte vor der *Sonnenwind.* Sie mussten fantastische Überlichtgeschwindigkeiten erreichen können, falls sie überhaupt eine Technologie verwendeten, die der eines Raumschiffes entsprach. *Vielleicht gelten für sie die Gesetze von Raum und Zeit, wie wir sie kennen, bereits nicht mehr*, dachte Grand. Er konnte nicht sagen, ob es eines der drei Konstrukte war, denen sie zuvor begegnet waren, doch das spielte keine Rolle. Viel wichtiger war, was es ihnen mitzuteilen hatte. Würde man ihnen erlauben, den maßgeblichen Instanzen gegenüberzutreten?

#Fliegt zu diesen Koordinaten#, sagte die Stimme in ihrem Geist. *#Man wird euch dort anhören.#*

In der nächsten Sekunde war das *Energiewesen* wieder verschwunden.

»Ich habe ein Datenpaket empfangen«, gab Hakera bekannt. »Das Ziel liegt ungefähr 73.000 Lichtjahre von hier entfernt.«

»Auf der anderen Seite der Galaxie«, stellte Grand fest. »Beinhaltet das Datenpaket Angaben über das Ziel?«

»Nein, es ist nur ein Koordinatensatz. Ich habe keine Ahnung, was wir dort vorfinden werden.«

»Nun ja, was immer sich dort befindet, wir haben sowieso keine andere Wahl, als dorthin zu fliegen. Ich hoffe nur, dass es keine Falle ist.«

»Wenn die Dorianer uns vernichten wollten, hätten sie es längst getan. Ich bin sicher, die *Sonnenwind* ist kein ernsthafter Gegner für sie. Wir müssen für sie so etwas sein, wie es eure Neandertaler für die Terranische Raumflotte wären.« Hakeras Worte waren nicht dazu angetan, Grand zu beruhigen. Nachdem sie den goldenen Wall durchbrochen hatten, waren sie den Dorianern auf Gedeih und Verderb ausgeliefert. *Falls ihnen nicht gefällt, was wir zu sagen haben, könnte es unangenehm für uns werden*, überlegte Grand. *Manchmal muss der Überbringer einer schlechten Nachricht für deren Inhalt büßen.*

»Dann wollen wir sie nicht länger warten lassen«, entschied er. »Maximale Geschwindigkeit!«

»Die Flugzeit wird unter Berücksichtigung aller Faktoren rund zwei Stunden betragen«, sagte Hakera. »Ich schlage vor, ihr nutzt die Zeit, um euch auszuruhen.«

Hakera hat recht, überlegte Grand. Sie hatten in den vergangenen Tagen kaum geschlafen, und wenn sie die Dorianer von der Gefahr, die deren inneren Konflikte in der Zukunft mit sich bringen würden, überzeugen wollten, mussten sie hellwach und in Bestform sein. Sie konnten sich keine Schwäche erlauben. Dies war ihre allerletzte Chance, noch etwas zu bewirken, und sie durften sie nicht ungenutzt verstreichen lassen. Auch Jalina hatte Ringe unter den Augen und sah müde aus. Sie sahen sich an, nickten und gingen in ihre Kabine, wo sie ohne viele Worte auf das A-Grav-Bett sanken und sofort einschliefen.

Fast zwei Stunden später riss ein unaufdringlicher Gong Grand aus seinem Schlaf. Er fühlte sich kein bisschen besser als zuvor und er konnte Jalina ansehen, dass auch sie noch einige Stunden in dem bequemen Bett hätte gebrauchen können, um wieder vollständig zu Kräften zu kommen.

»Wir erreichen die Zielkoordinaten in drei Minuten«, sagte Hakera über Interkom.

Grand warf sich eine Handvoll eiskaltes Wasser ins Gesicht und Jalina hielt sogar ihren Kopf unter den Wasserstrahl.

»Ich muss mir keine Gedanken über nasse Haare machen«, sagte sie augenzwinkernd, wobei sie gleichzeitig herzhaft gähnte.

Als sie die Zentrale erreichten, verblieb noch eine Minute.

»Hast du über deine Langstreckenscanner etwas über das Ziel erfahren können?«, fragte Grand die KI.

»Es handelt sich um ein Sonnensystem mit nur einem Planeten, von dem ebenso seltsame Energieemissionen ausgehen wie von den Konstrukten. Mehr weiß ich leider noch nicht.«

»Wir werden es ja gleich selbst sehen«, warf Jalina ein und rieb sich die geröteten Augen.

Dann verließ die *Sonnenwind* den Bulk. Im Hauptholo leuchtete eine nicht weiter bemerkenswerte Sonne der Klasse A. Sie war etwa doppelt so groß wie Sol und ihr helles, weiß-blaues Licht beschien ihren einzigen Trabanten – der allerdings durchaus bemerkenswert war!

Er umkreiste sein Zentralgestirn auf einer engen Umlaufbahn, sodass ein Jahr dort nur neunundsiebzig irdische Tage dauerte. Durch die hohe Oberflächentemperatur der Sonne und den engen Orbit mussten dort wahrhaft höllische Temperaturen herrschen.

Doch das war es nicht, was den Planeten so besonders machte. Er war vollständig von metallenen Bauwerken bedeckt und glitzerte im Licht seiner Sonne wie eine Discokugel, wie Grand sie von seinen Jugendjahren auf der Erde kannte. Als Hakera näher heranzoomte, konnte er sehen, dass der größte Teil der Oberfläche von etwas bedeckt war, das Sonnenkollektoren ähnelte.

»Durch die Nähe zur Sonne und deren hohe Leuchtkraft muss die Energieaufnahme enorm sein«, stellte Jalina fest, die die gleiche Beobachtung gemacht hatte.

»Der Planet scheint ein einziger gigantischer Quantencomputer zu sein«, sagte Hakera. »Zumindest deuten meine Messergebnisse darauf hin. Dafür brauchen sie jede Menge Energie. Warum sie künstlich erzeugen, wenn eine riesige Energiequelle direkt vor der Haustür liegt?«

»Woher haben die Dorianer die gewaltigen Mengen an Metall für dieses … Ding?«, wunderte sich Grand. »Das kann unmöglich alles nur von diesem Planeten stammen.«

»Das gesamte System ist wie leer gefegt«, antwortete Hakera. »Keine Asteroiden, keine anderen Planeten, es besitzt nicht einmal eine Oortsche Wolke. Das ist völlig unnatürlich. Ich vermute, die Dorianer haben es vollständig ausgebeutet, um diese Anlage zu erschaffen. Vielleicht haben sie den Planeten sogar dichter an seine Sonne versetzt, um die Energieausbeute zu erhöhen.«

Plötzlich schlugen die Energietaster, Scanner und Sensoren der *Sonnenwind* Alarm. Wie aus dem Nichts erschienen Abermillionen der energetischen Konstrukte im All. Sie umgaben die *Sonnenwind* von allen Seiten. Selbst wenn sie gewollt hätten, wäre eine Flucht nun unmöglich gewesen. Grand war überzeugt, dass es den Konstrukten ein Leichtes sein würde, die *Sonnenwind* in ihre Atome zu zerlegen, wenn sie nur einen falschen Schritt machten. Sie waren in eine Falle gelaufen. Nun musste sich zeigen, ob es sich nur um eine Vorsichtsmaßnahme der misstrauischen Dorianer oder um ein gezieltes Manöver handelte, um das Schiff zu vernichten. Im zweiten Fall waren sie bereits so gut wie tot!

#ERKLÄRT EUCH!#

Grand und Jalina brachen schreiend zusammen, als die Stimme ihren Geist zu zermalmen drohte. Ihnen lief Blut aus der Nase und Grand hatte das Gefühl, sein Gehirn würde die Schädeldecke sprengen. Er kämpfte darum, nicht das Bewusstsein zu verlieren.

Im verworrenen Nebel seiner erlöschenden Gedanken war ihm bewusst, dass diese Stimme eine andere als die erste war. Er hätte nicht genau sagen können, woher er dies wusste, doch er war sich seiner Sache sicher. Sie gehörte einem viel größeren, mächtigeren und unbarmherzigeren Wesen. Es konnte ihn und Jalina mit einem einzigen seiner Gedanken töten. Vielleicht sogar unbeabsichtigt, wenn es sich der geistigen Zerbrechlichkeit der beiden organischen Lebewesen nicht bewusst war. Grand sammelte seine letzten Energien.

»Hör auf!«, dachte er so konzentriert, wie er konnte. »Du bringst uns um!«

Aus dem Augenwinkel konnte er sehen, wie ein MedBot in die Zentrale schwebte. Hakera hatte ihre Notlage bemerkt und sofort gehandelt. Grand spürte, wie der Bot ihm eine Injektion in den Hals verabreichte. Sofort ließen die bohrenden Kopfschmerzen nach und der unerträgliche Druck verringerte sich, wenn er auch nicht gänzlich verschwand. Eine warme Woge neuer Kraft durchflutete seinen Körper. Jalina erhielt die gleiche Injektion. Grand wusste, was die KI ihnen verabreicht hatte. Sie würden einen hohen Preis für die Anwendung des starken Stimulanzmittels bezahlen müssen, doch dies war jetzt nebensächlich. Falls sie die nächsten Minuten überleben sollten, konnten sie später zusammenbrechen und sich ausruhen.

#Ihr seid schwach!#

Grand verzog das Gesicht. Obwohl jetzt gedämpfter, schien die Stimme immer noch sein Gehirn zu Brei zerquetschen zu wollen. Er rappelte sich auf und half Jalina auf die Beine. Sie schleppten sich zu ihren Kontursesseln und fielen förmlich hinein.

Grand versuchte, sich zu konzentrieren. »Wir sind biologische Lebewesen und keine Supercomputer. Du solltest dich daran erinnern, was auch du einst warst.«

#Das ist lange her. Jetzt bin ich … sind wir viel mehr!#

»Ich nehme an, du bist das, was wir auf dem Planeten sehen können«, sagte Grand. Er sprach seine Gedanken laut aus. Es fiel ihm so leichter, sie zu formulieren, und auch

Jalina konnte auf diese Weise mithören, was er sagte. Die mentale Stimme vernahm sie sowieso.

#Was ihr seht, beherbergt derzeit mein Bewusstsein, das wiederum aus Milliarden einzelner Intellekte besteht. Ich bin die Führung der Dorianer. Sein Protektoratintellekt.#

»Sprichst du für alle Dorianer?« Grand glaubte, die Antwort bereits zu kennen.

Die Stimme zögerte kaum merklich. *#Ich spreche für die Mehrheit.#*

»Die Mehrheit von was?«

#Von allen Dorianern, die die körperliche Existenz hinter sich lassen wollen. Uns interessiert eine weitere technologische Entwicklung nicht. Wir haben zwei Universen erkundet und beherrscht und es gibt auf der materiellen Ebene nichts mehr von Interesse für uns. Nun ist es an der Zeit, den letzten Schritt zu tun. Wir haben Hinweise darauf gefunden, dass älteren Spezies der Aufstieg auf eine höhere Ebene der rein geistigen Existenz geglückt ist. Wir haben beschlossen, ihnen zu folgen! Es ist uns bereits gelungen, unsere physische Existenz gegen eine geistige einzutauschen. Noch benötigen wir hierfür komplexe technologische Systeme, in die wir unsere geistigen Essenzen transferiert haben. Doch bald werden wir uns aus diesen Systemen lösen, uns zu einem Ganzen vereinigen und den Aufstieg vollziehen.#

»Ihr seid jedoch nicht wirklich geeint, nicht wahr?«

Wieder verspürte Grand ein leichtes Zögern. *#Es gibt eine Fraktion, die abweichende Auffassungen hat.#*

»Abweichende Auffassungen? Worüber?«

#Du stellst viele Fragen! Erklärt euch! Was wollt ihr hier? Ihr seid dorianischer Abstammung, doch wie ich anhand eures Schiffes erkennen kann, entstammt ihr einer Epoche, die viele Millionen Jahre

in unserer Vergangenheit liegt. Ich schließe daraus, dass ihr aus unserem Heimatuniversum stammt. Uns ist wohl bewusst, dass die Zeit hier sehr viel schneller verläuft. Ihr müsst den Großen Aufbruch um viele Jahre verpasst haben. Kommt ihr nun, um euch uns anzuschließen? Dann seid ihr zu spät, denn wir sind euch längst entwachsen!#

»Du irrst! Wir stammen nicht aus eurer Vergangenheit – wir kommen weit aus der Zukunft. Und wir sind nicht hier, um uns euch anzuschließen, sondern um eine Warnung zu überbringen.«

#Eine Warnung? Von wem?#

»Von dir selbst!« Das entsprach zwar nicht ganz der Wahrheit, klang aber beeindruckend. Grand hatte nicht vor, den Dorianern etwas vom Megaversum und den dort existierenden Entitäten zu erzählen. Das konnte zu nicht absehbaren Konsequenzen führen.

#Warum sollte ich dir das glauben?#

»Überprüfe das Material meines Schiffes auf sein Alter«, sagte Grand. »Du wirst feststellen, dass es mehrere Hundert Millionen Jahre alt ist – gemessen in der Zeit deines Heimatuniversums, was auch das unsrige ist. Wir kommen aus einer Zeit, sehr, sehr lange nach eurem *Großen Aufbruch*!«

Ein paar Sekunden verstrichen. Die *Sonnenwind* war mehr als dreihundert Millionen Jahre verlassen im Leerraum zwischen den Galaxien getrieben, nachdem die Dorianer den *Großen Aufbruch* vollzogen hatten. Erst der Devorator hatte sie in seinen Dienst gestellt, als er ein Schiff für Rigoran und Silvar benötigt hatte. Eine Materialanalyse würde ihr Alter bestätigen.

#Dein Schiff weist tatsächlich ein Alter auf, das deine Behauptung zu bestätigen scheint. Wie seid ihr in der Zeit zurückgereist? Zeitreisen sind selbst mir unmöglich. Wie kann eine solch jämmerliche Zivilisation wie die deine dies bewerkstelligen?#

»Nach eurem Aufstieg wirst du mächtiger sein als je zuvor. Du hast mit uns Kontakt aufgenommen und uns zurückgesandt oder, besser gesagt, du wirst uns eines fernen Tages zurückschicken.«

#Wie lautet die Botschaft an mich selbst? Wovor kann mein zukünftiges 'Ich' mich warnen wollen?#

Jetzt wurde es heikel. Wie brachte man einem mächtigen und skrupellosen Wesen bei, dass es nach der endgültigen Verschmelzung seiner derzeit noch existierenden Elemente und dem vollzogenen Aufstieg zu einem inneren Konflikt kommen musste, aus dem zwei noch mächtigere und skrupellosere Entitäten hervorgehen würden? Was, wenn es diese Entwicklung gar nicht als negativ ansah? Würde die Warnung vor der Gefahr absoluter Macht nicht genau das Gegenteil bewirken, wenn es genau dies war, wonach die Dorianer strebten? Würden sie sich vielleicht sogar in ihrem Plan bestätigt sehen? Grand durfte nicht vergessen, dass es keine gute und keine böse Seite gab. Sowohl der Devorator als auch das Coniunctional wollten über das Multiversum herrschen und waren bereit, auf ihrem Weg zu diesem Ziel buchstäblich über Leichen zu gehen. Beide hatten lediglich unterschiedliche Vorstellungen davon, wie der Weg dorthin aussehen sollte, und keiner war bereit, nachzugeben. Das hatten er und Jalina viel zu spät und schmerzhaft erfahren müssen.

»Wie ich feststellen kann, gibt es Streit unter den verschiedenen Fraktionen«, sagte er nach kurzer Überlegung. Es war unübersehbar, dass sich bereits hier der Konflikt abzeichnete, der in der Zukunft zur Aufspaltung in das Coniunctional und den Devorator münden würde. Die Saat des Übels war hier gelegt worden. »Nach der endgültigen Verschmelzung und dem Aufstieg wird es zwischen diesen Fraktionen zu einem inneren Konflikt kommen. Es darf jedoch niemals geschehen, dass dies zu einer erneuten Aufspaltung führt. Dies würde beide Entitäten vernichten!«

#Habt ihr eine gleichlautende Botschaft an die … anderen geschickt? Ich konnte ein zweites, uraltes Schiff dabei beobachten, wie es Kontakt zu ihnen aufnahm.#

Rigoran, dachte Grand und bemühte sich, seine Gedanken nicht zu deutlich in den Vordergrund gelangen zu lassen. Sein Gesprächspartner sollte möglichst wenig von ihren eigenen Differenzen mitbekommen. Rigoran musste als Erstes auf Angehörige der anderen Fraktion gestoßen sein. Vielleicht befand er sich nun in einer ähnlichen Situation wie sie und gab seinerseits Erklärungen ab. Grand beschlichen düstere Vorahnungen, was der Gerbaraner wohl erzählen mochte.

»Wir sind nicht die Einzigen, die zurückgeschickt wurden.« Grand musste eine Erklärung finden, ohne allzu viel von der Wahrheit preiszugeben. »Die Botschaft ist zu wichtig, als dass sie nur einem einzigen Boten anvertraut werden durfte.«

#Es spielt keine Rolle#, sagte der Protektoratintellekt. *#Ich vertrete die Mehrheit. Es wird niemals zu einer Spaltung kommen, dafür werde ich sorgen. Wenn wir uns endgültig vereinigen, werden die Abweichler von der Mehrheit absorbiert werden. Wir werden eins sein! Es wird keine abweichenden Meinungen in unserem Gemeinschaftsbewusstsein geben. Ich habe deine Botschaft zur Kenntnis genommen, doch es gibt nach meinen Berechnungen keinen Anlass, irgendetwas an unseren Plänen zu ändern. Dein angeblich so wichtiger Auftrag ist erfüllt – wenn er denn tatsächlich von meinem zukünftigen 'Ich' stammen sollte, was ich nicht glauben kann! Vielleicht handelst du ja auch im Auftrag einer zukünftigen, mir feindlich gesinnten Macht, die mich in der Zukunft schwächen will.#*

Grand konnte förmlich spüren, dass man die Gefahr nicht ernst nahm. Die Gruppe der ehemaligen Dorianer, die vom Protektoratintellekt repräsentiert wurde, hielt sich in ihrer offensichtlichen Arroganz für unüberwindlich. Er wusste, dass die Garantie nichts wert war. Die Geschichte würde ihren Lauf nehmen und sie würden nichts daran geändert haben, wenn sie nun erneut versagten.

»Ihr müsst unsere Warnung ernst nehmen«, sagte er so eindringlich, wie er nur konnte. »Nicht nur deine eigene Zukunft hängt davon ab!«

#Unsere Unterredung ist beendet. Ich vertraue euch nicht und empfehle euch, diese Galaxie zu verlassen. Eure Anwesenheit ist nicht länger erwünscht.#

Grand wusste nicht, was er noch sagen konnte. Man wischte ihre Warnung einfach beiseite. Die Dorianer hielten sich für unfehlbar, ein Wesenszug, der sich durch ihre gesamte Geschichte zog wie ein roter Faden und den er auch bei Tiberius oft genug wahrgenommen hatte.

»Ihr müsst unsere Warnung ernst nehmen«, versuchte Grand es noch einmal verzweifelt. »Wir sind keine Agenten einer anderen Macht. Es wird euch nicht gelingen, die abweichenden Stimmen beim Aufstieg ohne Weiteres zu integrieren. Sie werden den Keim deines Untergangs bilden!«

#Da ich nun über die angeblich Gefahr Bescheid weiß, ist sie gebannt, wenn sie je bestanden haben sollte, was ich nicht glaube.#

»Ich muss noch einmal eindringlich …«, versuchte Grand verzweifelt einen letzten Anlauf, doch er wurde rüde unterbrochen. Der Protektoratintellekt erhöhte seinen mentalen Druck. Die Warnung war unmissverständlich.

#Verlasst die Galaxie!# Grand zuckte zusammen und ihm wurde schwarz vor Augen. Das Stimulanzmittel konnte den Ansturm der fremden Gedanken nicht wesentlich abmildern. Er stöhnte gequält auf. Jalina griff sich mit schmerzverzerrtem Gesicht an den Kopf. *#Geht augenblicklich! Ihr armseligen Kreaturen wisst nichts über meine Macht. Nach dem Aufstieg wird sie noch ungleich größer sein. Niemand, auch nicht die Abweichler unter uns, wird sie erschüttern können. Eure Warnung ist lächerlich und belanglos!#*

Gleichzeitig näherten sich etliche der Energiekonstrukte drohend der *Sonnenwind.* Aus einem von ihnen zuckte ein Energiestrahl vor den Bug des Schiffes.

»Ein Warnschuss«, sagte Hakera. »Ich kann nicht einmal sagen, welche Energieform man gerade abgefeuert hat. Ich bin aber sicher, unsere Schutzschirme hätten ihr nichts entgegenzusetzen.«

Die Kopfschmerzen ließen langsam nach. Grand fühlte eine tiefe Verzweiflung in sich aufsteigen. Sie waren so weit gekommen und hatten doch versagt. Der Protektoratintellekt, aus dem bald das Coniunctional werden würde, schien einen Gotteskomplex zu haben. Er fühlte sich unbesiegbar und allmächtig. Was immer sie ihm zu sagen hatten, wurde ignoriert. Es war vorbei!

»Bring uns hier weg«, sagte Grand resignierend zu Hakera.

»Wohin?«

»Egal! Nur weg von hier.«

48.

Das Coniunctional glitt durch die Weiten des Multiversums und lauschte den ewigen Harmonien der Strings. Soweit die Entität überhaupt noch in der Lage war, so etwas wie Gefühle wahrzunehmen, so kam sein jetziges Empfinden einem Glücksgefühl am nächsten. Alles war so, wie es sein sollte. Die temporalen Verwirbelungen in den Wahrscheinlichkeitsmatrizen klangen ab und die Krise war gebannt. Nichts würde seine Herrschaft über das Multiversum nun noch gefährden können. Mit dem Devorator würde es sich beizeiten beschäftigen. Auch für dieses Problem würde ihm eine Lösung einfallen. Zeit spielte keine Rolle. Zeit war nicht von Belang. Zeit existierte nicht.

Seine ehemaligen Agenten Michael Cordwainer Grand und Jalina Kelranar waren entweder verschollen oder tot. Es musste so sein. Was auch immer sie hinter dem unerklärlichen Loch im Gefüge des Multiversums gefunden hatten, es war letztlich doch keine Bedrohung gewesen. Allerdings nahm sich das Coniunctional vor, sich irgendwann wieder mit diesem seltsamen Phänomen zu beschäftigen. Dort lag offensichtlich der Durchgang zu einer noch höheren Ebene der Existenz, auf der sich die allerersten Intelligenzen aufhalten mussten, die die Schöpfung jemals hervorgebracht hatte und denen der Aufstieg geglückt war. Sie waren ein Faktor, der nicht vernachlässigt werden durfte. Es war unwesentlich, ob sie tatsächlich eine Bedrohung für die Herrschaft des

Coniunctional darstellten. Allein die Möglichkeit verlangte nach einer Gegenmaßnahme. Einer endgültigen Lösung! Es musste einen Weg geben, sie zu neutralisieren. Das Coniunctional war sich sicher: Wenn es diesen Weg gab, so würde es ihn finden.

Zu seiner Überraschung verspürte es noch den Ansatz eines anderen Gefühls, den man mit 'Bedauern' hätte umschreiben können. Grand und seine Freundin waren zwar nur Werkzeuge gewesen, aber sie hatten sich als überaus nützliche Werkzeuge erwiesen, auch wenn sie letztlich zu Verrätern geworden waren. Es würde nicht leicht sein, sie zu ersetzen. Doch in der Auseinandersetzung um die Herrschaft über das Multiversum waren sie lediglich Staubkörner im Wind, die keine besondere Rolle spielten.

Das Coniunctional wollte gerade seinen Geist für die Schönheit der Symphonien der Strings öffnen, als das Undenkbare geschah. In der Wahrscheinlichkeitsmatrix entstanden neue Störungen, Verwirbelungen und Unschärfen, heftiger als je zuvor.

Plötzlich empfand es nicht mehr Glück oder Bedauern, sondern nackte Angst.

49.

Die *Sonnenwind* drehte ab und Hakera beschleunigte mit vollen Werten. Die Abermillionen Konstrukte stoben auseinander und öffneten eine Gasse. Der namenlose Planet fiel hinter ihnen zurück.

»Bring uns so bald wie möglich in den Bulk«, sagte Jalina zu der KI. »Ich will hier weg.« Grand konnte hören, dass sie mit den Tränen kämpfte.

Sie hatten alles gegeben und waren endgültig gescheitert. Es gab keine Hoffnung mehr, den Verlauf der Geschichte noch beeinflussen zu können. Die Dorianer würden aufsteigen und sich in ein paar Millionen Jahren zerstreiten. Sie mussten davon ausgehen, dass es dem Protektoratintellekt in seiner Überheblichkeit und Ignoranz nicht gelingen würde, die Spaltung des entstehenden Gemeinschaftsbewusstseins zu verhindern.

»Wir können in zwei Minuten in den Bulk wechseln«, gab Hakera bekannt. »Wohin soll ich euch bringen?«

Grand und Jalina sahen sich an. Sie konnten zwar in ihr Heimatuniversum zurückfliegen, doch es gab keine Möglichkeit, in ihre eigene Zeit zurückzukehren.

»Sollen wir Rigoran suchen?«, fragte Jalina.

Grand schüttelte den Kopf. »Er hat seine Entscheidung getroffen.«

»Dann schlage ich vor …« Jalina wurde von einem aufheulenden Alarm unterbrochen. Die Strukturtaster und Hyperscanner zeigten Werte an, die es eigentlich nicht geben durfte. Wenn die Angaben stimmten, dann wurde rings um das System eine Energiemenge freigesetzt, die der einer kleinen Sonne entsprach.

»Ich weiß nicht, was da gerade passiert«, sagte Hakera, »aber das Raum-Zeit-Gefüge wird so stark erschüttert, dass ein Wechsel in den Bulk derzeit nicht möglich ist. Das Schiff würde von den anbrandenden Energiefronten zerrissen werden.«

Auf dem Hauptholo war zu sehen, dass die Energiekonstrukte, zwischen denen die *Sonnenwind* hindurch jagte, sich formierten und mit höchster Geschwindigkeit zum Systemrand strebten. Dann wurde klar, was gerade geschehen war.

»Millionen weiterer Konstrukte sind am Systemrand erschienen. Sie … feuern auf alles, was sich im System bewegt!«

»Verdammt!« Grand wusste nur zu gut, dass sie nicht einmal einen Streifschuss überstehen würden, wenn sie zwischen die Fronten gerieten. »Suche einen Vektor, der uns aus der Schusslinie bringt!«

»Das wird nicht so leicht sein. Ich werde einige Haken schlagen müssen.«

Immer mehr Angreifer fielen aus dem Bulk und im System entbrannte eine Schlacht, wie sie sich Grand nicht einmal in seinen schlimmsten Albträumen hätte vorstellen können. Schlachten mit Tausenden, Zehntausenden, ja sogar Hunderttausenden von Raumschiffen hatte es auch in der Milchstraße gegeben, wobei allerdings normalerweise nur ein Bruchteil der Schiffe am eigentlichen Kampfgeschehen beteiligt war. Die meisten Flotten bestanden nicht nur aus Kampfschiffen, sondern hatten Versorgungsfrachter, Tender, Hospitalschiffe und andere Einheiten in ihren Reihen, die sich nicht direkt am Kampfgeschehen beteiligten und gehörigen Abstand zum Schlachtgetümmel hielten. Jedoch nicht so hier! Alle Konstrukte, die eben nicht nur Gemeinschaftsintellekte, sondern auch energetische Raumschiffe waren, stürzten sich in den Kampf. Das gesamte System schien in Flammen zu stehen.

Hakera riss die *Sonnenwind* nach 'oben' aus der Ebene der Ekliptik heraus. Oberhalb der Planetenebene schienen momentan die wenigsten Kampfhandlungen stattzufinden, doch dies konnte sich jederzeit ändern. Immer mehr Energieschiffe verbissen sich ineinander und das Kampfgeschehen verlagerte sich von einer Sekunde zur anderen in ständig wechselnde Bereiche des Sonnensystems. Beide Seiten vollführten kurze Bulkmanöver, um in den Rücken feindlicher Einheiten zu gelangen oder sie in die Zange zu nehmen. Die Energieschiffe, oder was auch immer sie waren, vergingen zu Tausenden in gigantischen Explosionen. Grand blickte auf das Navigations- und das Taktikholo und schüttelte entgeistert den Kopf. Jeder menschliche Taktikoffizier wäre von dem sich ausbreitenden Chaos heillos überfordert gewesen. Es schien keinerlei Ordnung oder gar taktisches Vorgehen in dem Getümmel zu geben. Selbst Hakera hatte Schwierigkeiten, die Entwicklung des Gefechtsfeldes in den nächsten Sekunden vorauszuberechnen, um eine Lücke zum Durchschlüpfen zu finden. Mehr als einmal gerieten sie in bedenkliche Nähe eines Feuergefechts zwischen zwei oder mehr Konstrukten. Bei einigen von Hakeras Manövern dachte Grand, sie würden geradewegs in den Untergang fliegen, doch wie durch ein Wunder entgingen sie jedes Mal knapp der Vernichtung.

»Das müssen die Abweichler sein«, vermutete Grand. »Ich frage mich, ob Rigoran etwas damit zu tun hat.«

»Denkst du, er könnte sie gegen die Mehrheit aufgehetzt haben? Ich kann mir nicht vorstellen, wie ihm das gelungen sein sollte.« Jalina mochte skeptisch sein, doch Grand hielt den ausgerechnet jetzt gewaltsam ausbrechenden Konflikt nicht für einen Zufall.

»Wir wissen nicht, was er ihnen erzählt hat, aber der Protektoratintellekt hat zweifelsfrei bestätigt, dass Rigoran mit den Gegnern der hiesigen Gruppe Kontakt aufgenommen hat.«

Noch bevor Jalina antworten konnte, gerieten sie in die Nähe mehrerer Konstrukte, die nur ein paar Zehntausend Kilometer vor ihnen aus dem Bulk fielen. Vier der Verteidiger hatten einen der Angreifer in die Zange genommen und überschütteten ihn mit ihren seltsamen Energiestrahlen, die fünfdimensionale Eigenschaften aufwiesen, wie Hakera inzwischen festgestellt hatte.

Die KI riss die *Sonnenwind* aus ihrer Flugbahn, was Grand und Jalina ein Stöhnen abrang, als einige der Querbeschleunigungskräfte durchschlugen. Trotzdem gelang es ihnen nicht rechtzeitig, die Gefahrenzone zu verlassen. Noch bevor sie ausreichend Abstand gewonnen hatten, explodierte das Energieschiff der Abweichler, was nicht nur einen Feuerball im All, sondern vor allem eine energetische Stoßfront erzeugte, die sich mit Lichtgeschwindigkeit ausbreitete. Rings um die *Sonnenwind* verformte sich der Raum selbst.

Die Schutzschirme brachen sofort zusammen und die Schiffszelle dröhnte wie eine gesprungene Glocke.

»Mehrfache strukturelle Schäden, Hyperdrive und Branendrive ausgefallen, Vakuumeinbrüche auf mehreren Decks, Waffensysteme offline, Schirmgeneratoren zerstört, Hauptenergiesystem ausgefallen, Reserveenergiesystem ausgefallen, Notenergiespeicher bei zweiunddreißig Prozent und schnell fallend«, meldete Hakera. Die entsprechenden Anzeigen in den Displays und Holos an den Wänden der Zentrale leuchteten durchgehend in grellem Rot. »Impulsantrieb nicht verfügbar. Eingeschränkte Manövrierfähigkeit, keine Flugbereitschaft der wesentlichen Systeme, Notreparaturen derzeit nicht möglich. Es besteht Explosionsgefahr. Ich empfehle die Aufgabe des Schiffes«, fuhr die KI mit den Hiobsbotschaften fort.

Grand und Jalina blickten sich fassungslos an.

»Wie schnell kannst du dich in das verbliebene Beiboot kopieren?«, fragte Grand die KI.

»Ich habe bereits vor längerer Zeit meine Basisprogammierung und die Erinnerungsspeicher in die dortigen Systeme integriert, da ich für einen Notfall vorbereitet sein wollte. Die Übertragung der Ego-Matrix, des Bewusstseinsspeichers und des Emotio-Kerns sollte in fünf Minuten abgeschlossen sein. Ihr solltet euch beeilen. Es besteht höchste Gefahr. Die Antimaterieabschirmung droht zu versagen, sobald die Notenergiespeicher aufgebraucht sind. Wir müssen die *Sonnenwind* aufgeben!«

»Und hoffen, dass sie noch so lange überlebt, bis wir das Beiboot erreichen!«, sagte Jalina.

Sie eilten aus der Zentrale in Richtung des Hangars. Auch der Spontantransmitter der *Sonnenwind* war ausgefallen, der des Beiboots noch nicht aktiviert. Sie würden den gesamten Weg zu Fuß zurücklegen müssen, was ebenfalls mehrere Minuten dauern würde.

Die Gänge füllten sich mit Rauch und das Atmen wurde mit jedem Schritt schwerer. Immer wieder wurde das manövrierunfähige Schiff von anbrandenden Energiefronten durchgerüttelt. Teilweise waren die Erschütterungen so stark, dass sie sich kaum auf den Beinen halten konnten.

Es war ein Wunder, dass sie den Hangar lebend erreichten. Inzwischen tobte ein Sturm durch das Innere der *Sonnenwind*, was darauf hindeutete, dass es zu massiven Hüllenbrüchen gekommen sein musste und die Schiffsatmosphäre ungehindert ausströmen konnte. Grand bemerkte, dass ihm das Atmen bereits schwerer fiel.

Inzwischen war es Hakera gelungen, sich vollständig in das Beiboot zu übertragen, was die letzten Notenergievorräte beinahe aufgezehrt hatte. Doch das Schiff der 60-Meter-Klasse verfügte über eine völlig unabhängige Energieversorgung, die Hakera nun hochfuhr. Noch während Grand und Jalina durch den Hangar auf das kleine Schiff zueilten, erfasste sie der Spontantransmitter des

Beibootes, als die KI sie an Bord holte. Sie materialisierten mitten in der Zentrale.

»Kannst du unsere persönlichen Besitztümer mit dem Transmitter aus unserer Kabine in der *Sonnenwind* hierhertransferieren?«, fragte Jalina atemlos, mit auf die Oberschenkel aufgestützten Armen. Sie besaßen zwar nicht viel, aber das Wenige wollte sie nicht verlieren.

»Kein Problem!«, bestätigte die KI. »Setzt euch, wir müssen hier schnellstens weg!«

Vor den beiden materialisierten zwei Kontursessel. Grand und Jalina warfen sich hinein. Fesselfelder und Sicherungsgurte umfingen ihre Körper und pressten sie in die Polsterung. Hakera löste den Plasmawerfer des Beibootes aus, um das große Schleusentor herauszusprengen, da die Schleusenautomatik ebenfalls ausgefallen war. Selbst hier im Beiboot waren die zunehmenden Erschütterungen, die die *Sonnenwind* durchliefen, deutlich spürbar. Sie hatten bisher Glück gehabt, dass sich weder die Verteidiger noch die Angreifer um sie zu kümmern schienen. Eine weitere Explosion in der Nähe oder gar ein Treffer aus den mächtigen Waffen der Konstrukte hätte die *Sonnenwind* sofort in kleine Stücke zerlegt.

Wahrscheinlich nehmen sie das Schiff gar nicht bewusst wahr, dachte Grand. *So wenig, wie zwei kämpfende Elefantenherden eine Mücke bemerken würden, die zwischen ihnen herumschwirrt. Trotzdem könnte ein zufälliger Rüsselschlag die Mücke töten.*

Dann brach das Beiboot durch das zerfetzte Hangartor und schoss ins Freie. Ein Blick auf das Holo zeigte die

Sonnenwind hinter ihnen. Das Schiff torkelte durchs All und hinterließ eine Spur aus Trümmerstücken und Gasen, die durch die zahlreichen sichtbaren Risse in der Schiffshülle nach außen drangen. Dann konnte Grand sehen, wie hinter einem der Risse ein helles Leuchten aufflammte. Nur Sekundenbruchteile später explodierte das Schiff in einem lautlosen Feuerball.

Hakera hatte längst die Schutzschirme des Beibootes hochgefahren und einen Fluchtvektor berechnet, auch wenn dieser nach wie vor mehr auf Schätzungen und Hoffnungen beruhte als auf konkreter taktischer Analyse und Mathematik.

Die nächsten Stunden brachten sie mehr als einmal an den Rand der endgültigen Vernichtung, doch das Glück – und Hakeras Fähigkeiten – waren auf ihrer Seite. Ein Flug durch den Bulk war nach wie vor nicht möglich. Sie waren gezwungen, im Normalraum aus dem System zu entkommen, was durch den Umstand erleichtert wurde, dass sich die Kampfhandlungen ins Innere des Systems verlagert hatten, wo sich die Angreifer mit den Konstrukten des Protektoratintellekts eine erbitterte Schlacht lieferten. Doch es war abzusehen, dass sie unterliegen mussten. Nach anfänglichen Erfolgen, die dem Überraschungseffekt geschuldet gewesen waren, setzte sich nun allmählich die zahlenmäßige Überlegenheit der Verteidiger durch.

Anscheinend gilt auch hier der alte Merksatz, dass ein offener Angriff in der Regel nur dann erfolgreich sein kann, wenn der Angreifer in der Überzahl ist, dachte Grand.

Allmählich kamen sie dem Systemrand näher und liefen immer weniger Gefahr, den sich erbittert bekämpfenden Konstrukten zu nahe zu kommen. Grand erlaubte sich, erleichtert aufzuatmen. Er und Jalina waren völlig durchgeschwitzt und sehnten sich nach einer Ruhepause.

Endlich hatte sich *das Beiboot* tief in den freien Weltraum zurückgezogen. Erst beinahe zwei Lichtstunden von dem umkämpften Planeten des Protektoratintellekts entfernt konnten sich Grand und Jalina einigermaßen sicher fühlen. Außerhalb des Systems fanden so gut wie keine Kampfhandlungen statt. Nur die wenigen fliehenden Konstrukte der Angreifer wurden von den Verteidigern bis hierher verfolgt. Alle wurden ausnahmslos vernichtet.

»Das Beiboot ist dann wohl jetzt die *Rhelina IV*«, versuchte er, die angespannte Atmosphäre mit einem Scherz aufzulockern, als sie das Schlachtfeld weit genug hinter sich gelassen hatten. Es gab zwar auch so weit vom Planeten entfernt noch vereinzelte, sich bekämpfende Konstrukte, doch diesen konnte Hakera leicht ausweichen.

»Und die *Rhelina III*, äh … die *Poggy*, wie er Rigoran das Beiboot genannt hat, treibt einige Millionen Kilometer von uns entfernt bewegungslos im All«, sagte Hakera. »Ich habe sein Schiff soeben geortet.«

50.

Ein direkter Anflug auf Rigorans Schiff war nicht möglich, da in dessen Umfeld noch gelegentlich Gefechte zwischen den Kombattanten stattfanden.

Die Schlacht tobte noch immer, auch wenn die Heftigkeit in den letzten Minuten deutlich nachgelassen hatte. Es war abzusehen, dass der Angriff zurückgeschlagen werden würde, wie Grand auf dem Taktikholo erkennen konnte. Die Angreifer erlitten massive Verluste und würden sich nicht mehr lange halten können. Sie wurden regelrecht aufgerieben. Wenn sich ihre überlebenden Konstrukte nicht bald zurückzogen, würde keines von ihnen der Vernichtung entgehen.

Von der *Poggy* gingen so gut wie keine Energieemissionen aus. Rigorans Schiff trieb antriebslos im All und antwortete nicht auf Funksprüche.

»Es scheinen nur die notwendigsten Systeme in Betrieb zu sein«, teilte Hakera nach ausführlichen Scans mit. »Die Schutzschirme sind heruntergefahren und die Waffensysteme sind deaktiviert. Das Schiff ist energetisch fast tot.«

»Wir wissen nicht, ob Rigoran noch am Leben ist«, sagte Jalina. »Vielleicht hat der Schiffscomputer die *Poggy* hierhergeflogen.«

»Dann muss er sich selbst abgeschaltet haben, nachdem das Schiff hier angekommen war«, sagte Hakera. »Ansonsten würde er auf meine Kontaktversuche reagieren.

Dazu ist er intelligent genug, auch wenn er keine vollwertige KI ist.«

»Wir müssen an Bord«, stellte Grand fest. »Wir können Rigoran, wenn er auf dem Schiff und am Leben ist, nicht einfach zurücklassen.«

»Das ist im Moment noch zu riskant«, wandte Hakera ein. »Wir sollten warten, bis die Schlacht vorbei ist.«

»Vielleicht braucht er unsere Hilfe«, sagte Jalina. »Ich fühle mich immer noch schuldig, wenn ich daran denke, wie wir ihn behandelt haben.«

»Er hat uns kaum eine andere Wahl gelassen!«, antwortete Grand, obwohl auch er wusste, dass ihre Entscheidungen Rigoran betreffend von zweifelhafter moralischer Qualität gewesen waren. Jalinas Vorbehalte seinem Standpunkt gegenüber waren deutlich von ihrem Gesicht abzulesen. »Aber du hast recht«, lenkte Grand daher ein. »Wir haben einfach über ihn bestimmt und ihn nicht viel besser behandelt, als es der Devorator getan hat. Deshalb werden wir an Bord der *Poggy* gehen und nachsehen, ob er Hilfe benötigt. Sobald es sicher ist«, fügte er hinzu.

Die Kampfhandlungen im System waren inzwischen fast vollständig zum Erliegen gekommen. Fast alle der angreifenden Konstrukte waren zerstört worden, und die Verteidiger machten jetzt nur noch Jagd auf den kläglichen Rest. Seltsamerweise schienen diese sich weder ergeben zu wollen noch versuchten sie zu flüchten. Obwohl es völlig aussichtslos war, setzten sie den Kampf fort. Es dauerte nicht lange, und auch das letzte feindliche Konstrukt explodierte in einem feurigen Energieschauer.

»Ich denke, wir können jetzt …« setzte Grand an, als unmittelbar neben der *Rhelina IV* zehn Konstrukte materialisierten. »Oh, verdammt!«, fluchte er. »Man hat uns nicht vergessen.«

»Ich hoffe, sie machen uns nicht für den Angriff mitverantwortlich«, befürchtete Jalina.

»Wie könnten sie? Schließlich sind wir hierhergekommen, um sie explizit vor der anderen Fraktion zu warnen.«

»Ja, aber erst vor einer zukünftigen Gefahr. Nach dem Aufstieg. In etlichen Millionen Jahren. Sie haben aber jetzt angegriffen, und der Protektoratintellekt wird es kaum für einen Zufall halten, dass dies ausgerechnet in dem Moment geschehen ist, als Rigoran und wir in ihrer Galaxie aufgetaucht sind.«

»Würde ich auch nicht«, knurrte Grand. »Und ist es sicher auch nicht. Ich bin davon überzeugt, dass Rigoran irgendetwas damit zu tun hat.«

#Genau darüber will der Protektoratintellekt mit euch reden#, ertönte die mentale Stimme in Grands Kopf. Er hatte für einen Moment nicht daran gedacht, dass die Konstrukte in der Lage waren, seine Gedanken mitzuhören, solange er sie laut aussprach. *#Folgt mir! Eine Weigerung wird mit sofortiger Vernichtung bestraft!#*

»Das ist deutlich«, sagte Jalina. »Wir sind Gefangene.«

»Abwarten«, flüsterte Grand. »Wir haben uns nichts zuschulden kommen lassen und haben nichts zu befürchten.« Diesmal hoffte er sogar, dass die Konstrukte seine Gedanken mitlasen.

Der Rückflug zum Planeten dauerte fast vier Stunden, obwohl sie diesmal einen direkten Kurs nehmen konnten. Die zehn Konstrukte umhüllten die *Rhelina IV* wie eine Schale, aus der es kein Entkommen gab. Grand war sich sicher, dass die Waffensysteme ihrer Begleiter ständig auf sie gerichtet waren, und er fühlte sich wie ein Verurteilter, der zum Schafott geführt wird. Da es während des Fluges nichts zu tun gab, nahmen er und Jalina eine Dusche und versuchten, etwas zu schlafen. Doch mehr als ein Dämmerzustand wollte sich nicht einstellen.

Endlich meldete Hakera, dass sie den Planeten in wenigen Minuten erreichen würden. Wortlos zogen sie frische Bordoveralls über und gingen in die Zentrale. Schließlich schwenkte die Rhelina IV in einen Orbit um den Sitz des Protektoratintellekts ein.

#Was hattet ihr mit dem Angriff zu tun?#

Die mentale Stimme hielt sich diesmal in ihrer Intensität zurück, was Grand als ermutigendes Zeichen ansah. Vielleicht würde man sie am Leben lassen.

»Wir wussten nichts davon«, sagte er und legte seine ganze Überzeugung sowohl in die Worte als auch in seine Gedanken.

#Das Schiff, das kurz vor euch in unsere Galaxie eingedrungen ist, wurde von den Angreifern mitgebracht. Es ist eine logische Schlussfolgerung, dass die Besatzung dieses Schiffes meine Feinde zu ihrem Angriff angestiftet hat.#

»Auch darüber wissen wir nichts.«

#Wisst ihr, wer sich an Bord befindet?#

Grand überlegte kurz, was er zugeben sollte. Dann entschied er sich, die Wahrheit zu sagen. Zumindest einen Teil davon.

»Ja, es ist nur eine Person an Bord. Sein Name ist Rigoran. Wir kennen ihn, aber er ist nicht gerade unser Freund. Wir haben … äh … unterschiedliche Auffassungen über einige Dinge.«

#Auch, was die angebliche Gefahr betrifft, die meine Feinde in der Zukunft darstellen sollen?#

»Nicht im Grundsatz, aber es gab unterschiedliche Ansichten, wie man ihr begegnen sollte.«

Der Protektoratintellekt schwieg für einen Moment. *#Ich habe nachgedacht#*, übermittelte er schließlich. *#Der Angriff hat mir gezeigt, dass ich das Aggressionspotenzial der Abweichler und die Gefahr, die von ihnen ausgeht, tatsächlich unterschätzt haben könnte. Ich hatte nicht mit einem solchen Ausmaß an Feindseligkeit gerechnet. Vielleicht wären sie in ferner Zukunft, nach einer geistigen Vereinigung und dem dann folgenden Aufstieg, wirklich zu einer Gefahr für den inneren Zusammenhalt unseres Gemeinschaftsbewusstseins geworden. Doch diese Gefahr besteht nun nicht mehr. Euer Auftrag ist erfüllt!#*

Grand und Jalina sahen sich überrascht an. Dann lachten beide gleichzeitig auf.

»Der Gedanke ist mir noch gar nicht gekommen«, gab Grand zu. »Aber vielleicht ist das tatsächlich wahr.«

Sie sahen sich an und jeder wusste, was der andere dachte. Beide bemühten sich, ihre Gedanken nicht nach außen dringen zu lassen. Wenn der Protektoratintellekt sie würde lesen können, wären sie sicher erneut in erheblichen Schwierigkeiten.

Es mag ja sein, dass die Fraktion der Dorianer, die zum Devorator werden würde, nun besiegt ist, dachte Grand, *aber auch der Teil, der sich später Coniunctional nennen wird, ist nicht gerade ein Ausbund an Sanftmut, Moral und Unschuld.*

Doch vielleicht war es das Beste, was unter diesen Umständen zu erreichen gewesen war. Es blieb nur die Frage, ob Rigoran dahintersteckte.

»Wir würden gerne nach Rigoran sehen«, sagte Grand. »Auch wenn er nicht gerade unser Freund und kein Dorianer ist, so stammen wir doch aus der gleichen Epoche und hatten den gleichen Auftrag. Weder er noch sein Schiff reagieren auf einen Kontaktversuch.«

#Sollte er hinter dem Angriff stecken, muss er mir ausgeliefert werden. Wenn er einen Krieg ausgelöst hat, dem unzählige Intellekte zum Opfer gefallen sind, ist eine Bestrafung unumgänglich!#

Wir werden den Teufel tun und Rigoran dir ausliefern, falls er an Bord sein sollte, dachte Grand und bemühte sich, diesen Gedanken vor dem Protektoratintellekt zu verbergen. »Er könnte ebenso ein Opfer der Abweichler sein«, sagte er stattdessen laut.

#Ich erteile euch die Erlaubnis, das Schiff zu durchsuchen#, kam die Antwort. *#Danach habt ihr umgehend meine Galaxie zu verlassen! Daran hat sich nichts geändert.#*

51.

Eine halbe Stunde später schwebte die *Rhelina IV* erneut neben Rigorans Schiff. Nachdem die durch die Raumschlacht verursachten energetischen Stoßfronten vollständig abgeklungen waren, war ein kurzer Flug durch den Bulk wieder möglich geworden. Sie waren diesmal von drei Konstrukten begleitet worden, die sich stets in ihrer Nähe aufhielten, aber keinen Kontakt mit ihnen suchten. Grand war sich sicher, dass sie den Auftrag hatten, ihr Schiff beim geringsten Fehlverhalten zu eliminieren.

»Seid ihr bereit?«, fragte Hakera.

Nachdem Grand und Jalina bestätigt hatten, aktivierte die KI den Spontantransmitter. Sie materialisierten in der Zentrale der *Poggy*.

Rigoran hatte den Schiffscomputer die Zentrale nach dem Vorbild eines gerbaranischen Schiffes konfigurieren lassen. An den Seitenwänden befanden sich runde Displays, auf denen die Schiffsfunktionen angezeigt wurden. Davor standen die Materieprojektionen der typischen Haltestangen der Vogelwesen, auf denen sie zu sitzen pflegten. Die Decke war ein durchgehendes Hologramm des Himmels seines Heimatplaneten Gerbaran mit der orangefarbenen Sonne Gerba im Zenit, und hinter dem zentralen Steuerpult befand sich ein gerbaranisches Ruhenest. Dort lag Rigorans bewegungsloser Körper. Aus seinem Schnabel und den Ohren sickerte grünliches Blut.

Jalina eilte auf ihn zu und überprüfte seinen Puls. »Er lebt noch!«, sagte sie.

»Computer!«, rief Grand. »Was ist hier passiert?« Er erhielt keine Antwort. Während sich Jalina um Rigoran kümmerte, überprüfte er die Anzeigen. »Wenn ich die Anzeigen richtig interpretiere, wurde der Schiffscomputer abgeschaltet. Es laufen nur noch die Notsysteme.«

»Er kommt zu sich«, sagte Jalina, die dem Gerbaraner ein Stimulans gespritzt hatte. Bevor sie an Bord der *Poggy* versetzt worden waren, hatte ihnen Hakera vorsichtshalber ein MedPac zusammengestellt, das auf die Physiologie Rigorans abgestimmt war.

Auch Grand kniete sich neben Rigoran nieder. Das sowieso schon schmächtige Vogelwesen sah in seinem Ruhenest noch winziger aus.

Rigoran öffnete die schwarzen Knopfaugen. Sein gelbes Kopfgefieder lag schweißverklebt am Schädel an. Ein leichtes Zittern durchlief den kleinen Körper.

»Ich hatte nicht damit gerechnet, euch noch einmal zu sehen«, flüsterte er mit Mühe.

Grand wusste, dass die Medikamente nur kurzfristig Hilfe bringen würden. Da hier auf dem Schiff nur noch die Notsysteme liefen, mussten sie Rigoran so schnell wie möglich an Bord der *Rhelina IV* bringen.

»Bleib ruhig«, sagte er. »Wir bringen dich auf unser Schiff.«

Rigoran nickte mit einer fast menschlichen Geste und schloss die Augen. Grand konnte nicht sagen, ob er wieder bewusstlos geworden war oder ob er zu schwach war, sie offen zu halten. Er legte die Arme um den Gerbaraner.

»Hakera«, sagte er. »Bring uns direkt zur MedBay.«

Augenblicklich bildete sich der grüne Ring des Spontantransmitters und versetzte sie auf die Krankenstation der *Rhelina IV*. Dort wartete bereits ein MedBot und nahm Rigoran in Empfang. Er bettete ihn sanft auf eine Antigrav-Liege und schwenkte den Diagnose-Pod über den Körper. Aus einer Seite des Krankenlagers fuhren Manipulator- und Injektionsarme aus und begannen mit der Behandlung. Der MedBot führte ein Sensorpad an Rigorans Kopf entlang und begann mit Gehirnscans. Rigoran schlug die Augen auf. Die Injektionen zeigten Wirkung. Sein Blick schien klarer als noch vor einer Minute. Er betrachtete die kleine MedBay.

»Wir sind nicht auf der *Sonnenwind*«, sagte er leise.

Jalina strich ihm sanft über einen Arm. »Das Schiff wurde zerstört. Wir konnten mit dem letzten Beiboot entkommen. Aber die MedBay hier ist genauso gut wie die auf der *Sonnenwind*. Hakera wird dir helfen können.«

»Was ist passiert?«, fragte Grand.

Rigoran krampfte sich unter heftigen Schmerzen zusammen. Er schloss die Augen und stöhnte.

»Die Stimmen!« Er war kaum zu verstehen. »Sie waren in meinem Kopf. So laut!« Wieder verkrampfte sich sein Körper.

»Was haben sie gesagt?«, fragte Grand.

Ohne die Augen zu öffnen, bemühte sich Rigoran, weiterzureden. »Sie wollten wissen, was ich hier will. Ich habe … ich habe ihnen gesagt … Konflikt in der Zukunft … ich wollte … ich musste …« Rigoran bäumte sich auf und griff nach Jalinas Arm. »Ich will, dass ihr die Wahrheit kennt … ihr sollt …« Sein Kopf sackte zur Seite und Rigoran wurde erneut bewusstlos.

»Hakera, was ist mit ihm?«, fragte Jalina. Als die KI antwortete, schwang aufrichtiges Bedauern in ihrer Stimme mit.

»Sein Gehirn ist schwer beschädigt. Es ist ein Wunder, dass er überhaupt noch in der Lage ist, kohärente Gedanken von sich zu geben. Die mentalen Anflutungen müssen bei ihm noch stärker gewesen sein als bei euch. Ich befürchte, seine synaptischen Strukturen wurden so stark zerstört, dass ich nichts mehr für ihn tun kann.«

»Was bedeutet das?« Jalina wollte nicht wahrhaben, was Hakeras Diagnose auszusagen schien.

»Rigoran wird sterben!«

»Das hat er nicht verdient«, flüsterte die Kolltanerin mit Tränen in den Augen. »Gibt es denn gar nichts, was du für ihn tun kannst?«

»Ich kann ihm die Schmerzen nehmen und ihn noch einmal zu sich kommen lassen, wenn ihr das wünscht. Aber das Ende ist unvermeidlich!«

»Wir haben immer noch keine Erklärung, wer oder was hinter dem Angriff steckte«, sagte Grand. »Rigoran will, dass wir die Wahrheit erfahren. Er hat versucht, sie uns mitzuteilen. Wir sollten ihm die Chance dazu geben. Es ist offensichtlich sein letzter Wunsch.«

Jalina zögerte kurz und nickte dann zustimmend. »Weck ihn auf!«

Die Injektionsarme nahmen erneut ihre Arbeit auf. Sie verabreichten Rigoran mehrere Injektionen mit starken

Stimulanz- und Schmerzmitteln. Die Wirkung ließ nicht lange auf sich warten. Rigoran stöhnte und öffnete die Augen. Er sah Jalina durchdringend an.

»Ich werde sterben, nicht wahr?« Die Stimme des kleinen Vogelwesens klang kräftiger als zuvor, doch Grand wusste, dass dies nur ein vorübergehender Effekt der Medikamente war.

»Ja«, sagte Jalina. Tränen rannen ihr über die Wangen. Sie griff nach Rigorans winziger Krallenhand. »Es tut mir so unsagbar leid.«

»Vielleicht ist es so am besten«, sagte Rigoran. »Mein Leben – mein *zweites* Leben – war von Anfang an verpfuscht. – Michael«, sagte er an Grand gewandt, »du hättest mich in der Exodus-Sphäre sterben lassen sollen. Es wäre für uns alle besser gewesen.«

»Du warst ein unschuldiges Opfer des Devorators«, sagte Grand. »Ich konnte dich nicht einfach aufgeben. Es tut mir leid, dass wir später einfach über dich verfügt haben.«

Rigoran stieß ein kurzes Lachen aus. »Ja, ihr habt mich wie einen Gegenstand behandelt, den man in die Ecke stellt, wenn er stört. Es war unrecht. Der sonst so moralische Michael Cordwainer Grand hat unmoralisch gehandelt.« Wieder lachte Rigoran leise. »Aber das ist egal! Ich war ein psychisches Wrack – ich bin es immer noch – und ich hätte die Mission gefährdet. Vielleicht hätte ich an eurer Stelle nicht anders gehandelt. Das habe ich später eingesehen. Ich trage es euch nicht länger nach.«

»Danke!«, sagte Grand schlicht und meinte es ehrlich. Rigorans Vergebung bedeutete ihm viel.

»Aber all das spielt nun keine Rolle mehr. Wir dürfen uns nicht länger mit der Vergangenheit aufhalten. Mir bleibt nicht mehr viel Zeit. Wie ist die Schlacht ausgegangen?«

»Die Angreifer wurden vernichtet.«

»Gut!« Rigoran hustete und erneut trat grünes Blut aus seinem Schnabel.

»Ich verstehe nicht …«

»Lass mich … lass mich ausreden. Ich spüre, wie es mit mir zu Ende geht. Unterbrecht mich nicht!« Wieder musste Rigoran husten. Sein Körper krampfte sich zusammen und er schloss die Augen. »Nachdem ich mich von euch getrennt hatte, wollte ich sterben. Ich sah keinen … keinen Sinn mehr darin, noch … noch weiterzumachen. Ich wusste nicht mehr, wer ich war, welchen Sinn mein Leben noch hatte. Alleine in einem fremden Universum, abgeschnitten in der Zeit, ohne Freunde – es war alles sinnlos geworden.« Er machte eine Pause und rang nach Luft. »Ich wollte glorreich untergehen!« Ein röchelndes Lachen entrang sich seiner Kehle. »Ich nahm … Anlauf und stürzte mein Schiff in die goldene Energiebarriere. Ihr könnt euch mein Erstaunen vorstellen, als ich einfach durchgelassen wurde. Ich weiß bis heute … *argh*« Rigoran bäumte sich auf. »… bis heute nicht, wieso. Und dann kamen die Energieschiffe! Sie waren … waren einfach da. Dann hörte ich die Stimmen. Schrecklich laute Stimmen in meinem Kopf. Sie sagten, sie seien Dorianer, vergeistigte Dorianer, und fragten, ob mich der … der Protektoratintellekt geschickt hätte. Die Stimmen kamen mir bekannt vor. Sie trugen die Aura des … des Devorators in sich. Ich konnte in ihnen den Keim des

Bösen erkennen. Sie sagten, der Protektoratintellekt sei ihr Feind und sie … sie fühlten sich unterdrückt und ausgegrenzt. Und plötzlich wurde mir alles klar! Alles war so klar!« Rigoran öffnete die Augen. »Gebt mir etwas Wasser, bitte!« Seine Stimme war immer schwächer geworden, und Grand fragte sich, ob der Gerbaraner seine Geschichte noch würde beenden können. Jalina hielt ihm einen Becher an den Schnabel und neigte ihn leicht, sodass etwas Wasser hineinrinnen konnte.

»Alles stand plötzlich ganz deutlich vor mir.« Rigorans Stimme hatte wieder etwas an Kraft gewonnen. »Wir hatten einen Fehler gemacht. Wir waren von falschen Voraussetzungen ausgegangen. Es war völlig sinnlos, zu versuchen, das Schisma, die Aufspaltung des Gemeinschaftsbewusstseins, verhindern zu wollen. Nein, wir mussten hier und jetzt handeln! Wir mussten die Feindschaft der beiden Gruppen ausnutzen und sie aufeinanderhetzen. *Vor* der Vereinigung, *vor* dem Aufstieg!« Rigoran rang nach Luft. Jalina gab ihm einen weiteren Schluck Wasser. Keiner traute sich, die Geschichte durch einen Kommentar zu unterbrechen. Grand ahnte, worauf sie hinauslaufen würde, und er bewunderte Rigorans strategische Weitsicht.

»Ihr wart immer die … die Guten, die Moralischen, die Unfehlbaren. Ihr wärt nie damit einverstanden, kaltblütig Millionen von vergeistigten Dorianern in den Untergang zu locken. Auch … auch dann nicht, wenn sie eines Tages zum Devorator werden und unsagbares Leid über das Multiversum bringen würden. Ihr seid – wie sagt man bei den Terranern? – 'Gutmenschen'. Ihr seid dazu zu schwach!« Wieder rang sich Rigoran ein röchelndes Lachen ab und wieder quoll Blut aus seinem Schnabel.

»Ich bin anders, wie ihr wisst. Sie wühlten in meinem Schädel nach Antworten und ich habe sie ihnen gegeben. Aber ich gab ihnen eine Mischung aus Lüge und Wahrheit. Es war … es war nicht leicht. Während sie mein Gehirn zu Brei verarbeiteten, tischte ich ihnen eine Geschichte auf. Ich machte sie glauben, der Protektoratintellekt hätte davon erfahren, dass sie eine zukünftige Gefahr darstellen würden, und beschlossen, sie so bald wie möglich auszulöschen oder, falls dies nicht möglich sei, ihnen die Teilnahme am Aufstieg zu verweigern. Sie spürten, dass ich tatsächlich von einer zukünftigen Gefahr wusste und dass ich in diesem Punkt ehrlich war. Sie glaubten mir jedes Wort! Und sie wurden … wurden wütend! Sie spürten meinen Hass und waren selbst von Hass erfüllt! Einem Hass, den ich auszunutzen gedachte. Ich habe sie aufgehetzt, in einen Krieg getrieben! Ich habe sie so weit gebracht, dass sie keine andere Wahl mehr sahen. Entweder würden sie vernichtet werden oder sie würden nicht aufsteigen dürfen – es sei denn, sie würden dem Protektoratintellekt zuvorkommen und zuerst angreifen. Sie waren davon überzeugt, dass sie nichts mehr zu verlieren hätten. Eine Einstellung, die ich nur zu gut nachempfinden konnte, was sie ebenfalls gespürt haben müssen.« Er machte eine kurze Pause und atmete tief durch. »Ich brach irgendwann zusammen. Sie haben mein Gehirn auseinandergenommen, doch die tiefer liegende Wahrheit nicht erkannt. Sie sahen nur, was sie sehen wollten. Ich habe um jeden Gedanken gekämpft, den sie sehen durften. Und um jeden, den ich verstecken musste. Bevor ich zusammenbrach, aktivierte ich die Selbstvernichtung meines Schiffes, doch das bemerkten sie. Es … es ist ihnen irgendwie gelungen, alles lahmzulegen und nur die Notsysteme laufen zu lassen. Als sie angriffen, haben sie … haben sie mein Schiff einfach mitgenommen.« Bei den letzten Worten drang wieder Blut aus seinem Schnabel. Jalina wischte es beinahe zärtlich weg.

Rigoran sank erschöpft in sich zusammen. Schwer atmend und mit geschlossenen Augen lag er da. Winzig, blutend, sterbend und doch mit einem zufriedenen Gesichtsausdruck. Dann sprach er weiter. Seine Stimme war nun kaum noch zu vernehmen.

»Ich … ich habe einen Krieg … ausgelöst, um zukünftige Kriege zu vermeiden. Ich habe … habe Millionen in den … den Tod … gelockt, um … um noch viel mehr … Tote zu vermeiden. Es war mir … egal, wer gewinnt! Egal … es war völlig egal. So oder so würde es … würde es … nie ein Con… Coniunctional, einen … einen Devorator … geben. Ich habe gewonnen!«

Die letzten Worte waren nur noch ein schwaches Flüstern und Grand musste sich anstrengen, sie zu verstehen. Jalinas Gesicht war tränenüberströmt und auch Grand verspürte einen Kloß im Hals.

Noch einmal öffnete Rigoran die Augen. »Habe ich meine Schuld getilgt oder noch mehr Schuld auf mich geladen?«, fragte er mit erstaunlich fester Stimme. Dann atmete er tief aus und starb.

52.

Die drei Konstrukte schwebten immer noch neben der *Rhelina IV* und hatten jedes Wort mitgehört. Grand wusste nicht, wie sie auf Rigorans Geschichte reagieren würden. Vielleicht würde man sie einfach liquidieren.

Jalina bat Hakera, Rigoran in ein Stasisfeld zu hüllen. Sie würden später entscheiden müssen, was mit seiner Leiche zu tun war. Nun galt es, die nächsten Schritte zu besprechen. Es gab hier für sie nichts mehr zu tun, aber es gab auch keinen Weg nach Hause. Weder auf räumlicher noch auf zeitlicher Ebene. Das Beiboot verfügte nicht über einen Branendrive, und obwohl sich dessen Konstruktionspläne in Hakeras Datenbanken befanden, verfügten sie nicht über die Mittel, ihn zu bauen. Dafür hätte es der Infrastruktur des Industrieplaneten eines hochtechnologischen Volkes bedurft. Mit Bordmitteln war es unmöglich. Sie waren in einem fremden Universum und einer fremden Zeit gestrandet. Grand wollte gerade einen Vorschlag machen, als sich die Konstrukte meldeten.

#Wir haben alles gehört und weitergeleitet. Der Protektoratintellekt sendet euch eine Nachricht.#

Zumindest legen sie uns nicht gleich um, dachte Grand in einem Anflug von Zynismus. »Was hat er uns zu sagen?«, fragte er.

#Ich verstehe, dass ihr an dem Angriff unschuldig seid. Ich verstehe ebenfalls, dass er nicht eurem Wunsch entsprach. Ich verstehe des Weiteren, dass derjenige, den ihr Rigoran genannt habt, verzweifelt war. Verzweifelt genug, um sein Leben zu opfern. Dies hat mich nochmals zum Nachdenken veranlasst.

Es lag nie im Interesse der Dorianer, zu einer Gefahr für das Multiversum zu werden. Ja, wir streben nach Größe und Macht, aber nicht auf Kosten der gesamten Schöpfung. Ich muss darüber reflektieren, ob unsere Hybris uns nicht auf einen gefährlichen Weg geführt hat, und entsprechende Schlussfolgerungen daraus ziehen. Eine Konsequenz ist diese: Ich werde alles dafür tun, nach dem Aufstieg keine Kraft des Bösen zu werden. Ob mir dies gelingt, wird die Zukunft zeigen, aber ich versichere euch meiner guten Absichten. Jetzt bitte ich euch jedoch zum wiederholten Male, diese Galaxie zu verlassen. Es gibt hier keinen Platz für euch. Eines noch: Wir haben die anderen Völker nicht aus bösem Willen aus dieser Galaxie vertrieben, sondern um sie zu schützen. Unser Aufstieg wird energetische Begleiterscheinungen mit sich bringen, die viele Sonnen dieser Galaxie zur Nova werden lassen könnten. Viele Zivilisationen könnten dabei zerstört werden. Auch ihr müsst nun gehen. Es wird keinen weiteren Kontakt mehr zwischen uns geben.#

»Gestatte mir noch zwei Bitten«, sagte Grand. »Rigoran war einst unser Freund, und wir möchten ihn nicht einfach hier zurücklassen. Er verdient eine angemessene letzte Ruhestätte. Erlaube uns, seinen Körper an Bord seines Schiffes zu bringen, und es in deine Sonne zu steuern.«

#Dies sei euch gewährt! Was ist eure zweite Bitte?#

»Wir sind hier gestrandet, ohne jede Möglichkeit, in unser Heimatuniversum zurückzukehren. Ich bin sicher, es existieren in dieser Galaxie noch Schiffe der Dorianer aus vergangenen Zeiten. Schiffe mit einem Branendrive. Ich bitte dich darum, uns einen Branendrive zu überlassen.«

Diesmal zögerte der Protektoratintellekt. *#Es gibt tatsächlich noch einige dieser Schiffe. Ihr sollt einen Branendrive* *erhalten, doch unter einer Bedingung: Ihr werdet nie mehr hierher zurückkehren. Um dies sicherzustellen, werden wir ihn so modifizieren, dass er nur ein einziges Mal funktioniert. Dann wird er sich selbst vernichten. Zudem verlangen wir Zugang zu den Datenbanken eurer KI, um sämtliche Hinweise auf die Funktion eines Branendrives zu löschen.#*

»Bist du einverstanden?«, fragte Grand Hakera, nachdem er sie von der Forderung des Protektoratintellekts unterrichtet hatte.

»Mir bleibt wohl kaum etwas anderes übrig«, sagte die KI. »Was tue ich nicht alles, um euch sicher nach Hause zu bringen!«

Sie brachten Rigorans Körper an Bord der *Poggy* zurück und legten ihn in das Ruhenest in der Zentrale. Es gab nichts mehr zu sagen. Jalina strich dem schmächtigen Vogelwesen, das im Tod noch viel zierlicher wirkte, noch einmal sanft über den Kopf. Grand nahm ihre Hand und sie standen noch eine Minute schweigend neben ihrem ehemaligen Freund, ehemaligen Feind, ehemaligen Weggefährten. Dann brachte Hakera sie zurück an Bord der *Rhelina IV*.

Die KI übernahm die Kontrolle über die Systeme von Rigorans Schiff, aktivierte dessen Impulsantrieb und brachte es auf einen Kurs, der direkt auf die weiß-blaue Sonne zielte. Das Schiff mit Rigoran an Bord beschleunigte mit maximalen Werten und verschwand schnell im Dunkel des Alls. Vier Stunden später verglühte es in einer mächtigen Protuberanz.

Sie blieben noch drei Tage am Systemrand, bis ein dorianisches Schiff einer ihnen unbekannten Bauart aus dem Bulk fiel. Die Konstrukte hatten es hierhergebracht. Es war ein kleines Schiff, und sein Branendrive passte in die Triebwerkssektion der *Rhelina IV*, nachdem Hakeras Bots unter Anleitung der Konstrukte einige Änderungen an ihren Energiesystemen vorgenommen hatten. Nachdem der Einbau abgeschlossen war, gewährte Hakera ihnen Zugriff auf ihre Datenbanken, und alle Daten über die Funktionsweise des Branendrives wurde gelöscht.

Die Konstrukte meldeten sich ein letztes Mal.

#Ihr müsst jetzt gehen! Der Energiewall wird sich für euch öffnen.#

Auch jetzt gab es nichts mehr zu sagen. Die *Rhelina IV* beschleunigte und verschwand bald darauf im Bulk.

Epilog 1

Die *Rhelina* schwebte über der Erde. Sie hatten sich darauf geeinigt, die Nummerierung wegzulassen. Es gab nur eine *Rhelina*, wenn man von dem Original absah, das derzeit auf dem Grund des Meeres von *Ozeania* lag, wie man den Planeten in ferner Zukunft nennen würde. Es war zu riskant, das Schiff bereits jetzt aufzusuchen. Die *Rhelina* auf Ozeania würde von ihnen entdeckt werden – aber erst in fast dreihundert Millionen Jahren. In einer Zukunft, die ihre Vergangenheit war.

Der Rückflug war ereignislos verlaufen. Der Branendrive hatte perfekt funktioniert und sich, wie von dem Protektoratintellekt angekündigt, unmittelbar nach der Ankunft in ihrem Heimatuniversum selbst zerstört. Sie würden nie wieder ein anderes Universum aufsuchen können, doch sie waren wenigstens wieder zu Hause – wenn auch in der falschen Zeit.

Grand hatte sich gewünscht, die Erde zu sehen. Da sie kein Ziel und keine Aufgabe hatten, stand dem nichts im Weg.

Unter ihnen drehte sich der wunderschöne blaue Planet, überzogen von weißen Wolkenschleiern. Fast die gesamte Landmasse war vereint zu einem Riesenkontinent, den man *Pangäa* getauft hatte, wie sich Grand erinnern konnte. Zu dieser Zeit, in einem Abschnitt des *Unterperm*, das auch *Sakmarium* genannt wurde, gab es ausgedehnte Wüstenregionen, Steppen und Seen im Landesinnern des Kontinents, in denen sich die ersten Fische tummelten. Der

Bewuchs bestand hauptsächlich aus Baumfarnen und den Vorläufern der Nadelbäume, die den kargen und trockenen Bedingungen trotzen konnten. Die ersten Landtiere, überwiegend amphibische Reptilien, die Vorläufer der Saurier, die bald aufkommen würden, hatten begonnen, das Land zu erobern. Es war ein schöner, ein friedlicher Planet. Doch Grand spürte, dass er ihnen nicht zur Heimat werden konnte.

»Wohin sollen wir uns als Nächstes wenden?«, fragte er Jalina.

»Wir könnten uns Kollta ansehen«, sagte sie. »Aber ich denke nicht, dass mein Planet uns in dieser Zeit eine Heimat bieten kann. Vor fast dreihundert Millionen Jahren …« Sie unterbrach sich und lachte. »Im Jetzt ist er viel zu kalt und trocken. Und leer!«

»Also, Liebling, was machen wir?«

Jalina umarmte Grand und küsste ihn auf die Wange. »Wir haben vielleicht noch viele Jahrhunderte vor uns, wenn man den Kreatoren im Megaversum glauben darf. Wir können zwar nicht mehr in andere Universen reisen, aber auch dieses ist groß genug für ein so langes Leben. Es gibt hier noch viele Wunder zu entdecken und viele Abenteuer zu bestehen.«

»Denkst du, wir haben die Zukunft zum Positiven verändern können?«

»Ich bin optimistisch, Michael, aber wir werden es nie erfahren. Deshalb bringt es nichts, sich darüber weiter Gedanken zu machen.«

»Also fliegen wir einfach ins Blaue?«

»Warum nicht? Wir sind zum ersten Mal seit langer Zeit völlig frei!«

»Mich fragt wohl keiner«, beschwerte sich Hakera. »Aber ich bin ja auch nur ein dummer Roboter!«

Epilog 2

Das Coniunctional war glücklich, wenn man der Entität die Fähigkeit, menschliche Gefühle zu empfinden, zugestehen wollte. Das Gemeinschaftsbewusstsein trieb im Multiversum und lauschte den Harmonien der Strings. Es war glücklich, weil es glaubte, die Antwort auf die letzte, die *große* Frage gefunden zu haben.

Manchmal erinnerte es sich noch an seinen Ursprung, an seine Vergangenheit und an die beiden Wesen, die es vor sehr langer Zeit davor gewarnt hatten, einen bedenklichen Weg einzuschlagen, der in einer Katastrophe enden würde. Die befürchtete Spaltung war ausgeblieben und das Coniunctional hatte sich bemüht, sich nicht in die Belange der niederen Existenzebenen einzumischen.

Doch all dies war nun nebensächlich geworden! Endlich hatte es gefunden, wonach es so lange gesucht hatte. Die Störung der Harmonien, die den entscheidenden Hinweis gab. Das *Loch* im Gewebe der Schöpfung, das *Nichts*, das der Zugang sein musste.

Bald würde es einen Weg finden, dieses Tor zu passieren. Dahinter lag eine weitere Ebene der Existenz, eine immaterielle, rein geistige Ebene außerhalb des Multiversums. Dort mussten die anderen Spezies bereits warten, die diesen Weg ebenfalls beschritten hatten. Dann würde es nicht mehr länger alleine sein. Das Coniunctional freute sich darauf!

ENDE

Danksagung:

Der MULTIVERSUM-Zyklus hat mich jetzt zwei Jahre lang begleitet und Michael Cordwainer Grand und Jalina Kelranar sind in dieser Zeit fast zu Familienmitgliedern geworden. In sechs Romanen und zwei Novellen habe ich ihre Geschichte erzählt und ich freue mich, dass so viele Leser mitgefiebert haben. Dafür vielen herzlichen Dank!

Der Abschied von den beiden fällt mir nicht leicht, doch auf neue Helden warten bereits neue Abenteuer. In den Weiten des Universums warten noch viele Geschichten darauf, erzählt zu werden!

An dieser Stelle steht sonst immer der Dank an all diejenigen, die für das Entstehen eines Buches einen wichtigen und unverzichtbaren Beitrag leisten. Natürlich waren auch an diesem Roman mehr Menschen beteiligt als nur der Autor. Vom Coverdesign über das Lektorat, vom Korrektorat zu den Testlesern, von meiner Frau bis zu engen Freunden, die alle ihren Anteil am Erfolg des MULTIVERSUM-Zyklus hatten und haben.

Doch diesmal möchte ich namentlich denjenigen danken, die mich dazu inspiriert haben, in Gedanken durch das Universum zu reisen, dort Abenteuer zu erleben und darüber zu schreiben. Die Liste muss zwangsläufig unvollständig bleiben, doch folgende Personen gehören zuvorderst zu denen, die 'schuld' an meinen Büchern sind, auch wenn ich mich keinesfalls mit diesen großen Namen vergleichen kann oder will:

K.H. Scheer und die gesamte PERRY RHODAN Redaktion, Isaac Asimov, Douglas Adams, Ray Bradbury, Arthur C. Clarke, Terry Pratchett, Iain M. Banks, Lois McMaster Bujold, Philip K. Dick, Philip José Farmer sowie mein absolutes Idol Peter F. Hamilton. Und natürlich die Erfinder der TV-Serie *'Raumpatrouille – Die phantastischen Abenteuer des Raumschiffs ORION'*, die mir den SF-Virus verpasst haben.

Danke aber vor allem an meine Leser, ohne die es nicht möglich wäre, meinen Traum zu leben!

Cliff Allister
Tala, Zypern im Juni 2018

Printed in Poland
by Amazon Fulfillment
Poland Sp. z o.o., Wrocław

52626997R00187